AGNÈS MARTIN-LUGAND
Abschiedsküsse zählt man nicht

Buch

Diane hat vor drei Jahren einen schweren Schicksalsschlag hinnehmen müssen: Bei einem Autounfall verlor sie ihren Ehemann Colin und ihre dreijährige Tochter Clara. In ihrem Schmerz zog sie von Paris nach Irland, wo ihr verstorbener Mann Colin immer leben wollte. Sie hatte die Hoffnung, dort mit ihrer Trauer besser umgehen und ihrer kleinen Familie näher sein zu können – und tatsächlich half diese Reise Diane, wieder neuen Lebensmut zu schöpfen.

Seit ihrer Rückkehr aus Irland und der turbulenten Begegnung mit Edward ist Diane nun fest entschlossen, ihr Leben in Paris wieder aufzunehmen. Mithilfe ihres besten Freundes Felix stürzt sie sich zurück in die Arbeit in ihrem gemeinsamen literarischen Café *Glückliche Menschen lesen und trinken Kaffee*, und Diane scheint es tatsächlich zu gelingen, ihren inneren Frieden zu finden. Doch dann wird sie erneut von den Ereignissen der Vergangenheit eingeholt, und alles, was sie sich während ihrer Zeit in Irland so hart erkämpft hat, droht mit einem Mal wieder einzustürzen. Wird es Diane endlich schaffen, die Vergangenheit hinter sich zu lassen und nach vorne zu sehen? Und welche Rolle spielt Edward dabei?

Autorin

Agnès Martin-Lugand ist Psychologin und war sechs Jahre im Rahmen eines Kinderschutzprogramms tätig. Seit dem Riesenerfolg des Romans *Glückliche Menschen küssen auch im Regen*, der demnächst verfilmt wird, widmet sie sich nur noch dem Schreiben. Agnès Martin-Lugand lebt mit ihrem Mann und ihren zwei Söhnen in der Normandie. *Abschiedsküsse zählt man nicht* ist ihr zweiter Roman bei Blanvalet.

Von Agnès Martin-Lugand bei Blanvalet bereits erschienen:

Glückliche Menschen küssen auch im Regen
Abschiedsküsse zählt man nicht
Das kleine Atelier der Mademoiselle Iris

Agnès Martin-Lugand

ABSCHIEDSKÜSSE ZÄHLT MAN NICHT

Roman

Aus dem Französischen
von Doris Heinemann

blanvalet

Die Originalausgabe erschien 2015 unter dem Titel
»La Vie est facile ne t'inquiète pas« bei Editions Michel Lafon, Paris.

FSC
www.fsc.org
MIX
Papier aus verantwortungsvollen Quellen
FSC® C014496

Verlagsgruppe Random House FSC® N001967

1. Auflage

Neumarkter Str. 28, 81673 München
Redaktion: Alexandra Baisch
Umschlaggestaltung und -illustration: www.buerosued.de
JF · Herstellung: wag
Satz: Vornehm Mediengestaltung GmbH, München
Druck und Bindung: GGP Media,GmbH, Pößneck
Printed in Germany
ISBN 978-3-7341-0526-5

www.blanvalet.de

Für meine drei Männer

Ein normaler Trauerprozess endet keineswegs
mit dem Vergessen des Verstorbenen,
sondern mit der Fähigkeit, ihm in einer abgeschlossenen
Geschichte den ihm zukommenden Platz zu geben,
mit der Fähigkeit, sich wieder voll und ganz
den Tätigkeiten, den Plänen und Wünschen zu widmen,
die dem Leben einen Wert geben.

Monique Bydlowski,
Je rêve un enfant [Ich träume ein Kind]

Don't worry. Life is easy.

AaRON, *Little Love*

1

Warum nur hatte ich seinem Drängen schon wieder nachgegeben? Auf irgendeine wundersame Weise gelang es Félix immer wieder, mich zu überlisten: Er fand ein Argument, irgendetwas, um mich doch zu überzeugen, und dann ging ich hin. Jedes Mal erlag ich seinen Einflüsterungen und dachte, ich würde vielleicht doch auf das gewisse Etwas treffen und weiche Knie bekommen. Dabei kannte ich Félix wie ein eigenes Kind, unsere Vorlieben waren einander diametral entgegengesetzt. Wenn er also an meiner Stelle dachte und entschied, lag er unweigerlich daneben. Ich hätte es wirklich wissen müssen, wir waren schließlich schon lange genug befreundet. Und trotzdem kam es dazu, dass ich zum sechsten Mal in Folge einen Samstagabend mit einem völligen Idioten verbrachte.

In der Woche zuvor hatte ich das Vergnügen mit einem Bio-Apostel und seiner gesunden Lebensweise gehabt. Als hätte Félix hinsichtlich der Laster seiner besten Freundin einen Gedächtnisschwund erlitten. Den ganzen Abend lang wurde ich über die Gefahren meines Tabak- und Alkoholkonsums sowie meiner schlechten Ernährung belehrt. Dieser Öko in Flipflops erklärte mir ganz selbstverständlich, mein Lebensstil sei katastrophal, über kurz oder lang würde ich unfruchtbar, und wahrscheinlich suchte ich unbewusst sogar den Flirt mit dem Tod. Offenbar hatte ihm Félix keine genaueren Angaben zu diesem Date geliefert. Jedenfalls erklärte ich ihm mit meinem schönsten Lächeln, was den Tod und Selbstmordgelüste angehe, hätte ich in der Tat einige Erfahrung, und dann ging ich.

Der heutige Idiot war vom Stil her ganz anders: eher gut aussehend, mit beachtlichem Alkoholfassungsvermögen und keinerlei Belehrungsabsichten. Doch er, und das war leider kein vernachlässigbarer Makel, war anscheinend davon überzeugt, er würde mich ins Bett kriegen, indem er mir die Heldentaten erzählte, die er gemeinsam mit seiner geliebten GoPro durchgestanden hatte: »Ich bin diesen Sommer mit meiner GoPro einen eisigen Sturzbach hinuntergefahren … Letzten Winter bin ich mit meiner GoPro auf einer Buckelpiste Ski gefahren … Ich habe mit meiner GoPro geduscht … Weißt du, neulich habe ich mit meiner GoPro die Metro ausprobiert« usw. Das ging so über eine Stunde, er sprach in jedem Satz von ihr. Ich fragte mich schon, ob er auch mit ihr zur Toilette ging.

»Ob ich mit meiner GoPro wohin gehe? Ich glaube, ich habe mich verhört«, unterbrach er sich plötzlich.

Hoppla … Da hatte ich offenbar laut gedacht. Ich hatte es satt, die Böse zu sein, die sich nicht für das interessieren konnte, was man ihr erzählte, und die sich sowieso fragte, was sie da eigentlich zu suchen hatte. Ich beschloss, das Pflaster mit einem Ruck abzureißen.

»Hör zu, du bist sicher sehr nett, aber deine Liebesbeziehung mit deiner Stirnkamera ist so innig, dass ich mich wirklich nicht zwischen euch drängen möchte. Auf das Dessert verzichte ich, und für den Kaffee habe ich alle nötigen Zutaten zu Hause.«

»Wo ist das Problem?«

Ich stand auf, er ebenfalls. Ich hob zum Abschied nur kurz die Hand und ging dann zur Kasse; so gemein war ich nun auch wieder nicht, dass ich ihn mit der Rechnung für dieses Fiasko sitzen lassen würde. Ich sah mich noch einmal um und konnte mir mein Lachen zum Glück verbeißen. Hätte ich mir bloß rechtzeitig eine GoPro zugelegt, um sein Gesicht festzuhalten … Armer Kerl …

Am nächsten Tag wurde ich vom Telefon geweckt. Wer wagte es, meine geheiligte Sonntagvormittagsruhe zu stören? Welche Frage!

»Hallo, Félix«, knurrte ich in den Hörer.

»*And the winner is?*«

»Halt die Klappe.«

Sein amüsiertes Glucksen ging mir auf den Geist.

»Ich erwarte dich in einer Stunde, du weißt schon wo«, brachte er etwas undeutlich hervor und legte auf.

Ich dehnte und streckte mich in meinem Bett wie eine Katze, dann erst sah ich auf den Wecker: 12.45 Uhr. Es hätte schlimmer kommen können. So wenig Probleme ich auch hatte, an Wochentagen früh aufzustehen, um mein Literaturcafé *Glückliche Menschen lesen und trinken Kaffee* zu öffnen, so großen Wert legte ich auf meinen Sonntagvormittagsschlaf, bei dem ich mich erholte und den Kopf freibekam. Schlafen war nach wie vor meine Zuflucht, früher vor meinem großen Kummer, jetzt vor meinen kleinen

Problemen. Ich stand auf, sah aus dem Fenster und stellte voller Freude fest, dass es ein schöner Tag werden würde, der Pariser Frühling war da.

Als ich ausgehbereit war, musste ich mich zurückhalten, um nicht die Schlüssel zu den *Glücklichen Menschen* mitzunehmen; heute war Sonntag, und ich hatte mir geschworen, den »Tag des Herrn« nicht mehr dort zu verbringen. Auf dem Weg zur Rue des Archives ließ ich mir Zeit. Ich flanierte, bummelte an den Schaufenstern vorbei und rauchte genüsslich die erste Zigarette des Tages; hin und wieder begegneten mir Kunden der *Glücklichen Menschen*, und wir winkten uns zu. Doch als ich zu unserer sonntäglichen Verabredung auf der Caféterrasse erschien, bereitete Félix diesem friedlichen Charme ein jähes Ende.

»Wo zum Teufel warst du? Ich wäre fast von unserem Tisch vertrieben worden!«

»Guten Morgen, mein liebster Félix«, antwortete ich und gab ihm einen dicken Kuss auf die Wange.

Er kniff die Augen zusammen.

»Du bist zu nett zu mir, da ist was im Busch.«

»Aber gar nicht! Erzähl mir von deinem Abend. Wann hat er aufgehört?«

»Als ich dich anrief. Ich habe Hunger, lass uns bestellen!«

Er winkte dem Kellner, um unseren Brunch zu bestellen. Das war Félix' neuester Tick. Zu seiner eigenen Beruhigung hatte er sich eingeredet, nach seinen wild durchgefeierten Samstagnächten sei ein Brunch seiner Gesundheit zuträglicher als ein aufgewärmter Pizzarest. Seither bestand er darauf, dass ich zugegen war und ihn bewunderte, wenn er Rühreier, Baguette und Würstchen verschlang und den Liter Orangensaft hinunterstürzte, der den After-Party-Durst löschen sollte.

Wie gewöhnlich stocherte ich nur ein wenig in seinen Resten herum; er verdarb mir den Appetit. Danach lehnten wir uns, die Sonnenbrille auf der Nase, in unseren Stühlen zurück und rauchten.

»Besuchst du sie morgen?«

»Wie immer«, erwiderte ich lächelnd.

»Gib ihnen einen Kuss von mir.«

»Mach ich. Gehst du gar nicht mehr hin?«

»Nein, ich habe nicht mehr das Bedürfnis.«

»Wenn man bedenkt, dass ich anfangs gar nicht hinwollte!«

Es war zu meinem Montagsritual geworden. *Die glücklichen Menschen* waren geschlossen, und ich besuchte Colin und Clara. Ob es regnete, stürmte oder schneite, ich ging zu dieser Verabredung. Ich erzählte ihnen so gern von meiner Woche, von den kleinen Abenteuern der *Glücklichen Menschen* … Seit ich wieder ausging, erzählte ich Colin haarklein von all den abservierten Kandidaten; ich glaubte, ihn dann lachen zu hören, und lachte mit ihm, als wären wir Verschwörer. Mit Clara vertraulich zu sprechen war sehr viel schwerer. Meine Tochter, die Erinnerung an sie, stürzte mich in einen Abgrund des Schmerzes. Ich tastete zerstreut nach meinem Hals: Bei einem dieser vertraulichen Gespräche mit Colin hatte ich meinen Ehering, den ich als Anhänger an einer Halskette trug, abgenommen. Endgültig.

Seit einigen Monaten trug ich nichts mehr um den Hals. Ich hatte Colin erklärt, ich sei nach reiflicher Überlegung bereit, in die von Félix vorgeschlagenen Treffen mit anderen Männern einzuwilligen.

»Mein Liebster, du bist bei mir … Du wirst immer bei mir sein … Aber du bist fortgegangen … Du bist fern von mir und wirst nie zurückkehren, ich habe es akzeptiert … Weißt du, ich möchte es gern versuchen …«

Ich seufzte, versuchte meine Tränen hinunterzuschlucken und nahm den Ehering zwischen die Fingerspitzen.

»Er beginnt, schwer zu werden … Ich weiß, du bist mir nicht böse … Ich glaube, ich bin jetzt bereit … Ich werde ihn abnehmen … Ich spüre, dass ich von deinem Verlust geheilt bin … Ich werde dich immer lieben, daran wird sich nichts ändern, aber von nun an ist es anders … Ich kann ohne dich leben …«

Ich küsste das Grab und öffnete den Verschluss der Kette. Meine Augen liefen über. Ich schloss meine Hand mit aller Kraft um den Ehering. Dann stand ich auf.

»Bis nächste Woche, meine Geliebten. Meine liebe Clara … Maman … Maman hat dich lieb.«

Und dann war ich gegangen, ohne mich noch einmal umzudrehen.

Félix unterbrach meine Gedankengänge mit einem kräftigen Klaps auf meinen Oberschenkel.

»Wir gehen spazieren, es ist so schönes Wetter.«

»Nur zu, ich folge dir.«

Wir schlenderten über die Seine-Kais. Wie jeden Sonntag bestand Félix auch heute darauf, den Fluss zu überqueren und einen Abstecher in die Kathedrale Notre-Dame zu machen, um dort eine Kerze anzuzünden. »Ich muss doch etwas tun bei all meinen Sünden«, rechtfertigte er sich immer. Doch er konnte mich nicht täuschen: Diese Kerze war seine Art, die Verbindung zu Clara und Colin aufrechtzuerhalten. Während er in der Kirche bei ihnen war, wartete ich draußen und beobachtete die Touristen, die von den Tauben attackiert wurden. Ich konnte noch in aller Ruhe eine rauchen, bevor ich dem Tod der fabelhaften Mutter der fabelhaften Amélie beiwohnte, oscarreif verkörpert von Félix – vor allem der Schrei! Dann packte mich der weltbeste Schauspieler bei den Schultern, verbeugte sich vor dem imaginären tobenden Publikum, und wir machten uns gemächlich auf den Rückweg in unser geliebtes Marais zu unserer Sonntagabend-Sushibar.

Félix trank Sake. »Gift muss man mit Gegengift bekämpfen«, sagte er. Ich begnügte mich mit einem Tsingtao. Zwischen zwei Makis ging er zum Angriff über und verlangte einen Bericht. Der würde kurz ausfallen!

»Also, was hast du an dem von gestern auszusetzen?«

»Seine Stirnkamera!«

»Hey! So was ist doch geil!«

Ich verpasste ihm eine kräftige Kopfnuss.

»Wann wirst du endlich kapieren, dass wir nicht die gleiche Sexualität haben?«

»Was meinst du mit deiner?«, fragte er.

»Wollen wir nach Hause? Die werden das Fernsehprogramm nicht unseretwegen umstellen.«

Wie immer brachte mich Félix bis zur Tür des Gebäudes, in dem die *Glücklichen Menschen* untergebracht waren. Und wie immer zermalmte er mich in einer festen Umarmung.

»Ich möchte dich um etwas bitten«, sagte ich, noch in seinen Armen.

»Was?«

»Bitte hör auf, einen auf Parship zu machen, ich ertrage diese fürchterlichen Abende nicht mehr. Das ist so entmutigend.«

Er schob mich von sich weg.

»Nein. Ich höre nicht auf. Ich möchte, dass du einen netten, anständigen Kerl kennenlernst, mit dem du glücklich wirst.«

»Und stellst mir nur Hampelmänner vor, Félix. Bitte lass mich das selbst regeln.«

Er bohrte seinen Blick in meine Augen.

»Denkst du immer noch an deinen Iren?«

»Ach, hör doch auf mit dem Blödsinn! Ich bin schon seit einem Jahr aus Irland zurück. Habe ich Edward je wieder erwähnt? Nein! Er hat damit gar nichts zu tun. Das ist Vergangenheit. Aber ich kann nichts dafür, dass du nur Idioten antanzen lässt!«

»Schon gut, schon gut. Ich lass dich eine Zeit lang in Ruhe, aber sei ein bisschen offener für die Männer, denen du begegnest. Du weißt genauso gut wie ich, dass Colin sich freuen würde, wenn du einen Mann in deinem Leben hättest.«

»Ja, ich weiß. Das fände ich ja auch schön … Gute Nacht, Félix. Bis morgen! Morgen ist der große Tag!«

»Yes!«

Ich pflanzte ihm einen genauso dicken Kuss auf die Wange wie einige Stunden zuvor und ging ins Haus. Obwohl Félix mich immer wieder dazu drängte, wollte ich nicht umziehen. Ich lebte gern in meiner kleinen Wohnung über den *Glücklichen Menschen*. Ich war mitten im Geschehen, das gefiel mir. Und vor allem war ich in dieser Wohnung ganz allein und ohne fremde Hilfe wieder auf die Beine gekommen. Ich nahm lieber die Treppe als den Aufzug und stieg bis in den fünften Stock hinauf. In meiner Wohnung angekommen, lehnte ich mich mit einem zufriedenen Seufzer an die Tür. Anders als unser letztes Gespräch vermuten ließ, hatte ich einen herrlichen Tag mit Félix verbracht.

Und anders als er dachte, sah ich mir den Sonntagabendfilm nie an. Ich legte Musik auf – heute Abend Ásgeirs *King and Cross* – und begann mit dem, was ich meinen Wellness-Abend nannte. Ich hatte beschlossen, auf mich zu achten, und welcher Moment war besser geeignet als der Sonntagabend, um sich mit einer Maske, einem Peeling und diesem ganzen Mädelskram zu verwöhnen?

Anderthalb Stunden später kam ich endlich wieder aus dem Badezimmer, duftend und mit samtiger Haut. Ich machte mir den letzten Kaffee des Tages und fläzte mich aufs Sofa. Genüsslich steckte ich mir eine Zigarette an und ließ meine Gedanken schweifen. Félix hatte nie erfahren, aus welchem Grund ich Edward in die tiefsten Tiefen meines Gedächtnisses verbannt hatte, um nie wieder an ihn zu denken.

Nach meiner Rückkehr aus Irland hatte ich mit niemandem Kontakt gehalten: weder mit Abby und Jack noch mit Judith und schon gar nicht mit Edward. Natürlich hatte vor allem er mir gefehlt. Die Erinnerungen an ihn überfielen mich in Wellen, manchmal machten sie mich glücklich, manchmal unglücklich. Doch je mehr Zeit verging, desto sicherer war ich, dass ich sie nicht mehr fragen würde, wie es ihnen ging, sie nicht und ihn schon gar nicht. Es wäre nach so langer Zeit auch seltsam gewesen; jetzt war es schon über ein Jahr her … Und dennoch …

Etwa ein halbes Jahr zuvor hatte ich mich an einem verregneten Wintersonntag in meine Wohnung eingeigelt und den Schrank aufgeräumt. Dabei war ich auf die Schachtel mit den Fotos gestoßen, die er auf den Aran-Inseln von uns beiden gemacht hatte. Ich öffnete sie, und beim Anblick seines Gesichts war es um mich geschehen. Wie in einem Wahnanfall stürzte ich mich aufs Telefon, suchte seine Nummer in der Kontaktliste und drückte auf die Anruftaste. Ich wollte, nein, ich musste wissen, wie es ihm ging. Bei jedem Klingeln war ich kurz davor aufzulegen, hin- und hergerissen zwischen der Angst, seine Stimme zu hören, und dem tiefen Wunsch, wieder mit ihm in Kontakt zu treten. Und dann schaltete sich der Anrufbeantworter ein: nur sein Vorname, den er mit seiner heiseren Stimme sagte, und dann der Piepton. Ich stotterte herum: »Äh … Edward … Ich bin's … Diane. Ich wollte … Ich wollte nur wissen … äh … wie es dir geht … Ruf mich zurück … Bitte.« Kaum hatte ich aufgelegt, dachte ich, ich hätte eine Dummheit gemacht. Nervös ging ich auf und ab und nagte dabei an meinen Nägeln. Der verzweifelte Wunsch, von ihm zu hören, zu erfahren, ob er mich vergessen hatte oder nicht, fesselte mich den ganzen Abend an mein Telefon. Ich war so besessen, dass ich nach 22 Uhr einen weiteren Versuch startete. Er nahm nicht ab. Als ich am nächsten Morgen aufwachte, stand mir meine Lächerlichkeit deutlich vor Augen, und ich verfluchte mich und meine Dummheit. Dieser Anfall von Verrücktheit hatte mir zumindest klargemacht, dass es keinen Edward mehr gab, dass er nur eine kurze Episode in meinem Leben gewesen war. Er hatte mich auf den Weg gebracht und es mir ermöglicht, mich von dem Gefühl zu befreien, ich müsse Colin treu bleiben. Inzwischen fühlte ich mich auch von ihm befreit. Ich war bereit, mich für andere zu öffnen.

2

Als ich an diesem Montagmorgen die Augen aufschlug, genoss ich die Bedeutung dieses besonderen Tages. Wenn ich an diesem Abend wieder zu Bett gehen würde, wäre ich Alleineigentümerin des Cafés *Glückliche Menschen lesen und trinken Kaffee*.

Nach meiner Rückkehr aus Irland hatte es mehrere Wochen gedauert, bis ich mich dazu durchringen konnte, mich bei meinen Eltern zu melden. Ich hatte absolut keine Lust, mit ihnen zu zanken oder mir ihre Bemerkungen über meine Lebenssituation anzuhören. Als ich sie endlich anrief, luden sie mich zum Abendessen ein, und ich sagte zu. Doch als ich in ihre Wohnung kam, fühlte ich mich so unwohl wie jedes Mal, wenn ich sie betrat. Es gelang uns nicht, normal miteinander zu reden. Mein Vater war sehr schweigsam, und meine Mutter und ich eierten herum und fanden kein rechtes Gesprächsthema. Als wir zu Tisch gingen, brachte mein Vater es endlich über sich, das Wort an mich zu richten:

»Wie gehen die Geschäfte?«, fragte er mich höhnisch.

Sein Ton und der ausweichende Blick brachten mich sofort in die Defensive.

»Ich bringe die Dinge wieder ins Lot, ganz langsam. Ich

hoffe, dass wir in zwei Monaten wieder schwarze Zahlen schreiben. Ich habe einige Ideen für die Zukunft.«

»Ach, erzähl doch keinen Quatsch, du verstehst nichts von diesen Dingen. Das sagen wir dir schon seit Colins Tod, er war es, der den Laden am Laufen hielt, zusätzlich zu seiner eigenen Arbeit.«

»Aber ich lerne dazu, Papa! Ich will es schaffen, und ich werde es schaffen!«

»Dazu bist du nicht imstande, und genau deshalb werde ich die Dinge in die Hand nehmen.«

»Darf ich erfahren, wie?«

»Da ich sehr bezweifle, dass du noch einen Mann findest, der alles für dich übernimmt, werde ich einen kompetenten und seriösen Geschäftsführer einstellen. Wenn du weiterhin Kellnerin spielen möchtest, darfst du das gern tun, dann bist du wenigstens beschäftigt.«

»Papa, ich glaube, ich habe da etwas nicht richtig verstanden …«

»Ich sehe es dir an der Nasenspitze an, dass du sehr wohl verstanden hast, jetzt ist Schluss mit den Kindereien!«

»Dazu hast du kein Recht!«

Ich sprang auf, mein Stuhl kippte um.

»Die *Glücklichen Menschen* gehören mir!«

»Nein, sie gehören uns!«

In mir tobte es, doch im Grunde wusste ich, dass mein Vater recht hatte. Sie waren die eigentlichen Eigentümer der *Glücklichen Menschen*: Damit ich beschäftigt war, hatten sie, von Colin darin bestärkt und ermutigt, das Scheckheft gezückt.

»Wenn es dir Spaß macht, darfst du uns gern eine Szene machen«, fuhr er fort. »Ich gebe dir drei Monate.«

Türenschlagend verließ ich die Wohnung. Und in jenem Augenblick begriff ich, dass ich mich verändert hatte, dass ich härter geworden war. Früher wäre ich niedergeschlagen gewesen und in eine weitere Depression verfallen. Diesmal war ich entschlossen und hatte einen Plan. Und, was sie damals nicht wissen konnten, ich hatte mich bereits an die Arbeit gemacht.

Ich hatte die Dinge unter anderem damit wieder ins Lot gebracht, dass ich im Café kostenloses WLAN anbot. Dadurch hatte ich viele Studenten als Kunden gewonnen – manche arbeiteten ganze Nachmittage hinten im Café. Außerdem hatte ich für Kaffee und Bier einen reduzierten Studenten-Tarif eingeführt und mir so ihre Treue gesichert. Die meisten waren schließlich dazu übergegangen, alle ihre Bücher bei mir zu kaufen, weil sie wussten, dass ich notfalls Himmel und Hölle in Bewegung setzte, um die Biografie aufzutreiben, die ihre Hausarbeit retten würde. Auch die regelmäßigen Öffnungszeiten der *Glücklichen Menschen* zeigten Wirkung, ich öffnete jeden Tag zu einer festen Uhrzeit, ganz anders als zu den Zeiten, als Félix alles allein organisiert hatte. Dadurch hatte ich Vertrauen geschaffen. Niemand stand mehr vor verschlossener Tür.

Es gab ganz einfach drei Spitzenzeiten: den schnellen Kaffee am Morgen vor der Arbeit, die Mittagspause – in der die Literaturliebhaber das Essen vergaßen und stattdessen einen neuen Roman aufstöberten – und den

Apéro am Abend nach dem Job, das war dann ein kleines Glas Wein am Tresen und hin und wieder der Kauf eines Taschenbuchs, um sich den einsamen Abend zu vertreiben. Und danach ließ ich Félix oft freie Hand, um seine Themenabende zu veranstalten, denn darin war er unübertrefflich. Er fand immer einen verrückten, überaus kultivierten Gast, der über ein – immer anzüglich-teuflisches – Thema debattierte, was den Alkohol in Strömen fließen ließ. Und jedes Mal zur Folge hatte, dass die Veranstaltungsbesucher zwar ohne allzu genaue Erinnerung an das Vortragsthema, jedoch mit mehreren Büchern unter dem Arm nach Hause gingen. Und Félix' Trinkgeld bestand in der Aussicht auf eine weitere heiße Nacht. Ich war bei diesen Abenden nie anwesend, das war sein Ressort; der Moment, in dem ich ihm seinen Spaß ließ und beide Augen zudrückte, was seine Underground-Kundschaft anging.

Die *Glücklichen Menschen* sollten ein geselliger, herzlicher Ort sein, der allen Menschen und allen Literaturen offenstand, so hatte ich es mir gewünscht. Meine Vorstellung von Beratung bestand darin, sie zu ermutigen, sich zu amüsieren und ohne jede Scham die Geschichten zu lesen, auf die sie Lust hatten. Es war doch gleich, ob sie einen Literaturpreisträger oder einen Bestsellerautor lesen wollten, Hauptsache, sie lasen und hatten dabei nicht das Gefühl, sie würden nach der Auswahl ihrer Lektüre beurteilt. Für mich war Lesen immer ein Vergnügen gewesen, ich wollte, dass meine Gäste dies spürten und, soweit sie selbst keine Neigung dazu hatten, es einfach einmal wagten und vielleicht für sich entdeckten. Auf meinen Regalen waren alle Sorten Literatur vertreten, Krimis, allgemeine Belletristik, Liebesromane, Lyrik, *young adult*, Dokumentarisches, Bestseller und eher weniger populäre Titel. Das war mein großer Basar, auf dem wir uns trafen: Félix, ich und unsere Stammkunden. Ich liebte diese Art Schatzsuche nach DEM Buch. Und neue Kunden wurden nach und nach von uns oder den älteren Kunden in die Leselust eingeführt.

Inzwischen waren die *Glücklichen Menschen* das Fundament meines inneren Gleichgewichts. Sie hatten mir geholfen, wieder aus meinem schwarzen Loch zu kommen, mich wieder in Paris einzuleben, festzustellen, wie gut mir die Arbeit tat, und – wenn schon nicht meinen Eltern – so doch mir selbst zu beweisen, dass ich etwas konnte. Dank der *Glücklichen Menschen* war ich wieder fähig, soziale Bindungen einzugehen, ich war eine Frau, die arbeitete und zu sich stand. Ich hatte verlieren müssen, was mir das Liebste war, um zu begreifen, wie sehr ich diesem Ort, diesen vier Wänden verbunden war. Seit einem Jahr hatte ich keinen Tag Urlaub genommen, ich konnte ihn nicht verlassen, und ich würde nie wieder erlauben, dass Félix sich allein um ihn kümmerte.

Die einzige Panne beim Ausbau unserer Geschäftstätigkeit war nicht auf mangelnde Kundschaft zurückzuführen gewesen, sondern auf mich. Ich hatte die Idee gehabt, mittwochs Lesenachmittage für Kinder zu veranstalten. Félix hatte mich in dem Vorhaben bestärkt, er wusste, wie sehr ich Kinderbücher liebte. Wir hatten dafür geworben, Zettel in den Schulen des Viertels, in Freizeiteinrichtungen usw. verteilt. Ich hatte meinen Sirupvorrat aufgestockt und vor allem Kinderbücher beschafft. Dann kam der große Tag. Als ich die ersten Mütter, ihre Sprösslinge an der Hand, auf Zehenspitzen nahen sah, ließ mich das Glöckchen zum ersten Mal seit Wochen wieder zusammenzucken. Ich flüchtete mich hinter die Bar. Von dort aus bedeutete ich ihnen, sich nach hinten ins Café zu begeben. Ich bat Félix, ein Auge auf das Ganze zu haben, während ich draußen eine rauchte. Doch da ich einfach nicht mehr wiederzukommen schien, kam er schließlich heraus und sagte, eigentlich fehle nur noch ich. Ich war als Moderatorin dieses Vorlesenachmittags vorgesehen. Schwankend ging ich zu dem Grüppchen zurück. Als ich anfing, *Blauer Hund* vorzulesen, erkannte ich meine eigene Stimme nicht mehr.

Und als ein etwa dreijähriger kleiner Junge auf mich zukam, begriff ich, dass ich einen schweren Fehler gemacht hatte. Ich sah ihn an, wich zurück und begann zu zittern. In diesem Augenblick wünschte ich mir so sehr, es wäre Clara, die auf mich zukäme und auf meinen Schoß kletterte, um mit mir ins Buch zu schauen. Dann hätte ich meine Nase in ihr Haar gedrückt. Ich ließ das Buch fallen und rief Félix zu Hilfe. Sekunden später war er da, er hatte mich die ganze Zeit im Auge behalten. Er übernahm alles, spielte den Clown, und ich verbarrikadierte mich oben in meiner Wohnung. Den Rest des Tages und die folgende Nacht verbrachte ich im Bett, ich schrie und weinte ins Kopfkissen und rief nach Clara.

Tags darauf wurden die Kinderbücher an die Verlage zurückgeschickt. Dieser Zwischenfall hatte mir eins klargemacht: Ich würde den Verlust meiner kleinen Tochter nie verwinden. Von Colins Tod konnte ich genesen, von ihrem nicht. Kein Kind würde mehr, von nah oder fern, in mein Leben oder in die *Glücklichen Menschen* kommen, so viel war sicher.

Trotz dieses Zwischenfalls drängte sich eine Entscheidung auf. Ich hatte einen Termin bei der Bank gemacht, um mir einen genauen Überblick über Colins Lebensversicherung zu verschaffen. Er hatte gut vorgesorgt, damit es mir an nichts fehlte. Ich wollte sein Geld nicht länger hier und da ausgeben, es sollte für etwas Wichtiges verwendet werden, über das er sich gefreut hätte. Ich brauchte ein Projekt, das der Größe meines Mannes entsprach, und es war auch schon da: Ich würde meinen Eltern die *Glücklichen Menschen* abkaufen.

Und nun war der große Tag gekommen: der Abschluss des monatelangen Kampfs mit meinen Eltern. Das große Ereignis hinderte mich jedoch nicht daran, Colin und Clara zu besuchen. Lächelnd und mit erhobenem Kopf ging ich über die Wege des Friedhofs. Nachdem ich meinen Strauß weißer Rosen abgelegt hatte, drehte und wandte ich mich bei dem Versuch, mich unfallfrei hinzuknien, ohne dabei allzu lächerlich auszusehen; ich trug ein – etwas zu strenges – kleines Schwarzes und hohe Absätze, was ich schon ewig nicht mehr getan hatte. Meine Eltern hatten mich dem Notar sicher als unverantwortliche und depressive junge Frau beschrieben, und ich wollte ihnen das Gegenteil beweisen.

»Mein Liebster, heute ist der große Tag. Heute Abend werden wir Eigentümer sein. Ich hoffe, du bist stolz auf mich, denn ich tue es für euch beide. Und da ich keine halben Sachen mache, werde ich nach der Unterzeichnung mit Félix feiern! Als ich es ihm sagte, dachte ich, er würde vor Freude weinen. Das Leben geht wieder seinen Gang … Seltsam … Ich darf nicht lange bleiben, ich werde beim Notar erwartet. Ich liebe euch, meine Liebsten. Clara … Maman … ist für dich da.«

Ich küsste die Grabplatte und verließ den Friedhof.

Der Kaufvertrag wurde vom Notar in einer sehr stillen Atmosphäre verlesen. Dann kam das Eigentliche: die Unterschrift. Ich zitterte so sehr, dass ich zweimal ansetzen musste. Meine Gefühle überwältigten mich, ich dachte nur noch an Colin und an die, zu der ich geworden war. Als ich zu meinem Stuhl zurückging, traten mir Tränen in die Augen. Ich begegnete dem leeren Blick meiner Mutter. Dann hielt mir der Notar ein Blatt hin, das mich als Eigentümerin legitimierte. Eine Eigentumsurkunde, auf der schwarz auf weiß stand, dass ich eine kinderlose Witwe war. Der Notar ersuchte uns höflich, sein Büro zu verlassen. Draußen auf dem Bürgersteig wandte ich mich meinen Eltern zu und wartete auf etwas, auch wenn ich nicht wusste worauf.

»Wir hätten nicht gedacht, dass du es durchziehen würdest«, sagte mein Vater. »Mach ausnahmsweise nicht alles kaputt.«

»Das ist nicht meine Absicht.«

Ich sah meine Mutter an. Sie trat auf mich zu und umarmte mich herzlicher als sonst.

»Ich war dir nie die Mutter, die du brauchtest«, sagte sie mir leise ins Ohr.

»Das macht mich traurig.«

»Und mir tut es sehr leid.«

Wir sahen uns in die Augen. Am liebsten hätte ich gefragt: »Warum?« Doch ich sah an ihrem Gesichtsausdruck, dass sie weder Fragen noch Vorwürfe aushalten würde. Der Panzer meiner Mutter bekam Risse, als wäre sie endlich imstande, Reue zu empfinden. Aber war es nicht schon zu spät? Mein Vater nahm sie am Arm und sagte, es sei jetzt Zeit. Als Aufmunterung bekam ich noch ein »Bis bald« mit auf den Weg. Sie folgten der Straße in der einen Richtung, ich wandte mich in die andere Richtung. Ich setzte meine Sonnenbrille auf und machte mich auf den Weg zu *meinen* (endlich!) *Glücklichen Menschen*. Ich ging den Boulevard de Sébastopol hinunter und dann über die Rue de Rivoli. Ich nahm nicht die Abkürzung durch die kleineren Straßen, es zog mich auf die großen Boulevards, ich wollte am Rathaus vorbeigehen und mich vor den Schaufenstern des Kaufhauses BHV Marais anrempeln lassen. Als ich endlich links in die Rue Vieille-du-Temple einbog, hatte ich nur noch hundert Meter vor mir, bis ich zu Hause war. Als die Türglocke anschlug, dachte ich, Félix hätte auf meinem Weg Wachen aufgestellt, denn in dem Moment, in dem ich über die Schwelle trat, ließ er den Korken knallen, dass der Champagner auf den Tresen spritzte. Er machte sich gar nicht die Mühe, mir ein Glas hinzuhalten, er hielt mir gleich die ganze Flasche hin.

»Du bist eine absolute Powerfrau!«

Ich setzte die Flasche an den Mund. Die Bläschen kitzelten meine Geschmacksnerven.

»Scheiße aber auch! Wenn ich bedenke, dass du jetzt meine Chefin bist!«

»Ja, einfach toll!«

»Und viel besser, als deinen Vater als Chef zu haben.« Er griff nach der Champagnerflasche.

»Félix, du wirst immer mein Herzenspartner sein!«

Er drückte mich fest an sich und nahm selbst einen gierigen Schluck aus der Flasche.

»Mensch, der prickelt aber!« Er ließ mich los, seine Augen glänzten.

»Lass mich die Freuden des Feierns wiedererleben!«

Ich ging gar nicht erst nach oben, um mich umzuziehen. Ich wischte den Champagner vom Tresen und schloss den Laden. Félix nahm mich auf eine Runde durch die Bars mit. Er war überall bekannt wie ein bunter Hund und betrat jedes Lokal wie ein Fürst. Die Cocktails waren immer schon vorbestellt, mein bester Freund hatte diesen Abend äußerst sorgfältig vorbereitet. Seine sämtlichen Liebhaber und Anbeter machten mir Platz; da Félix mich liebte, mussten sie nett zu mir sein. Verrückte Begegnungen, rote Teppiche, Pailletten, Blumen, die mir ins Haar gesteckt wurden, alles nur, damit ich mich einen Abend lang wie eine Prinzessin fühlte. Diese verrückte Achterbahn der Vergnügungen, die Félix für mich vorbereitet hatte, berauschte mich vielleicht mehr als der ganze Alkohol, der mir ständig gereicht wurde.

Schließlich war es Zeit für ein Abendessen. Wir nahmen es in einer Tapas-Bar ein, was ganz bestimmt nicht die beste Methode war, nachträglich eine Basis für unsere Drinks zu schaffen. Unser Platz am Tresen war reserviert. Félix wusste genau, dass ich gern auf hohen Hockern saß, um alles hinter den Kulissen überblicken zu können. Ein Rotwein war bereits für uns dekantiert worden. Félix hob sein Glas.

»Auf deine Eltern, die dich nicht mehr fertigmachen werden!«

Ich antwortete nicht, sondern probierte den ersten Schluck, der Wein war kräftig und vollmundig und passte genau zu dem, was ich gerade erlebte.

»Ich habe keine Familie mehr, Félix …«

Er wusste nichts darauf zu antworten.

»Ist dir das klar? Mit meinen Eltern verbindet mich nichts mehr, ich habe keine Geschwister. Colin und Clara sind nicht mehr da. Du bist alles, was mir geblieben ist. Du bist meine Familie.«

»Seit wir uns auf der Uni kennengelernt haben, waren wir immer ein Paar, daran wird sich nichts ändern.«

»Wir haben alles miteinander gemacht!«

»Nur nicht miteinander geschlafen!«

Für uns beide eine Schreckensvision! Er steckte sich den Finger in den Hals, als wollte er kotzen, ich tat es ihm nach. Zwei alberne Jugendliche!

»Aber falls du dich umentscheidest, was die Kinder angeht, und du keinen passenden Kerl findest, geh ich gern zur Samenbank. Und danach werd ich dem Kleinen schon beibringen, wie's im Leben läuft.«

Ich spuckte meinen Schluck Wein wieder aus, und er prustete los.

»Wie kannst du nur einen solchen Mist von dir geben?«

»Wir wurden gerade etwas sentimental, und das ging mir auf den Geist.«

»Du hast recht. Ich möchte tanzen, Félix.«

»Dein Wunsch ist mir Befehl.«

Als wir vor der Disco ankamen, brauchten wir uns nicht an der langen Warteschlange anzustellen: Félix hatte seine Verbindungen. Vor meinen prüden, entsetzten Augen küsste er den Rausschmeißer mitten auf den Mund. Zum letzten Mal hatte ich ihn bei meinem Junggesellinnenabschied in einem solchen Zustand erlebt. Am VIP-Tisch erwartete uns eine Magnum Champagner. Ich kippte zwei Gläser und stürzte mich dann auf die Tanzfläche. Mit geschlossenen Augen wiegte ich mich im Takt; ich fühlte mich lebendig, zehn Jahre jünger, mein Kummer war von mir abgewaschen, ich durfte das Leben genießen.

»Ich hab mich für dich eingesetzt«, flüsterte mir Félix zu. »Nutze die Chance, die werden das nicht in Endlosschleife spielen.«

Vier starke Arme hoben mich aufs Podium. Das Schlagzeug und die Basslinie versetzten mich in Trance. Für einige Minuten war ich mit *Panic Station* von Muse die Königin des Abends. Schon seit Wochen hörte ich dieses Stück pausenlos, Félix konnte es kaum noch ertragen. Er hatte mich sogar einmal dabei ertappt, wie ich zu dieser Musik die *Glücklichen Menschen* putzte. Jetzt hatte ich ein Publikum, das ich den Refrain mitsingen ließ: *Ooh, 1, 2, 3, 4, fire's in your eyes. And this chaos, it defies imagination. Ooh, 5, 6, 7 minus 9 lives. You've arrived at panic station.*

Gegen 4 Uhr morgens beschlossen wir einvernehmlich heimzugehen. Der Rückweg gestaltete sich schwierig und eher störend für alle, die schon schliefen. Ich plärrte immer noch mein Lied, und Félix, eine Champagnerflasche unter der Jacke versteckt, ersetzte den Chor. Er brachte mich bis vor die Haustür des Gebäudes, das die *Glücklichen Menschen* beherbergte. Er warf einen Blick auf das Schaufenster.

»Die *Glücklichen Menschen* nehmen ihr Leben selbst in die Hand! Jetzt bist du hier zu Hause!«

»Es ist einfach toll!«

»Schaffst du's die Treppe rauf?«

»Yes!«

Wir umarmten uns liebevoll.

»Gute Nacht, meine Familie«, sagte ich.

»Sollen wir noch mal von vorn anfangen?«

»Kommt nicht infrage!«

Ich ließ ihn los und öffnete die Tür.

»Morgen haben wir übrigens zu. Schlaf dich aus!«

»Danke, Chefin!«

Er tänzelte davon, belebt von der Aussicht, ausschlafen zu können. Er wusste ja nicht, dass ich vorhatte, unser Café pünktlich aufzumachen.

Das Aufwachen war grausam. Mit halb geschlossenen Augen inspizierte ich mein Arzneischränkchen und schluckte vor dem ersten Kaffee ein Gramm Paracetamol. Was sonst gar nicht meine Art war. Dann nahm ich eine kühle Dusche, um einen klaren Kopf zu bekommen. Als ich die Schuhe anzog, dachte ich, mein größter Fehler abends zuvor sei nicht gewesen, dass ich mit Félix um die Häuser gezogen war, sondern dass ich es die ganze Nacht auf hohen Absätzen getan hatte. Ich würde also im April in Flipflops arbeiten müssen!

Wie jeden Morgen machte ich einen Abstecher in die Bäckerei, um mir wie üblich meine Croissants – eins mit, eins ohne Schokolade – zu kaufen. Dann öffnete ich die Tür der *Glücklichen Menschen* und ließ sie offen stehen. Die Morgenkühle würde meine Augen davon abhalten zuzufallen – die kalten Füße musste ich eben in Kauf nehmen. Ich setzte die Kaffeemaschine in Gang und machte mir eine Dreifachdosis Kaffee. Meine ersten Kunden trudelten gemächlich ein und nahmen sich, im *Parisien* blätternd, die Zeit, gemeinsam mit mir wach zu werden. Nachdem dieser erste Andrang vorüber war, machte ich ein wenig Ordnung und überprüfte dabei die Vorräte, ich ging, wie schon seit fast einem Jahr, die Abrechnungen durch und verschaffte mir einen groben Überblick über die literarischen Neuerscheinungen. Ich wusste, ich würde noch eine ganze Weile Ruhe haben, denn Félix' ausgiebiges Ausschlafen würde sich bis in den Nachmittag erstrecken. Sollte er es genießen! Nichts hatte sich verändert, und dennoch war alles anders. Ich war gereift und gestärkt aus dem Kampf mit meinen Eltern hervorgegangen. Ich war ihnen nichts mehr schuldig. Und das Leben, mein Leben, würde nicht mehr nur um sie kreisen, auch wenn ich eine gewisse Bitterkeit zurückbehielt.

3

Es war ein schöner, sonniger Abend, und ich lehnte draußen am Schaufenster und rauchte gerade eine Zigarette, da tauchte ein Kunde auf. Ich warf ihm einen Blick zu – noch nie gesehen. Sollte sich Félix um ihn kümmern. Als ich jedoch wieder an meinen Posten zurückkehrte, starrte mein Mitgesellschafter hinter dem Tresen Löcher in die Luft, während der Kunde etwas ratlos vor den Büchern und ihrer originellen Anordnung zu stehen schien. Ich trat auf ihn zu.

»Guten Tag. Kann ich Ihnen helfen?«

Er wandte sich mir zu und sah mich wortlos an. Ich deutete ein vages Lächeln an.

»Äh … Guten Tag … Ich glaube, ich habe gefunden, was ich brauche«, verkündete er und griff wahllos nach einem Buch. »Aber …«

»Ja?«

»Kann man noch etwas bei Ihnen trinken?«

»Aber natürlich!«

»Dann hätte ich gern ein Bier.«

Er setzte sich an die Bar, sah mir zu, wie ich ihm ein kleines Halbes servierte, und dankte mir mit einem Lächeln. Dann fing er an, auf seinem Handy herumzutippen. Ich beobachtete ihn unauffällig. Irgendwie strahlte dieser Mann etwas Beruhigendes aus. Er hatte Charme, aber ich hätte nicht zu sagen gewusst, ob ich mich auf der Straße nach ihm umgedreht hätte oder nicht. Félix' Räuspern holte mich in die Realität zurück. Sein verstohlenes Lächeln ärgerte mich.

»Ja, was ist?«

»Kann ich dir das Abschließen überlassen? Ich werde erwartet …«

»Kein Problem, aber vergiss nicht: Morgen kommen die Lieferungen, und ich hab wenig Lust, mir schon wieder Rückenschmerzen zu holen.«

»Wann?«

»Um neun.«

»Verlass dich auf mich.«

Er griff nach seiner Jacke, küsste mich geräuschvoll auf die Wange und ging. Einige Minuten später erhielt mein Kunde einen Anruf, der ihn zu ärgern schien. Ohne sein Gespräch zu unterbrechen, trank er sein Bier aus, stand auf und fragte mich mit einem Blick, wie viel er mir schuldete. Er zahlte und bat seinen Gesprächspartner dranzubleiben. Er legte die Hand vor das Mikro des Handys und sagte zu mir:

»Einen schönen Abend noch … Sie haben es hier wirklich sehr nett.«

»Danke.«

Er wandte sich von mir ab, die Türglocke klingelte, als er hinausging, und brachte mich zum Lächeln. Ich schüttelte den Kopf und beschloss, ein wenig früher zu schließen.

Natürlich war ich am nächsten Morgen ganz allein, als die Lieferungen kamen. Ich rief Félix an, um meinem Zorn Luft zu machen. Und landete direkt beim Anrufbeantworter: »Félix, du gehst mir auf den Geist! Ich muss schon wieder alles allein machen!«

Der Fahrer ließ sich von meinen Bitten, die Kartons mit mir gemeinsam ins Café zu tragen, nicht erweichen. Mit hängenden Schultern sah ich zu, wie der Lieferwagen aus unserer Straße bog. Dann krempelte ich die Ärmel hoch und griff nach dem ersten – und kleinsten – Paket, als ich angesprochen wurde:

»Warten Sie! Ich helfe Ihnen!«

Der Kunde vom Abend vorher ließ mir keine Zeit für eine Antwort; er nahm mir meine Last ab.

»Was machen Sie denn hier?«, fragte ich.

»Ich wohne in der Nähe. Wo soll ich es hinbringen?«

Ich führte ihn zu der Abstellkammer, die uns als Lager diente, und setzte mein Verhör fort:

»Ich habe Sie noch nie hier in der Gegend gesehen.«

»Kein Wunder, ich wohne ja auch erst seit drei Wochen hier. Ich hingegen habe Sie … äh … Ihr Café gleich bemerkt … Nun ja, ich bin erst gestern dazu gekommen, mir Ihr Lokal genauer anzuschauen. Also … Soll ich die anderen auch hier reinbringen?«

»Nein, vielen Dank, das schaff ich allein. Ich möchte nicht, dass Sie sich meinetwegen verspäten.«

»Sonst noch was?« Er lächelte mich strahlend an und zog dann die Jacke aus, um sich den nächsten Karton vorzunehmen.

Er war ungeheuer effizient, nach zehn Minuten war alles weggeräumt.

»Fertig! Sehen Sie, es hat gar nicht lange gedauert.«

»Danke … Haben Sie noch einen Moment Zeit?«

»Ja«, antwortete er, ohne auf die Uhr zu sehen.

»Ich überlasse das Geschäft für zwei Minuten Ihrer Obhut.«

Ich rannte zur Bäckerei und kaufte ein wenig mehr als meine übliche Tagesration. Der wunderbare Kunde hatte sich nicht vom Fleck gerührt, als ich wieder bei den *Glücklichen Menschen* ankam.

»Wäre Ihnen ein Frühstück als Gegenleistung recht?«

»Nur wenn Sie mich beim Vornamen nennen und wir uns duzen!«

Lachend hielt ich ihm die Hand hin.

»Diane.«

»Olivier, freut mich sehr …«

»Du hast wirklich etwas bei mir gut. Los, frühstücken wir!«

Ich ging hinter den Tresen und merkte dabei, dass ich viel zu breit lächelte. Olivier setzte sich auf einen Hocker.

»Kaffee?«

»Der macht ja anscheinend glücklich …«

»Ach, weißt du, das geht auch mit Tee.«

»Nein, Kaffee ist genau richtig.«

Unser Frühstück zog sich in die Länge, wir redeten über unser Viertel, über Gott und die Welt … Es war schön. Olivier hatte wirklich Charme und sah mit seinen lachenden dunklen Augen und den Grübchen mehr als nett aus. Ich hatte gerade erfahren, dass er Physiotherapeut war, als er auf seine Armbanduhr sah.

»Mist! Mein erster Patient.«

»Oh … Tut mir leid, das ist meine Schuld.«

»Nein, ganz allein meine. Man fühlt sich so wohl bei dir. Ich glaube, ich werde noch oft wiederkommen.«

»Unsere Tür steht dir immer offen … Dann aber los!«

Er rannte los.

Keine fünf Minuten später kreuzte ein dümmlich grinsender Félix auf.

»Du Drückeberger! Du kommst nach geschlagener Schlacht!«

»Und du hast dich bestens von der Schlacht erholt, wie man sieht. Und wie außerdem zu sehen war, hast nicht du im Schweiße deines Angesichts gekämpft.«

Ich riss Mund und Augen auf.

»Woher … Woher weißt du das?«

»Der Kaffee gegenüber schmeckt wie Pisse, aber dafür hatte man aus der Bar beste Sicht auf das Liebeswerben!«

»Das hattest du so geplant!«

»Das war doch gestern schon klar. Der Typ ist scharf auf dich, er streicht schon seit einigen Tagen um die *Glücklichen Menschen* herum. Und heute Morgen habe ich eben einen Test gemacht. Er scheint ein netter Kerl zu sein, ich kann verstehen, dass er dir gefällt.«

»Aber … Nein, gar nicht.«

»Nicht nur verliebt, auch noch blöd, du bist total süß.«

Erste Kopfnuss des Tages.

»Er ist nett, und weiter ist da nichts. Lass mich in Frieden. Und außerdem … kommt er vielleicht gar nicht wieder.«

»Das erzähl wem anders!«

Schon am selben Abend ertappte ich mich dabei, dass ich das Hin und Her auf der Straße beobachtete. Ich schloss das Café, ohne Olivier wiedergesehen zu haben. Und weigerte mich, mir meine Enttäuschung einzugestehen. Dennoch genoss ich diesen leicht fiebrigen Zustand: Ich fühlte mich angespannt, ich schwebte und gab mich dieser wunderbaren Leichtigkeit hin, die wieder Einzug in meinen Alltag hielt. Zum ersten Mal seit Colin hatte ich wieder solche Empfindungen. Zum ersten Mal berührte mich die Gegenwart eines Mannes und machte mich neugierig auf ihn.

Zwei Tage darauf ging mir Olivier immer noch durch den Kopf. Ich drehte gerade bei Ladenschluss das Schild an der Tür um, als er angerannt kam. Er stützte sich mit den Händen auf die Knie und versuchte, wieder zu Atem zu kommen. Ich machte die Tür auf.

»Ich hab's geschafft«, sagte er.

»Wir haben geschlossen.«

»Ich weiß, aber du bist noch da. Ich habe dich jetzt schon zwei Abende verpasst, heute musste ich es schaffen.«

»Was willst du?«

»Mit dir irgendwas trinken gehen. Du verbringst deine Abende damit, den anderen zuzuschauen, wie sie sich nach ihrer Arbeit entspannen. Du hast auch ein Recht darauf …«

Er schien meine Verblüffung zu bemerken.

»… Es sei denn, du wirst erwartet … Bitte entschuldige, daran hätte ich früher denken sollen … Also … Ich geh jetzt …«

Er hatte schon kehrtgemacht. Ich lief ihm hinterher und

hielt ihn zurück. Ich wollte nicht, dass er ging. Ich war glücklich darüber, dass er gekommen war, so viel stand fest.

»Auf mich wartet niemand.«

»Ehrlich?«

»Wenn ich es doch sage!«

Wir liefen die ganze Rue Vieille-du-Temple hinauf, um in die Rue de Bretagne zu gelangen. Dort fanden wir bald einen Tisch auf einer Caféterrasse. Olivier stellte mir viele Fragen zu den *Glücklichen Menschen*, doch ich äußerte mich nur ausweichend über die Anfänge meiner Buchhandlung. Außerdem versuchte er herauszufinden, wer Félix war und was er mir bedeutete. An seinem Gesichtsausdruck sah ich, dass ihn die Homosexualität meines Freundes sehr beruhigte. Er sei siebenunddreißig Jahre alt, erzählte er, er habe lange in Belgien gearbeitet, wo er auch seine Ausbildung gemacht habe, und sei vor gut fünf Jahren wieder nach Paris zurückgekehrt. »Die Rückkehr zu den Wurzeln«, wie er erklärte. Ich sah den Moment kommen, in dem ich ein bisschen eingehender Auskunft über mich selbst würde geben müssen – und beschloss, unseren Abend abzukürzen. Ich war mir keineswegs sicher, dass er wissen wollte, wer ich wirklich war und was ich erlebt hatte. Ich fühlte mich in seiner Gegenwart wohl, und der Gedanke, ihn mit meinem seelischen Gepäck in die Flucht zu schlagen, jagte mir Angst ein. Andererseits konnte ich ihm meine Vergangenheit auch nicht verheimlichen, sollte sich zwischen uns etwas entspinnen. Alles unvorstellbar. Eine echte Zwickmühle.

»Olivier, vielen Dank für die Einladung, aber ich gehe

jetzt nach Hause. Es war für mich wirklich sehr schön mit dir.«

»Das Vergnügen war absolut meinerseits. Wo wohnst du? Darf ich dich zurückbegleiten?«

»Ich wohne über den *Glücklichen Menschen*, sehr nett von dir, aber du brauchst dich nicht zu vergewissern, dass ich es heil nach Hause schaffe, ich komme schon zurecht.«

»Erlaubst du, dass ich ein Stückchen mit dir gehe?«

»Wenn du unbedingt möchtest …«

Wir machten uns auf den Rückweg. Mir war nicht ganz wohl, ich brachte kein Wort mehr über die Lippen und wich seinem Blick aus. Verlegenheit machte sich zwischen uns breit. Unser Spaziergang dauerte etwa fünf Minuten, dann blieb Olivier stehen.

»Ich lass dich jetzt mal allein weitergehen.«

Ich wandte mich ihm zu. Er brachte es fertig, mich noch anzulächeln, obwohl ich ihn minutenlang angeschwiegen hatte.

»Darf ich dich weiterhin bei den *Glücklichen Menschen* besuchen?«

»Wann immer du willst … Bis bald.«

Ich lief zwei Schritte rückwärts und sah ihn dabei an, dann wandte ich ihm den Rücken zu und nahm Kurs auf meine Wohnung. Am Fußgängerüberweg der Kreuzung Rue Vieille-du-Temple und Rue des Quatre-Fils warf ich noch einen Blick über die Schulter zurück: Olivier hatte sich nicht vom Fleck gerührt und winkte mir jetzt zu. Halb lächelnd, halb seufzend setzte ich meinen Weg fort. Ich wusste nicht mehr, was ich machen sollte … Als ich zu Hause ankam, legte ich mich sofort ins Bett. Doch der Schlaf wollte und wollte nicht kommen.

Falls Félix meine Nervosität bemerkt hatte, so ließ er jedenfalls an den Tagen danach keine Bemerkung darüber fallen. Ich ging ganz normal meinen Pflichten nach, brütete jedoch zugleich über Olivier und einer etwaigen Liebesbeziehung mit ihm. Wie sollte ich ihm meine Lage erklären, ohne ihn in die Flucht zu schlagen? Lust auf eine Liebesbeziehung haben und mich dazu bereit fühlen war das eine, doch etwas ganz anderes war es, niemandem Angst einzujagen mit meiner Vergangenheit, meiner Verwundbarkeit und den Folgen für mein Leben als Frau.

Ein ruhiger Samstagabend. Den ganzen Tag über hatte die Sonne geschienen, und meine Kunden hatten sich nicht in mein Lokal, sondern auf die Caféterrassen gesetzt. Ich konnte es verstehen, ich hätte es genauso gemacht. Wir würden früh schließen. Ich stand hinter dem Tresen, Félix saß gedankenverloren auf einem Hocker.

»Was hast du heute vor?«, fragte ich und schenkte uns beiden ein Glas Rotwein ein.

»Ich kann mich einfach nicht entscheiden, alle verlangen nach mir, und ich weiß nicht, wem ich meine Gunst schenken soll.«

Wie gut, dass er da war, er brachte mich immer irgendwie zum Lachen.

»Und du?«, fuhr er fort, nachdem wir angestoßen hatten.

»Ach, ich hab eine Verabredung mit der schönsten Cabaret-Sendung der Welt.«

»Hast du nichts mehr von deinem Verehrer gehört?«

»Nein, das hätte ich mir ja auch denken können. Er würde sowieso die Beine in die Hand nehmen, wenn er alles über Colin und Clara erführe … und das Übrige …«

»Das Übrige? Die Sache mit dem Kind? Das ist doch albern, früher oder später wird dich die Frage wieder beschäftigen.«

Schon bei dem Gedanken begann ich zu zittern.

»Nein, das glaube ich nicht.«

»Diane, du bist da viel zu voreilig. Niemand verlangt im Augenblick von dir, dass du wieder heiratest oder eine Familie gründest. Du lernst jemanden kennen, du verbringst eine schöne Zeit mit ihm und lässt den Dingen ihren Lauf.«

»Wie auch immer, es hat sich zerschlagen.«

»Nicht unbedingt, schau mal, wer da kommt …«

Ich sah Olivier, der sich anschickte, die Tür zu öffnen. Mein Herz schlug wie wild.

»*Salut*«, sagte er einfach, als er eintrat.

»*Salut*, Olivier«, antwortete Félix fröhlich. »Setz dich!«

Félix klopfte einladend auf den Hocker neben sich. Olivier trat zögernd näher und bat mit Blicken um Erlaubnis.

»Trinkst du ein Glas Rotwein mit uns?«, fragte ich.

»Warum nicht?«

Félix übernahm die Gesprächsführung und bombardierte Olivier mit Fragen nach seinem Leben und seiner Arbeit. Der unterwarf sich gut gelaunt diesem Verhör. Mein Freund gab sich zwar lustig, aber er wollte sich einen genauen Eindruck von diesem Mann verschaffen, Félix hätte Vater und Mutter verkauft, damit ich endlich jemanden fände, doch zugleich machte ihm der Gedanke Angst. Ich beteiligte mich nicht an ihrem Gespräch, ich war dazu gar nicht fähig. Dafür machte ich den ganzen Abwasch. Ich spülte alle Gläser und Tassen, die herumstanden, manche sogar zweimal. Sobald Olivier meinen Blick aufzufangen versuchte, sah ich weg. Als ich wirklich gar nichts mehr fand, das ich waschen, spülen oder polieren konnte, holte ich mein Päckchen Zigaretten unter dem Tresen hervor und ging nach draußen an die frische Luft.

Ich war bei der zweiten Zigarette, als ich die Türglocke hörte: Félix.

»Es ist so weit, der König hat die Wahl für die Nacht getroffen, ich weiß, wo ich's mir gut gehen lassen werde.«

»Nein … Bitte … Du kannst mich doch nicht einfach mit ihm allein lassen.«

»Er hat nur einen Fehler, er raucht nicht. Er ist wirklich in Ordnung. Das merkt man. Mach dir keinen Kopf. Red mit ihm. Überwind dich. Hab ein bisschen Spaß!«

Er küsste mich auf die Wange.

»Er erwartet dich.«

Und damit schritt Félix von dannen, erwartungsfroh und bester Laune. Ich seufzte tief, bevor ich die *Glücklichen Menschen* betrat.

»Äh …«, begrüßte mich Olivier.

»Äh …«, antwortete ich.

»Hättest du Lust auf ein Abendessen zu zweit?«

Ich verzog mich hinter meinen Tresen und trank einen Schluck Wein. Olivier ließ mich nicht aus den Augen.

»Wollen wir hierbleiben?«, schlug ich vor. »Ich mache jetzt zu, und dann gehört die Bar für den Abend uns.«

»Wenn ich mich dann ums Essen kümmern darf?«

»Okay!«

Er sprang von seinem Hocker und lief auf die Tür zu, doch dann drehte er sich noch einmal zu mir um.

»Du bist doch noch da, wenn ich zurückkomme? Du läufst nicht weg?«

»Du kannst dich auf mich verlassen.«

Er strahlte mich an und ging.

Ich beschäftigte mich, während ich auf seine Rückkehr wartete, schaltete das Licht im Schaufenster aus, drehte das Schild in der Ladentür um – ich hatte geschlossen –, legte eine andere CD auf, das letzte Album von Angus & Julia Stone, und dann schloss ich mich in der Toilette ein. Ich sah schrecklich aus; ich hatte es morgens eilig gehabt und mich nicht geschminkt, auch mein Parfüm war nicht mehr taufrisch. Nur wollte ich nicht das Risiko eingehen, dass Olivier vor verschlossener Tür stand, ich konnte also nicht nach oben in meine Wohnung gehen. Da vibrierte mein Handy in der Tasche. Eine SMS von Félix: *»Für allfällige Fassaden-Ausbesserungen findest du das nötige Material hinter dem großen Fotorahmen neben der Kasse.«* Als hätte er eine Überwachungskamera in der Toilette angebracht! Bei Félix war alles möglich. Er hatte tatsächlich heimlich ein Schminktäschchen mit einer Haarbürste und einem Pröbchen meines Parfüms vorbereitet.

Ich hatte uns gerade den Tresen gedeckt, da kam Olivier mit vollen Händen und Armen zurück.

»Ah, du hast noch Freunde eingeladen?«

»Ich konnte mich nicht entscheiden«, erwiderte er und stellte all seine Tüten auf dem Tresen ab. »Deshalb hab ich von allem ein bisschen genommen. Ich war im griechischen Feinkostgeschäft, in der italienischen Fleischerei, im Käseladen … und als Nachtisch hab ich Schokoladenkuchen gekauft, aber dann dachte ich, du magst vielleicht lieber Obst, deshalb sind da auch Tartes …«

»Das war doch aber alles nicht nötig …«

»Ich kümmere mich gern um dich.«

»Meinst du, man müsste sich um mich kümmern?«

Er runzelte die Stirn.

»Nein … Ich finde dich anziehend, und es macht mir Freude …«

Ich sah auf meine Füße, meine Knie gaben nach.

»Eigentlich darf ich das gar nicht sagen, aber wollen wir uns nicht setzen?«

Er war so feinfühlig und geschickt, dass ich mich wieder wohlzufühlen begann und die Spannung in diesem improvisierten Rendezvous nachließ.

Ich verlor das Zeitgefühl. Ich konnte mich nicht erinnern, in den vorangegangenen Jahren einen derart angenehmen Abend verbracht zu haben. Olivier brachte mich mit Anekdoten über eingebildete Bandscheibenvorfälle zum Lachen. Und ich lernte einen spontanen Mann ohne existenzielle Probleme kennen, der vom Leben nur einfache Dinge erwartete, um glücklich zu sein. Er gab mir zu verstehen, dass er gern mehr über mich erfahren hätte.

»Du bist immer so ein bisschen zurückhaltend … Ich frage mich, woran das liegen mag … Ich mache dir doch hoffentlich keine Angst?«

»Nein.« Ich lächelte ihm zu. »Es ist nur sehr lange her, dass ich in einer solchen Situation war …«

»Hast du eine schmerzhafte Trennung hinter dir? Verzeih, ich überfalle dich da vielleicht ein bisschen …«

»Nein … Es ist ein bisschen komplizierter … und nicht so leicht zu erklären …«

»Du musst dich nicht zwingen …«

»Doch, es ist wichtig … Vielleicht willst du hinterher nichts mehr von mir wissen …«

»Also solange du mir nicht verkündest, dass du jemanden umgebracht hast …«

»O nein, da kann ich dich beruhigen!« Ich lachte.

Mein Blick wich nach links und rechts aus, ich atmete noch einmal tief durch und brachte es dann heraus:

»Es ist so, Olivier … Vor drei Jahren habe ich meinen Mann und meine Tochter bei einem Autounfall verloren …«

»Diane … Es tut mir …«

»Sag nichts. Heute komme ich damit zurecht. Aber seither hatte ich niemanden mehr in meinem Leben … Und ich muss sagen … Das ist jetzt das erste Mal seit damals, dass ich mit einem Mann einen richtig schönen Moment erlebe. Ich kann es verstehen, wenn dir das Angst macht …«

Ich ließ den Kopf hängen. Und sah aus dem Augenwinkel, dass Olivier sich bückte, um meinen Blick von unten aufzufangen. Darüber musste ich ein bisschen lachen. Er war weder distanziert noch verschlossen geworden, er war immer noch derselbe.

»Wie wär's mit einer kleinen Stärkung?«

»Gern.«

»Darf ich hinter den Tresen gehen und noch eine Flasche aufmachen?«

Ich nickte und sah ihm zu.

»Weißt du, das ist ein Jugendtraum von mir«, fügte er lachend hinzu.

»Also bitte, tu dir keinen Zwang an!«

Er fand Flasche und Korkenzieher und bediente uns. Die Konzentration, mit der er dieser Aufgabe nachkam, rührte und entspannte mich.

»Das kannst du gut. Du könntest hier sofort anfangen.«

»Ich bin nur für die Extras zuständig.« Er zwinkerte mir zu.

Er wollte gerade wieder zu mir auf die andere Seite des Tresens zurückkehren, als er den großen Rahmen mit unseren Familienfotos bemerkte. Er sah mich fragend an.

»Darf ich?«

»Nur zu.«

Er nahm den Rahmen und betrachtete ihn eingehender.

»Félix scheint ein gutes Verhältnis zu deiner Tochter gehabt zu haben.«

»Er ist ihr Pate … Stört's dich, wenn ich eine rauche?«

»Du bist hier zu Hause. Möchtest du vielleicht nicht darüber sprechen?«

»Wenn du Fragen hast …«, antwortete ich und steckte mir eine Zigarette an.

Er stellte den Rahmen wieder an seinen Platz und kam zu mir.

»Was hast du in den letzten drei Jahren gemacht? Ich meine … um darüber hinwegzukommen … Es kann sich ja niemand vorstellen, was du durchmachen musstest.«

Ich holte tief Luft, rauchte erst einmal in Ruhe meine Zigarette zu Ende und drückte sie aus, bevor ich antwortete:

»Ein Jahr lang habe ich mich in unsere Wohnung eingeschlossen … Und dass ich überhaupt noch lebe, verdanke ich Félix. Er hat mich derart hartnäckig immer wieder aus dem Loch geholt, dass ich schließlich beschloss fortzugehen … Ich habe ein knappes Jahr in Irland gelebt, in einem weltverlorenen Nest, das Meer war nur ein paar Meter von meinem Cottage entfernt …«

»Und wie war das?«

»Feucht, aber es hat mich wirklich aufgewühlt. Es ist schön, es ist sehr, sehr schön dort, musst du wissen … Überwältigende Landschaften, dieses Land ist wirklich einen Umweg wert …«

Ich kämpfte gegen die Erinnerungen, ich weigerte mich, von meinen irischen Geistern überfallen zu werden.

»Schließlich bin ich wieder in den heimischen Stall zurückgekehrt, und seither halte ich mich wacker. Ich möchte nicht mehr sterben … Ich will leben, aber ein ruhiges Leben, in Paris, bei den *Glücklichen Menschen.* Ja, so ist das.«

Ich lächelte zaghaft.

»Danke, dass du mir das alles gesagt hast. Ich werde dich nicht weiter ausfragen.«

Er strich mir behutsam eine Strähne aus der Stirn und lächelte mir zu. Ich erbebte.

»Ich helfe dir aufräumen, und dann lasse ich dich in Ruhe zu Bett gehen.«

Er stand auf, ging hinter die Bar und machte sich an den Abwasch. Ich folgte ihm und trocknete die Teller ab, die er mir hinhielt. Schweigend hörten wir *No Surprises*, das in Endlosschleife lief. Auf dem engen Raum, auf dem wir uns bewegten, konnten wir gar nicht anders, als uns mit den Schultern zu streifen, und es gefiel mir. Als alles sauber und aufgeräumt war, zog Olivier seine Jacke über.

»Kommst du von hier direkt in deine Wohnung?«, fragte er mich.

»Ja.«

»Schließ gut ab.«

Ich brachte ihn noch zur Ladentür, wir standen uns gegenüber.

»Diane, ich werde dich nicht drängen, ich lasse dir die Zeit, die du brauchst, um zu mir zu kommen, wenn du magst … Ich warte auf dich, notfalls auch lange …«

Er trat näher und sagte mir ins Ohr: »Ich habe keine Angst.«

Dann küsste er mich auf die Wange. Es waren nicht die beiden bedeutungslosen Freundschaftsküsschen – die wir übrigens nie ausgetauscht hatten. Nein, es waren nur seine Lippen auf meiner Wange, der Beweis seines Versprechens und seines Feingefühls.

»Gute Nacht.«

»Danke«, konnte ich wenigstens murmeln.

Er ging hinaus und wartete, bis ich alles abgeschlossen hatte, dann verschwand er. Völlig groggy und mit Wattebeinen ging ich nach oben und legte mich hin. Hatte ich womöglich gerade den Mann getroffen, der wieder Freude in mein Leben bringen würde? Würde es mir gelingen, mich dieser Freude hinzugeben?

4

In den folgenden beiden Wochen kam Olivier fast jeden Tag bei mir vorbei. Manchmal nur, um mir Guten Tag zu sagen; und sonst trank er einen Kaffee oder nach der Arbeit einen Wein. Er lud mich nie wieder ein, mit ihm auszugehen, und suchte auch keine körperliche Nähe zu mir. Er ließ mir Zeit, mich an ihn zu gewöhnen, er zähmte mich, und das mit Erfolg: Ich sah immer sehnsüchtiger auf die Straße hinaus und wartete auf sein Kommen, ich war enttäuscht, wenn er uns verließ, und wenn ich abends schlafen ging, war er noch immer in meinen Gedanken. Dennoch konnte ich mich nicht überwinden, ihm meine Gefühle mitzuteilen. Der Gedanke an die Zukunft ängstigte mich.

Er hatte seine Mittagspause in den *Glücklichen Menschen* verbracht und war gerade gegangen, als Félix aus heiterem Himmel über mich herfiel:

»Was spielst du da eigentlich für ein Spiel?«

»Wie meinst du das?«

»Der arme Junge tut mir allmählich leid. Du wirfst ihm schmachtende Blicke zu und lässt ihn gleichzeitig schmoren. Ich sehe doch, wie sehr du dich den ganzen Tag nach ihm sehnst, und wenn er kommt, stotterst du rum … Warum fällst du ihm nicht endlich in die Arme?«

»Ich weiß auch nicht …«

»Ist es wegen Colin? Ich dachte, das hättest du hinter dir.«

»Nein, es liegt nicht an Colin. Um ehrlich zu sein, denke ich mehr an Olivier als an ihn.«

»Das ist ein gutes Zeichen.«

»Ja … Aber …«

»Geduld und Freundlichkeit haben ihre Grenzen. Mach ihm ein wenig Hoffnung, sonst …«

»Ach, lass mich doch in Frieden!« Es ging mir wahnsinnig auf die Nerven, dass er so recht hatte.

Noch am selben Abend kam Olivier wieder, und Félix sah mich sehr eindringlich an. Olivier trat schüchtern lächelnd auf mich zu.

»Hast du morgen Abend schon etwas vor?«

»Äh … Nein …«

»Ich habe nämlich ein paar Freunde eingeladen, die schon lange auf die Wohnungseinweihung warten. Ich würde mich freuen, wenn du dabei wärst. Übrigens Félix, wenn du Lust hast, komm doch auch.«

»Wir kommen gern«, antwortete ich, noch bevor Félix etwas sagen konnte.

»Dann lass ich dich jetzt weiterarbeiten. Also, bis morgen!«

Er winkte Félix zu. Während er die Tür hinter sich zuzog, sah er mich durch die Scheibe an, ich lächelte ihm zu.

»Siehst du, geht doch!«

»Mach mir morgen bloß keine Schande«, antwortete ich Félix.

Er prustete los.

Als ich tags darauf bei Olivier klingelte, war ich glücklich und überhaupt nicht gestresst. Im Gegenteil, ich freute mich auf ihn. Ich hatte beschlossen, meine Zweifel und Ängste zurückzustellen. Als Olivier die Tür öffnete, ließ uns Félix, dieser Elefant im Porzellanladen, sofort miteinander allein, und das auch noch kichernd wie ein Backfisch.

»Der wird heute Abend den Alleinunterhalter bei dir machen, damit du's weißt«, verkündete ich Olivier.

»Soll er doch!«

Wir sahen uns in die Augen.

»Vielen Dank, dass du mich heute Abend eingeladen hast, ich bin sehr gern bei dir.«

Und ohne nachzudenken, küsste ich ihn auf die Wange.

»Stellst du mich vor?«

Olivier brauchte mich nicht groß vorzustellen, alle seine Freunde hatten schon von mir gehört. Der Form halber gab er sich ein bisschen beschämt, zwinkerte mir aber zu. Ich war gerührt über ihren Empfang, sie taten alles, damit ich mich dazugehörig fühlte. Félix fühlte sich bald pudelwohl, er redete mit allen und riss einen Witz nach dem anderen. Olivier brachte mir ein Glas Weißwein und entschuldigte sich, er könne nicht bei mir bleiben.

»Ich habe noch in der Küche zu tun.«

Ich betrachtete seine Einrichtung – hier sah es absolut nicht wie in einer Junggesellenwohnung aus. Ganz im Gegenteil, er hatte es sich schön gemacht. Es war weder unordentlich noch minimalistisch aufgeräumt. Es war behaglich: Das stoffbezogene Sofa war ideal zum Herumfläzen, die Pflanzen und die Fotos von Verwandten und Freunden ließen die Wohnung lebendig und einladend wirken. Sie war wie Olivier: beruhigend.

Ich lachte und redete mit netten Leuten meines Alters, ich hatte das Gefühl, wieder eine Frau wie alle anderen zu sein. Ich klammerte mich nicht mehr an Félix, ich fühlte mich nicht bedroht. Die Neugierigen beruhigte ich mit kurzen Andeutungen: »Aber ja, ich mag Olivier! Es ist alles nur eine Frage der Zeit.« In diesem engen Freundeskreis war jedem wirklich am Glück des anderen gelegen. Niemand fragte mich nach meinem Privatleben, Olivier war diskret gewesen. Meine gute Laune fiel wie ein Kartenhaus in sich zusammen, als eine Frau aus einem der Zimmer – vermutlich Oliviers Schlafzimmer – trat. Sie hielt ein etwa sechs Monate altes Baby im Arm. Sie strahlte das Glück und die Müdigkeit der jungen Mutter aus. Am liebsten wäre ich schreiend davongerannt; in der Hoffnung, sie würde mich nicht sehen, zog ich mich in den Hintergrund zurück. Aber natürlich entdeckte sie mich sofort und kam mit einem strahlenden Lächeln auf mich zu.

»Diane, nicht wahr? Ich freue mich so, dich kennenzulernen, Olivier erzählt so viel von dir.«

Sie küsste mich auf die Wangen, der Geruch von Babycreme stieg mir in die Nase und versetzte mich in die Zeit von Claras Geburt zurück. Ich hatte Babys und ihren

Geruch immer gemocht. »Du schnüffelst an deiner Tochter wie an Klebstoff«, pflegte Colin zu sagen. Als sie mich verließen, hatten wir über ein zweites Kind nachgedacht, damit Clara ein Brüderchen oder Schwesterchen hätte …

»Und hier ist mein kleiner Augapfel.« Sie zeigte auf ihr Kind. »Ich habe ihr gerade das Fläschchen gegeben, als du kamst … O Mist, ich hab ihr Schmusetier in Oliviers Schlafzimmer vergessen! Würdest du sie mal kurz halten?«

Sie wartete meine Antwort gar nicht erst ab, sondern legte mir ihre Tochter in die Arme. Mein Kopf wurde von einem Schraubstock zermalmt, mein Blut gefror. Ich hatte nicht mehr dieses kleine Mädchen vor Augen, ich sah mich mit MEINER Clara in den Armen. Ich spürte ihre Haut, das winzige Händchen, das meinen Finger umklammerte, ich entdeckte ihre ersten blonden Löckchen. Durch das Brabbeln des Babys hörte ich die stummen Schreie in meinem Kopf. Meine Atmung beschleunigte sich. Ich zitterte so stark, dass ich sie fallen lassen würde, wenn ich sie noch eine Sekunde länger hielt. Ich hatte Angst, mein Schmerz könnte ihr wehtun.

»Diane … Diane …«

Mit Tränen in den Augen schaute ich zu Olivier auf, der leise nach mir rief.

»Ich nehme sie, okay?«

Ich nickte. Ich stand erstarrt da und sah zu, wie Olivier sich um dieses kleine Mädchen kümmerte, als hätte er nie etwas anderes getan. Er drückte sie an sich, sprach mit ihr und reichte sie an einen Mann weiter, der vermutlich ihr Vater war. Dann kam er zu mir zurück und legte mir den Arm um die Taille.

»Ich brauche Diane in der Küche«, sagte er im Hinausgehen. An der Schwelle begegnete ich Félix' mitleidsvollem Blick. Mein Freund war leichenblass. Olivier schloss uns beide in der kleinen Küche ein, öffnete das Fenster, holte einen Aschenbecher aus dem Schrank und hielt mir meine Zigaretten hin, die er vom Tisch genommen haben musste, ohne dass ich es bemerkt hatte. Zitternd und weinend steckte ich mir eine an. Olivier respektierte mein Schweigen.

»Es tut mir leid«, sagte ich.

»Erzähl keinen Unsinn, niemand hat etwas bemerkt. Und selbst wenn, es geht sie nichts an. Soll ich Félix holen?«

»Nein …«

Ich schniefte, und er hielt mir ein Taschentuch hin.

»Ich bin nicht mehr normal … Ich kann … Ich kann einfach keine Kinder mehr sehen, keine Babys … Es tut zu weh. Denn jedes Mal erinnert es mich daran, dass man mir meine Tochter weggenommen hat, meine Clara, die Liebe meines Lebens … Das werde ich nie akzeptieren … Ich werde es nie vergessen … nie zu etwas anderem übergehen können …«

Ich schluchzte. War einem hysterischen Anfall gefährlich nah. Olivier trat auf mich zu, wischte mir die Wangen trocken und drückte mich an sich. Ich fühlte mich sofort besser, ich war in Sicherheit, ich spürte, dass er zärtlich und sanft war. Er nutzte die Situation nicht aus. Ganz langsam beruhigte sich mein Atem. Ich hatte Vertrauen zu ihm, doch ihn mit diesem Kind in den Armen zu sehen hatte bestätigt, was ich in meinem Innern fürchtete und was mich daran hinderte, mich ihm wirklich hinzugeben.

»Ich bin nicht die richtige Frau für dich …«

»Was soll das jetzt heißen?«, fragte er sanft.

Ich löste mich von ihm.

»Falls es zwischen uns funktioniert …«

Vorsichtig zog er mich wieder an sich, und ich ließ es geschehen.

»Daran hege ich nicht den geringsten Zweifel!« Er streichelte mir die Wange.

»Ich werde dir nie ein Kind schenken können. Ich will keins mehr … Die Mutter, die ich war, ist mit Clara gestorben …«

»Und das ist es, was dich zurückhält?«

»Früher oder später wirst du eine Familie gründen wollen, ich habe dich mit diesem Baby gesehen, du hast es genossen, die Kleine auf dem Arm zu haben. Ich will deine Zeit nicht verschwenden, such dir ein Mädchen, das …«

»Pscht!«

Er legte mir einen Finger an die Lippen und sah mir in die Augen.

»Ich liebe Kinder, das stimmt, aber vor allem die der anderen. Ein Kind gehört nicht zu meinen Lebenszielen. Ich bin davon überzeugt, dass ein Paar sich selbst genügen kann. Und das ist alles, was ich von einer Beziehung zwischen uns erwarten würde, weiter nichts, ehrlich. Wir haben noch so viel Zeit, über Kinder nachzudenken … Wir könnten das Abenteuer wagen und ein Stückchen Weg gemeinsam gehen«, sagte er abschließend und lächelte.

Das Leben konnte mit einem Mann wie ihm als Gefährten schöner sein. Er hatte starke, beschützende Arme, seine braunen Augen blickten sanft und schalkhaft zugleich, sein Gesicht war ausdrucksvoll. Ich brauchte nur noch einen Schritt zu tun. Langsam näherte ich mein Gesicht seinem und legte meine Lippen auf seine. Seine Umarmung wurde fester, ich öffnete leicht den Mund, unser Kuss wurde tiefer, ich klammerte mich an seinen Hals. Schließlich lehnte Olivier seine Stirn an meine. Er streichelte mir die Wange, und ich schloss die Augen.

»Ich würde sonst was darum geben, wenn die nebenan mit einem Schlag weg wären«, murmelte er sehr leise.

»Und ich erst!«

»Wenn es zu schwierig für dich ist, bringe ich dich nach Hause.«

»Nein, ich möchte bleiben.«

»Du kannst dich auf mich verlassen, ich werde keine Sekunde von deiner Seite weichen.«

Wir tauschten noch einen Kuss, einen langen, intensiven. Aber wir mussten uns beherrschen. Etwas atemlos nahmen wir dann einige Zentimeter Abstand voneinander.

»Gehen wir wieder rein?«, fragte mich Olivier und zog einen Schmollmund.

»Was bleibt uns anderes übrig?«

Wir nahmen die Schüsseln mit dem Abendessen von der Arbeitsfläche – um vom Eigentlichen abzulenken. Bevor Olivier die Tür öffnete, küsste er mich ein letztes Mal. Ich konnte mich noch so sehr bemühen, als wir zurück bei den anderen waren, nahm mich Félix mit Blicken ins Kreuzverhör: Er sah, dass ich geweint hatte, aber auch, dass noch etwas anderes geschehen war. Als er es verstand, machte er riesige Kulleraugen und zwinkerte mir dann anzüglich zu. Den restlichen Abend verbrachte ich in Oliviers Nähe. Ich konnte mich bald entspannen, denn das Baby wurde schlafen gelegt und meldete sich danach kein einziges Mal. Als wir spürten, dass wir nicht mehr so neugierig beäugt wurden, nutzten wir jede Gelegenheit zu einer leichten Berührung. Ich lauschte den Gesprächen nur mit halbem Ohr, ich dachte die ganze Zeit an das, was gerade geschehen war, und wartete sehnsüchtig darauf, wieder mit Olivier allein zu sein.

Félix gelang es schließlich, mich zu stellen.

»Gehst du zum Schlafen nach Hause?«

»Ich weiß noch nicht, aber du kannst ruhig vor mir gehen.«

»Halleluja!«

Alle gingen. Alle außer mir. Sobald wir allein waren, machte ich die zwei Schritte, die uns trennten, schmiegte mich an ihn und suchte mit den Lippen seinen Mund. Endlich konnten meine Hände ihn entdecken, auch seine glitten bereits über meine Taille und meinen Rücken.

»Darf ich heute Nacht bleiben?«, murmelte ich dicht an seinem Mund.

»Wie kannst du so etwas fragen?«, erwiderte er.

Immer noch eng an ihn geschmiegt, zog ich ihn zu seinem Schlafzimmer, zu seinem Bett … Es war kein rein sexuelles Verlangen, das mich beherrschte, während wir miteinander schliefen; ich war hungrig nach Zärtlichkeit, Berührung, Sanftheit. Olivier war bei jeder Liebkosung, jedem Kuss sehr behutsam. Er kümmerte sich um mich; er war nicht auf seine eigene Lust aus, er wollte nur meine. Und ich wusste, ich war dem Mann begegnet, den ich brauchte. Als ich etwas später in seinen Armen einschlief, dachte ich, ich sei nicht mehr Colins Frau, sondern einfach nur Diane.

Im Monat darauf lernte ich wieder, als Paar zu leben. Wir sahen uns täglich außer sonntags – es wäre für mich undenkbar gewesen, auf meinen Brunch mit Félix zu verzichten. Ich schlief regelmäßig bei Olivier, umgekehrt kam es seltener vor. Ich hatte immer noch gewisse Schwierigkeiten, meine Intimsphäre ganz zu öffnen. Er nahm es mir nicht übel, er wartete immer, bis ich bereit war und zu ihm kam.

Es war Sommer geworden, ich hatte Olivier angekündigt, dass ich das Café nicht schließen wollte. Wenn er darüber enttäuscht war, dass wir nicht zusammen Urlaub machen würden, gab er es jedenfalls nicht zu erkennen. An einem Abend Anfang Juli, wir saßen irgendwo auf einer Terrasse und tranken etwas, schlug ich ihm eine Alternative vor.

»Vielleicht könnten wir uns ein verlängertes Wochenende gönnen?«

»Daran hatte ich auch schon gedacht, aber ich sagte mir, du hättest vielleicht eigentlich keine Lust, mit mir zu verreisen«, sagte er mit leisem Lächeln.

»Du Idiot!«

Er lachte und fuhr dann fort:

»Im Ernst, ich weiß, dass du die *Glücklichen Menschen* nicht allein lassen willst.«

»Du hast recht, davor habe ich ein bisschen Angst, aber jetzt gibt es dich, und wir wären ja nicht lange weg. Ich hoffe, Félix kann mich vertreten …«

An diesem Abend schlief Olivier bei mir.

Das verlängerte Wochenende um den 14. Juli kam da wie gerufen. Ich würde mich für vier Tage von den *Glücklichen Menschen* trennen und vorher Félix genauestens briefen. Olivier hatte alles organisiert: Reiseziel, Fahrkarten, Hotel. Allerdings fand er, dass ich mir insgesamt zu wenig Freizeit gönnte. Am Tag vor unserer Abreise komplottierte er mit Félix, damit ich mir zusätzlich einen Nachmittag freinahm, »als Test«, wie die beiden behaupteten. Zu meiner großen Freude verstanden sie sich richtig gut. Olivier lachte über Félix' Extravaganzen und betrachtete unsere verschworene und innige Freundschaft weder mit Eifersucht noch mit Kritik. Und Félix sah in Olivier Colins Nachfolger, er mochte seinen Humor und vor allem, dass er nie zudringliche Fragen nach der Familie stellte, die ich verloren hatte.

An besagtem Testnachmittag machte Olivier mit mir einen Bummel durch die Geschäfte, die ich schon lange nicht mehr regelmäßig aufsuchte; ich nutzte den Schlussverkauf und frischte meine Sommergarderobe auf. Ich folgte Olivier, ohne besonders auf den Weg zu achten, ließ mich von ihm an der Hand durch die Straßen von Paris führen. Plötzlich blieb er vor einem Spa stehen. Ich sah ihn fragend an.

»Ein Geschenk!«

»Was?«

»In den nächsten zwei Stunden wird sich jemand um dich kümmern. Der Entspannungsurlaub beginnt bereits heute.«

»Aber das hättest du doch nicht …«

»Pscht! Es macht mir Freude. Danach gehst du nach Hause und machst dich schön, um 19 Uhr hole ich dich ab. Es gibt da eine Ausstellung, die dich interessieren könnte, und anschließend gehen wir essen.«

Ich fiel ihm um den Hals. Seit Colin hatte sich niemand mehr so liebevoll um mich gekümmert.

Ich war entspannt, hatte eine weiche Babyhaut und weihte ein hübsches kleines Schwarzes mit passenden Espadrilles ein, alles Neuerwerbungen vom Nachmittag. Bevor ich ins Café hinunterging, um auf Olivier zu warten, betrachtete ich mich im Spiegel; ich war glücklich, denn ich fühlte mich schön, schön für ihn. Der Blick, mit dem er mich eine halbe Stunde später ansah, war keine Enttäuschung.

In der Metro hängte ich mich an ihn, küsste ihn auf den Hals und schmachtete ihn an wie ein frischverliebter Teenager. Ich hatte in vieler Hinsicht ein neues Kapitel begonnen. Ich konnte mir nicht vorstellen, was diesen friedlichen Zauber brechen sollte, der mich umgab, seit Olivier in mein Leben getreten war. Ich begann mir einzugestehen, dass ich in ihn verliebt war. Ein Gefühl der Sanftheit überflutete mich.

An der Station Montparnasse stiegen wir aus. Ich folgte Olivier, ohne ihm Fragen zu stellen. Beim Gedanken, eine Ausstellung zu besuchen, war ich aufgeregt wie ein Kind. Er wollte es unbedingt bis zum Schluss spannend machen. Als wir angekommen waren, musste ich mit dem Rücken zum Eingang stehen bleiben, damit die Überraschung noch ein bisschen hinausgezögert wurde. Ich hörte Musik hinter mir: keltische Musik im bretonischen Viertel, was auch sonst?

»Ich habe diese Ausstellung entdeckt, als ich im *Pariscope* blätterte. Sie läuft nicht lange, da mussten wir die Gelegenheit schnell nutzen«, sagte Olivier, höchst zufrieden mit sich selbst.

»Und worum geht es?«

»Tritt ein und sieh selbst.«

Ich drückte die Tür auf. Es war eine Ausstellung über die Beziehung der britischen, der schottischen und der irischen Kultur zum Meer. Man hatte eine Pub-Atmosphäre geschaffen; anstelle von Champagner und Häppchen wurden Essig-Chips und Guinness oder Whiskey angeboten. Meine freudige Erregung verwandelte sich in abgrundtiefes Unbehagen.

»Du hast gesagt, Irland hätte dir sehr gutgetan, da dachte ich, es würde dir gefallen.«

»Ja«, brachte ich mühsam über die Lippen.

Olivier legte mir den Arm um die Taille und begann, mit mir durch die Galerie zu schlendern. Es war sehr voll, wir kamen zwischen all den Besuchern kaum voran. Ich wagte die Bilder und Fotos nicht anzusehen, ich hatte zu viel Angst, eine Landschaft wiederzuerkennen, einen Eindruck wieder zu spüren, Emotionen wieder hochkommen zu lassen. Einsilbig antwortete ich auf Oliviers Fragen. Seinen Vorschlag, ein Guinness zu trinken, lehnte ich ab.

»Mir scheint, ich hatte da keine gute Idee«, sagte er schließlich.

Ich griff nach seiner Hand und drückte sie fest.

»Ich bin schuld, ich habe dir gesagt, ich hätte dieses Land geliebt und gern am Meer gelebt, das stimmt auch, aber … ich habe nicht nur gute Erinnerungen, ich war damals nicht gerade in Bestform.«

»Dann gehen wir jetzt einfach. Dir wehzutun war wirklich das Letzte, was ich wollte. Es tut mir schrecklich leid.«

»Du kannst wirklich nichts dafür, aber ich möchte tatsächlich lieber gehen, bitte verzeih. Setzen wir unseren Abend an einem möglichst weit entfernten Ort fort.«

Wir gingen auf den Ausgang zu, ich presste mich weiter an ihn und blickte zu Boden. Wir waren schon fast draußen, als aus der Musik und dem allgemeinen Stimmengewirr eine Stimme hervorstach. Eine Stimme, die mich lähmte. Eine Stimme, die mich nach Mulranny zurückversetzte. Eine Stimme, die den Geschmack der Gischt auf meinen Lippen lebendig werden ließ. Eine heisere, nach Tabak klingende Stimme, von der ich nicht gedacht hätte, dass ich sie je wieder hören würde.

»Warte«, sagte ich zu Olivier und ließ ihn los.

Ich ließ ihn einfach stehen und ging zurück, geleitet und hypnotisiert vom Klang dieser Stimme, die wie Sirenengesang in mir widerhallte. Es war unmöglich. Das hatte ich mir nur eingebildet, weil ich von den Erinnerungen, die mich hier überfallen hatten, so verwirrt war.

Dennoch, ich musste mir Klarheit verschaffen. Ich musterte die Gestalten und Gesichter, belauschte die Gespräche und stieß alle beiseite, die meine Suche behinderten. Dann erstarrte ich. Es war tatsächlich seine Stimme. Nur wenige Zentimeter trennten mich von ihm. Da stand er, mit dem Rücken zu mir, lässig, im Hemd, zwischen den Fingern eine Zigarette, die nur darauf wartete, angezündet zu werden. Wenn ich eingeatmet hätte, wäre sein Duft in meine Nasenlöcher gedrungen und hätte mich wieder in seine Arme getrieben. Ich zitterte, mein Mund war trocken, meine Hände feucht, mir war kalt, und mir war heiß.

»Edward …«, murmelte ich unwillkürlich.

Mir war, als hätten mich alle gehört. Nur er zählte. Sein Körper spannte sich an, einige Sekunden lang senkte er den Kopf, ballte eine Hand zur Faust, dann ließ er mehrmals sein Feuerzeug aufspringen. Endlich wandte er sich um. Unsere Blicke verhakten sich ineinander. Mein Blick übermittelte ihm meine Überraschung und meine Fragen. Seiner schickte mir, nachdem er mich von Kopf bis Fuß gemustert hatte, nur Kälte und Distanz zurück. Seine Züge waren immer noch so hart und arrogant, er trug immer noch einen Bart. Sein Haarschopf war immer noch so wüst wie in meiner Erinnerung, doch inzwischen wurde er von einigen weißen Fäden durchzogen. Er wirkte erschöpft, von etwas gezeichnet, das ich nicht zu bestimmen vermochte.

»Diane«, sagte er schließlich.

»Was machst du hier?«, fragte ich mit bebender Stimme und fiel dabei ganz natürlich ins Englische.

»Ich stelle meine Fotos aus.«

»Seit wann bist du in Paris?«

»Seit drei Tagen.«

Seine Antwort war für mich wie ein Faustschlag mitten ins Herz.

»Wolltest du mich …«

»Nein.«

»Ach …«

In meinem Kopf hagelte es Fragen, ich brachte keine einzige heraus. Seine feindselige, distanzierte Haltung lähmte mich. Sein Blick verlagerte sich auf etwas hinter mir, ich spürte eine Hand in meinem Rücken.

»Ich hab dich gesucht«, hörte ich Olivier sagen.

Wie hatte ich ihn nur vergessen können? Ich zwang mich zu einem Lächeln und wandte mich ihm zu.

»Entschuldige bitte … Ich … Ich habe Edward entdeckt, bevor wir rausgingen, und …«

Er streckte ihm die Hand hin.

»Freut mich sehr, ich bin Olivier.«

Edward schüttelte ihm wortlos die Hand.

»Edward spricht kein Französisch.«

»O Verzeihung! Ich hätte nie gedacht, dass du hier jemandem begegnen könntest, den du kennst!«, sagte Olivier freundlich und in bestem Englisch.

»Edward ist Fotograf, und …«

»Ich war Dianes Nachbar, als sie in Mulranny wohnte.«

So hätte ich es nicht ausgedrückt. Er war weit mehr gewesen. Und mein seltsam schlagendes Herz sandte mir ziemlich widersprüchliche Botschaften über das, was er mir noch bedeutete.

»Unglaublich! Und jetzt trefft ihr euch hier durch puren

Zufall wieder. Wenn ich das gewusst hätte ... Diane, möchtest du nicht doch bleiben? Ihr habt euch doch sicher viel zu erzählen nach so langer Zeit ...«

»Nein«, mischte sich Edward ein. »Ich habe zu tun. Hat mich gefreut, dich kennenzulernen, Olivier.«

Dann sah er mich an.

»Lass es dir gut gehen.«

Ich geriet in Panik, als ich sah, dass er sich von mir entfernen wollte.

»Warte!«

Ich packte ihn am Arm. Er betrachtete meine Hand. Hastig zog ich sie zurück.

»Wie lange bleibst du noch?«

»Mein Flug geht morgen Abend.«

»Oh ... So bald schon ... Hast du noch ein wenig Zeit für mich?«

Er strich sich über das Gesicht.

»Ich weiß nicht.«

»Bitte, komm zu den *Glücklichen Menschen.* Bitte ...«

»Ich wüsste nicht, wozu das gut sein sollte«, murmelte er in seinen Bart.

»Wir haben uns doch sicher etwas zu sagen.«

Er klemmte die erloschene Zigarette in den Mundwinkel und sah mir in die Augen.

»Ich garantiere für nichts.«

Ich wühlte in meiner Handtasche nach einer Visitenkarte der *Glücklichen Menschen.*

»Hier ist die Adresse und auf der Rückseite ein kleiner Plan. Ruf mich an, wenn du es nicht findest.«

»Ich werde es finden.«

Er sah mich ein letztes Mal an, nickte Olivier zu und wandte sich ab.

»Gehen wir?«, fragte Olivier. »Wollen wir immer noch essen gehen?«

»Ja, natürlich. Das ändert doch nichts.«

An der Tür sah ich mich noch einmal um. Edward redete mit irgendwelchen Leuten, doch sein Blick war auf mich gerichtet.

Eine halbe Stunde später saßen wir in einem indischen Restaurant. Jeder Bissen war eine Qual, doch ich zwang mich Olivier zuliebe etwas zu essen, er war unverändert zugewandt und fürsorglich, obwohl ich mich ihm gegenüber gerade so unschön verhalten hatte; das hatte er nicht verdient. Ich durfte ihn nicht länger im Unklaren lassen. Allerdings würde ich meine Worte sorgfältig wählen müssen.

»Bitte entschuldige mein Verhalten eben«, begann ich. »Ich hätte dich nicht einfach so stehen lassen dürfen, aber … Es war derart seltsam, da jemanden wiederzuerkennen … Ich hab dir deine Überraschung verdorben.«

»Aber gar nicht. Du bist erschüttert, und das gefällt mir nicht besonders.«

»Keine Sorge, das geht vorbei. Dieses Eintauchen in die irische Atmosphäre hat mich auch in eine Lebensphase zurückversetzt, die nicht so einfach war.«

»Und Edward? Wer ist er?«

In seinem Ton lag keinerlei Misstrauen.

»Er war mein Nachbar, wie er schon sagte. Ich hatte ein Cottage neben seinem gemietet, und meine Vermieter waren seine Tante und sein Onkel, Abby und Jack. Wunderbare Menschen … Ich habe mich mit seiner Schwester Judith angefreundet, einer Art Félix in Heten-Version.«

»Muss ziemlich aufregend sein!«

»Sie ist außergewöhnlich …«

»Und nachdem du weggegangen bist?«

»Ich habe Irland ganz plötzlich verlassen, ohne richtigen Abschied, und ich habe seither nichts mehr von mir hören lassen. Inzwischen schäme ich mich für dieses egoistische Benehmen.«

»Dazu hast du keinen Grund.« Er griff nach meiner Hand. »Sie hätten sich ja auch bei dir melden können.«

»Sie gehören nicht zu der Sorte Leute, die sich in das Leben anderer mischt, sie haben mein Schweigen immer akzeptiert. Meine Abreise hat daran nichts geändert.«

»Hast du deshalb so darauf bestanden, ihn morgen noch einmal zu sehen?«

»Ja …«

»Er hat ja nicht sehr mitteilsam gewirkt, meinst du, das bringt was?«

Wie hätte ich über diese Bemerkung nicht lachen sollen?

»Es wird sehr knapp ausfallen, ich werde nur das Allernötigste erfahren, aber das ist immer noch besser als nichts.«

Seufzend blickte ich auf meinen leeren Teller.

»Möchtest du heute Abend vielleicht lieber nach Hause?« Olivier suchte meinen Blick.

»Nein, wir gehen zu dir.«

Als wir im Bett waren, versuchte Olivier nicht, mit mir zu schlafen, er küsste mich nur und nahm mich in die Arme. Er war bald eingeschlafen, ich hingegen tat die ganze Nacht kein Auge zu. Ich durchlebte jedes Detail dieser unverhofften Wiederbegegnung noch einmal. Noch vor wenigen Stunden war Irland ein abgeschlossenes Kapitel in meinem Leben gewesen, und das musste es auch bleiben. Sollte er am nächsten Morgen kommen, so würde ich mich nach allen erkundigen, und dann würde er wieder fortgehen, und mein Leben würde weitergehen wie zuvor.

Trotz all meiner Bemühungen wachte Olivier auf, als ich aus dem Bett schlüpfte.

»Geht's dir besser?«, fragte er schlaftrunken.

»Ja. Schlaf weiter. Genieß den Urlaubstag.«

Ich küsste ihn.

»Ich komme heute Abend zu dir.«

Ein letzter Kuss, und ich ging.

Eine Dreiviertelstunde später öffnete ich die *Glücklichen Menschen*, ohne mein übliches Croissant gegessen zu haben. Mein Magen war wie zugeschnürt. Meine morgendlichen Kunden schienen meine schlechte Laune zu spüren; sie ließen mich in meiner Ecke grübeln. Als gegen Mittag Félix im Türrahmen erschien, wusste ich, dass es ab jetzt anders laufen würde. Ich hatte keine Wahl. Wenn Edward wirklich kam, hatte Félix einen Logenplatz. Und natürlich hatte ich nicht vergessen, dass sie sich bei ihrer letzten Begegnung geprügelt hatten!

»Du ziehst ja heute ein Gesicht! Hat Olivier keinen hochgekriegt oder was?«

Wie immer volle Breitseite. Ich musste genauso heftig zurückschlagen:

»Edward ist in Paris, ich bin ihm gestern Abend zufällig begegnet.«

Er ließ sich auf den nächstbesten Hocker fallen.

»Doch zu viel Ecstasy!«

Mir war zwar nicht danach, aber ich lachte.

»Nein, Félix. Es ist die reine Wahrheit, und vielleicht kommt er heute vorbei.«

Mein Gesichtsausdruck machte ihm wohl klar, dass es kein Scherz war. Er stand auf, kam um den Tresen herum und nahm mich in die Arme.

»Wie geht's dir?«

»Ich weiß nicht.«

»Und Olivier?«

»Ich habe ihm nicht gesagt, was zwischen Edward und mir war.«

»Ist er deinetwegen gekommen?«

»Eher nicht, wenn man bedenkt, wie er auf mich reagiert hat … Er stellt Fotos aus und fliegt heute Abend zurück.«

»Na ja, es hätte schlimmer kommen können. Heute werde ich den ganzen Tag hier schuften, allein schon, um mir das Schauspiel nicht entgehen zu lassen!«

Ich lachte schallend.

Es wurde mein längster Arbeitstag. Mir blieb nur das Warten. Félix beobachtete mich aus dem Augenwinkel und gab den Clown, um mich abzulenken. Je mehr Stunden verstrichen, desto sicherer wurde ich, dass er nicht kommen würde. Was, ehrlich gesagt, vielleicht auch kein Unglück gewesen wäre. Es war gefährlich, all das aufzurühren.

Ich gab gerade einem Kunden das Wechselgeld heraus, als er auftauchte, die Reisetasche über der Schulter. Mit einem Mal erschien mir mein Café ziemlich klein; Edward nahm den gesamten Raum ein. Er wechselte einen Händedruck mit Félix, der so geschmackvoll war, keinen blöden Witz zu reißen, lehnte sich an die Bar und betrachtete dann eingehend meine Welt. Er ließ sich Zeit. Seine blaugrünen Augen scannten die Bücher, die Gläser und die Fotos auf dem Tresen. Dann blickte er mir wortlos in die Augen. In mir kam so vieles wieder hoch: unsere Streitereien, unsere wenigen Küsse, mein Entschluss, seine Liebeserklärung, unsere Trennung. Félix konnte die Spannung anscheinend nicht mehr ertragen, jedenfalls machte er als Erster den Mund auf.

»Wie wär's mit einem Bierchen, Edward?«

»Hast du nicht was Stärkeres?«, erwiderte der.

»Zehn Jahre alt, ist der recht?«

»Okay.«

»Diane, einen Kaffee?«

»Ja, gern, danke, Félix. Könntest du dich um die Kunden kümmern, falls welche kommen?«

»Dafür werde ich doch bezahlt!« Er zwinkerte mir aufmunternd zu.

Edward dankte Félix für den Whiskey und nahm

einen ersten Schluck. Ich kannte ihn gut genug, um zu wissen, dass er imstande war, eine Stunde dazubleiben und kein Wort zu sagen, wenn ich das Gespräch nicht in Gang brachte. Immerhin hatte ich ihn gebeten zu kommen.

»Du stellst also deine Fotos in Paris aus?«

»Es war eine Gelegenheit, die sich so ergeben hat.«

Er rieb sich die Augen, um die dunkle Ringe lagen. Woher rührte die Müdigkeit, die er ausstrahlte?

»Wie geht es dir?«

»Ich arbeite viel. Und du?«

»Mir geht's gut.«

»Freut mich.«

Was konnte ich ihm sonst noch über mich sagen? Und wie konnte ich ihn zum Sprechen bringen?

»Und Judith? Was macht sie?«

»Immer noch ganz die Alte.«

»Gibt es einen Mann in ihrem Leben?«

Auf eine solche Frage musste er doch reagieren.

»Mehrere«, seufzte er.

Das war ein bisschen danebengegangen.

»Und Abby und Jack? Geht es ihnen gut?«

Jetzt war ich ganz sicher, dass ich mich nicht täuschte. Zum ersten Mal wich er meinem Blick aus. Er kratzte sich den Bart, bewegte sich unruhig und griff nach dem Zigarettenpäckchen in der Tasche.

»Was ist los, Edward?«

»Jack geht es gut …«

»Und Abby?«

»Ich komme gleich wieder.«

Er ging nach draußen und zündete sich eine Zigarette an. Ich nahm mir auch eine und folgte ihm.

»Du hast also auch noch nicht aufgehört«, bemerkte er mit einem Zucken um die Mundwinkel.

»Warum auch? Aber wir sprachen eben nicht von unserem jeweiligen Tabakkonsum.«

Ich baute mich vor ihm auf.

»Edward, sieh mich an.«

Er gehorchte. Mir wurde klar, dass ich jetzt nichts Erfreuliches zu hören bekommen würde.

»Abby? Es geht ihr doch gut, oder?«

Das Gegenteil war unvorstellbar, ich sah sie noch vor mir, wie sie am Tag unserer ersten Begegnung angeradelt kam, frisch und munter trotz des hohen Alters.

»Sie ist krank.«

»Aber … sie wird doch wieder gesund?«

»Nein.«

Ich legte die Hand vor den Mund. Abby war das Fundament dieser Familie, so mütterlich, so wohlwollend und großzügig. Ich wusste noch, wie sie mir fast gewaltsam eine Scheibe *carrot cake* nach der anderen in den Mund gestopft hatte, weil sie mich zu mager fand. Ich spürte noch ihre letzte Umarmung, als ich mich verabschiedet und sie mir gesagt hatte: »Lass von dir hören.« Ich hatte es damals nicht gemerkt, aber Abby hatte einen gewaltigen Einfluss auf den Beginn meiner Heilung gehabt, ich jedoch hatte mich nicht um sie gekümmert.

Ich versuchte mich noch zu fassen, da sah ich Olivier ganz in unserer Nähe auftauchen. Edward merkte, dass ich abgelenkt war, und drehte sich um. Sie gaben sich die

Hand, und Olivier gab mir einen diskreten Kuss auf die Lippen.

»Geht's dir gut?«, fragte er mich.

»Nicht besonders. Edward hat mir gerade eine sehr schlechte Neuigkeit erzählt. Abby geht es gar nicht gut.«

»Das tut mir leid«, sagte Olivier. »Ich lass euch beide allein, dann könnt ihr in Ruhe darüber sprechen.«

Er streichelte mir über die Wange und ging dann zu Félix ins Café. Ich sah ihm nach und wandte mich dann wieder Edward zu, der mich betrachtete. Mein Magen war verkrampft, ich blickte zum Himmel auf und atmete tief durch, bevor ich wieder sprechen konnte.

»Bitte sag mir mehr darüber …«

Er schüttelte den Kopf und schwieg.

»Das ist doch nicht möglich … Ich kann gar nicht glauben, was du gerade …«

»Sie wird sich freuen, wenn sie erfährt, dass es dir gut geht. Sie hat nie aufgehört, sich Sorgen um dich zu machen.«

»Ich möchte etwas tun … Kann ich nicht anrufen und fragen, wie es ihr geht?«

Er warf mir einen düsteren Blick zu.

»Ich werde ihr sagen, dass ich dich gesehen habe, das reicht.«

Er sah auf seine Armbanduhr.

»Ich muss los.«

Er ließ die Tür offen, während er seine Reisetasche holte und sich von Félix und Olivier verabschiedete. Als er wieder zu mir kam, sprang ich ins kalte Wasser.

»Ich möchte dich noch etwas fragen, bevor du aufbrichst.«

»Bitte.«

»Es hat nichts mit Abby zu tun, aber ich muss es wissen. Ich habe dich vor einigen Monaten zweimal anzurufen versucht, ich habe sogar eine Nachricht für dich hinterlassen. Hast du sie bekommen?«

»Ja.«

»Und warum hast du nicht …«

»Diane, in meinem Leben gibt es schon seit Langem keinen Platz mehr für dich …«

Er ließ mir keine fünf Sekunden Zeit, um diesen Schlag zu verdauen, bevor er weiterredete:

»Olivier scheint ein feiner Kerl zu sein. Es war richtig, dass du dir ein neues Leben aufgebaut hast.«

»Ich weiß nicht, was ich dir sagen soll …«

»Dann sag doch nichts.«

Ich machte einen Schritt auf ihn zu, doch im letzten Augenblick beherrschte ich mich.

»Auf Wiedersehen, Diane.«

Noch bevor ich zu einer Antwort kam, hatte er schon kehrtgemacht. Ich sah ihm unverwandt nach, bis er am Ende der Straße verschwand. Ich kämpfte gegen meine Tränen an. In meinen Erinnerungen bekam eine Utopie Risse. Wenn ich an Mulranny dachte, hatte sich nichts verändert: eine fröhliche Abby, ein starker Jack, ein einsamer Edward mit seinem Hund und seinen Fotos. Wieso hatte ich mir eingebildet, das Leben würde ohne mich nicht weitergehen? War ich derart egozentrisch? Aber dieses Leben mit einer kranken, einer todkranken Abby war unerträglich. Am liebsten hätte ich um sie geweint, um ihren Schmerz, ihren Verlust, um Edward, der nicht mehr wirklich er selbst war, denn ich hatte begriffen, dass mein Irland nicht mehr existierte. Als hätte ich bis dahin unbewusst die Hoffnung auf ein Wiedersehen, auf gute Nachrichten bewahrt …

Es war aus. Ich hatte jetzt Olivier, und Edward hatte eine Frau in seinem Leben. Wir hatten, jeder auf seiner Seite, ein neues Kapitel begonnen. Doch Abby … Wie sollte ich nicht an sie denken?

5

Unsere romantische Reise zu zweit kam genau im richtigen Moment. Ohne es zu wissen, hatte Olivier richtig entschieden, als er mich in die Felsenbuchten des Mittelmeers entführte: Die Sonne, die Wärme, der singende Tonfall, der kühle Rosé und mein Badeanzug würden alles wieder ins Lot bringen.

Diese vier Tage waren eine verzauberte Zeitblase, in der ich gar nicht anders konnte, als ihn noch mehr zu mögen. Er ahnte alle meine Wünsche voraus, alles war sanft, jede Geste, jeder Akt und jedes Wort zeugte von seinem Feingefühl. Er wollte, dass ich mich erholte, und das so sehr, dass wir auf eine eingehende Erkundung der Gegend verzichteten. Wir hielten lange Siestas, schwammen im Meer, aßen abends im Restaurant, und so entdeckte ich auf einmal wieder den Sinn des Wortes »Ferien«. Wir nahmen uns die Zeit, gemeinsam nichts zu tun, und das war schön. Darüber vergaß ich fast die *Glücklichen Menschen*.

Am nächsten Tag sollte es schon wieder nach Paris gehen. Wir aßen auf der Terrasse einer Brasserie zu Mittag, ich ließ meine Gedanken schweifen, und dabei kam mir die Frage in den Sinn, ob Félix wohl zurechtkam.

»Woran denkst du, Diane?«

»An Félix«, erwiderte ich lachend.

»Machst du dir Sorgen?«

»Ein bisschen.«

»Ruf ihn an.«

»Nein, ich kann doch noch vierundzwanzig Stunden warten.«

»Du hast dir bereits den großen Preis der Jury verdient, weil du erst jetzt an ihn denkst! Ich hatte wirklich damit gerechnet, dass dieser Moment früher kommen würde. Hab meinetwegen keine Hemmungen.«

»Danke! Ich ruf ihn vom Strand aus an, das wird ihn wütend machen!«

Olivier lachte lauthals.

»Ich wusste gar nicht, dass du sadistisch sein kannst.«

»Er liebt es, ich kann nichts dafür … Nehmen wir noch ein Glas!«

Eine Stunde später ließ ich mich von der Sonne schmoren, während Olivier im Meer schwamm. Wie an den beiden vorangegangenen Tagen hatte er Felsen ausgesucht, die für Kinder unerreichbar waren, ich brauchte also keine Panikattacken zu befürchten. Ich spürte, wie sich meine Haut erhitzte, ich liebte es, ich liebte vor allem die leichte Bräunung, die mich strahlend gesund wirken ließ; so etwas hatte ich seit meinen letzten Ferien mit der Familie nicht mehr erlebt. Und eins machte mich besonders glücklich: das völlige Ausbleiben von Schuldgefühlen. Applaus!

»Die *Glücklichen Menschen* treiben im Juli nichts und wieder nichts, ich höre?«

Schon seit Langem ging ich nicht mehr auf seine speziellen Telefonansagen ein …

»Félix, wenn du mich sehen könntest! Ich bin goldbraun wie eine Fritte, ein bisschen beschwipst von einem kühlen Côtes de Provence, und gleich gehe ich mit meinem Liebsten schwimmen.«

»Wer ist diese Unbekannte, die da mit mir spricht?«

»Die Einzige, die Einzigartige, deine Chefin!«

»Aha? Du amüsierst dich also wie ein durchgeknalltes kleines Ding?«

»Genau! Und du? Stehen die *Glücklichen Menschen* noch?«

»Ich habe Feuersbrunst, Überschwemmung und Einbruch abwenden können, man kann also sagen, ich komme zurecht.«

»Kurzum, es wird Zeit, dass ich zurückkomme. Morgen Abend mache ich einen Inspektionsrundgang.«

»Es tut gut, solche Sachen von dir zu hören. Genieß die Tage bis zum Schluss.«

»Das habe ich auch vor.«

»Ich hatte Angst, du würdest dich wieder abkapseln, nachdem Edward da war, und vor allem, nachdem du das von Abby gehört hast.«

»Alles in bester Ordnung. Ich muss aufhören, Olivier winkt mir zu.«

Ich beendete das Gespräch und versenkte das Handy ganz tief in meine Tasche. Ich wollte Félix wegen der letzten Bemerkung nicht böse sein. Ich hatte mein Möglichstes getan, um Abby zu verdrängen und das Zusammensein mit Olivier uneingeschränkt zu genießen. So musste ich weitermachen. Ich atmete tief durch, setzte die Sonnenbrille ab und lief ins Wasser. Ich schwamm zu Olivier und hängte mich an seine Schultern, er lächelte mir zu und küsste meinen Arm, der um seinen Hals lag.

»Alles in Ordnung?«, fragte er.

»Reden wir nicht von Paris.«

Die letzte Nacht im Hotel: Wir hatten gerade miteinander geschlafen, zärtlich wie immer, und ich hatte Angst. Angst, nach diesen kurzen Ferien etwas zu verlieren, Angst, ganz einfach meinen Seelenfrieden zu verlieren. Olivier lag hinter mir und drückte mich an sich. Ich streichelte gedankenverloren seinen Arm und sah aus dem Fenster, das wir offen gelassen hatten.

»Diane, seit einigen Stunden bist du nicht mehr ganz da …«

»Da täuschst du dich.«

»Gibt es ein Problem mit den *Glücklichen Menschen* oder mit Félix?«

»Nein, gar nicht.«

»Sag mir doch, was dich beschäftigt.«

Er sollte aufhören! Er sollte schweigen! Warum war er so aufmerksam, so hellsichtig? Ich wollte nicht, dass er es war, der unsere Zeitblase zum Platzen brachte.

»Nichts, wirklich nichts.«

Seufzend küsste er mich in den Nacken.

»Du lügst sehr schlecht. Du machst dir Sorgen um diese Frau, die dir damals in Irland das Cottage vermietet hat, nicht wahr?«

»Du kennst mich inzwischen ziemlich gut … Ja, es

stimmt, ich denke an sie, ich kann gar nicht glauben, dass sie so krank ist. Erst jetzt wird mir klar, wie viel sie getan hat, um mir zu helfen … Und der Gedanke, dass sie … Nein, das ist unmöglich. Ich möchte etwas tun – aber was?«

»Ruf sie an, das wäre schon mal ein guter Anfang.«

»Ich weiß nicht, ob ich das schaffe.«

»Es wird dich Mut kosten, aber du bist viel stärker, als du glaubst. Als ich dich kennenlernte, habe ich deine Zerbrechlichkeit gespürt, aber du hast Kraftreserven, enorme Kraftreserven. Du wirst es schaffen.«

»Ich denk drüber nach.«

Ich drehte mich zu ihm um und küsste ihn. Ich hatte das Bedürfnis, ihn an meinem Körper zu spüren, mich an ihn zu klammern, ich weigerte mich, an die etwaigen Folgen dieses Anrufs zu denken.

Ich brauchte länger als einen Monat, um mich dazu durchzuringen und die richtige Gelegenheit zu finden. Ich war nie allein. Im Café saß mir immer Félix im Nacken; die übrige Zeit verbrachte ich mit Olivier, und ich konnte mir nicht vorstellen, in seiner Gegenwart mit Abby zu telefonieren. Tatsächlich schob ich den Anruf so lange hinaus, dass ich Angst vor dem bekam, was ich dann vielleicht erfahren würde. Ich nutzte Félix' Urlaub Ende August und nahm meinen ganzen Mut zusammen.

»Hallo?«

Obwohl ihre Stimme einen müden Beiklang hatte, erkannte ich Abby, und das verschlug mir kurz die Sprache.

»Hallo? Wer ist da?«

»Abby … Ich bin's …«

»Diane? Bist du's wirklich?«

»Ja. Bitte verzeih, dass ich nicht früher …«

»Nicht doch, mein kleiner Liebling. Ich freue mich so, deine Stimme zu hören. Als Edward uns sagte, dass er dich gesehen hat …«

»Das hat er euch erzählt?«

»Ja, hätte man ihm kaum zugetraut! Er sagte uns, es ginge dir gut und du hättest jemanden kennengelernt! Das ist wunderbar!«

Immerhin war damit vieles klargestellt.

»Danke … Und du, wie geht es dir?«

»Ich bin in bester Form!«

»Abby«, sagte ich tadelnd. »Edward hat keine Einzelheiten erzählt, aber er hat mir gesagt …«

»Und dafür hat er eine schwere Rüge verdient, er hätte dich nicht beunruhigen dürfen …«

Als wären wir erst am Tag zuvor auseinandergegangen.

»Er hat genau das Richtige getan. Was hast du?«

»Ach weißt du, das Herz einer müden alten Dame …«

»Du bist nicht alt!«

»Du bist süß, Diane. Mach dir keine Gedanken, so ist das Leben … Es tut gut, deine Stimme zu hören, du fehlst mir sehr.«

»Du mir auch, Abby.«

»Ach, wenn ich meinen innersten Wünschen nachgäbe, würde ich dich um etwas bitten.«

»Was immer du willst!«

»Komm uns besuchen.«

Nach Irland zurückkehren, nach Mulranny … Daran hatte ich nie gedacht.

»Oh … Ich weiß nicht …«

»Ich würde euch so gern noch einmal alle um mich haben. Und Judith wäre außer sich vor Freude. Du bist ihre einzige echte Freundin.«

Abby konnte sehr sentimental sein, wenn es ihr gerade in den Kram passte … Daran hätte ich denken sollen! Die Türglocke schlug an: Olivier kam, er wollte mir helfen, den Laden zuzumachen.

»Ich kann dir nichts versprechen, ich werde sehen, was ich tun kann.«

»Warte nicht zu lange, mein kleiner Liebling.«

»Sag so was nicht.«

Ich begegnete dem Blick Oliviers, der schon begriffen hatte, mit wem ich telefonierte, und mir liebevoll zulächelte.

»Ich … Ich ruf dich bald wieder an.«

»Danke, dass du angerufen hast, Diane. Bis sehr bald. Ich umarme dich.«

»Ich dich auch, Abby, ganz fest.«

Ich legte das Telefon auf den Tresen und flüchtete mich in Oliviers Arme. Keine Minute später weinte ich. Am liebsten wäre ich schon bei ihr gewesen, in ihrem Wohnzimmer am Kamin, um ihr immer wieder zu sagen, dass sie bestimmt gesund würde. Aber wie sollte ich so plötzlich nach Irland reisen? Die *Glücklichen Menschen*? Olivier? Félix?

»War es so schlimm?«

»Sie spricht, als ginge es jetzt schon zu Ende.«

»Das tut mir leid, Diane …«

»Ich werde ihr einen Gefallen verweigern müssen, und das macht mich echt fertig.«

»Welchen Gefallen?«

»Lass uns erst schließen, dann erzähl ich's dir.«

»Wie du möchtest.«

Ich musste es erst verdauen, bevor ich es ihm erklärte. Das Schließen war leider viel schneller getan als gesagt. Olivier holte uns Falafeln zum Abendessen. Beim Essen gelang es mir, ihm zu sagen, was Abby sich gewünscht hatte und woran ich unablässig dachte.

»Fürchtest du, es könnte zu hart für dich werden?«

»Nein, ich denke jetzt nicht an mich. Abby ist diejenige, die zu bedauern ist.«

»Warum willst du dann nicht hin?«

»Die *Glücklichen Menschen* …«

»Félix ist gut zurechtgekommen, als wir weg waren.«

Ich konnte mir einfach nicht vorstellen, dass es möglich war.

»Und du? Ich will dich nicht allein lassen … Möchtest du mitkommen?«

»Nein, Diane. Aus mehreren Gründen. Ich kann mir nicht schon wieder Urlaub nehmen, und selbst wenn ich es könnte, sie sind deine Freunde, ich würde dich nur daran hindern, das Zusammensein mit ihnen voll auszukosten. Ich wäre dort nicht an meinem Platz. Und so kann ich auch Félix helfen, wenn dich das beruhigt.«

Ich atmete sehr tief durch, so erschrocken war ich über das, was da gerade ablief. Er nahm mein Gesicht zwischen die Hände und sah mir in die Augen.

»Meine einzige Bedingung ist, dass du dir sicher bist. Hast du wirklich Lust, nach Irland zurückzukehren. Verspürst du den Drang?«

»Ja«, gestand ich.

Ausnahmsweise nutzte ich das WLAN der *Glücklichen Menschen* und reservierte den Flug und den Leihwagen während der Arbeitszeit. Abby lehnte es kategorisch ab, dass ich ins Hotel ging, ich musste bei ihnen wohnen. Ich teilte Félix per SMS mit, dass ich weg sein würde, nicht jedoch, wohin ich aufbrach. So leicht Olivier meine Entscheidung akzeptiert hatte, so ganz anders würde mein bester Freund reagieren. Wie auch immer, ich hatte keine Zeit zu verlieren. Drei Tage nach der Rückkehr aus unserem Urlaub ging mein Flug nach Dublin.

Am ersten Morgen nach Félix' Urlaub war ich angespannt wie nur was. Er durfte erst einmal von seinen Ferien erzählen, bevor ich die Bombe platzen ließ. Er ließ mich gar nicht ausreden.

»Eure große Liebe ist so überwältigend, dass ihr euch schon wieder für mehrere Tage in ein Hotelzimmer einschließen müsst? Danach musst du mir alles erzählen!«

»Eigentlich … verreise ich gar nicht mit Olivier.«

»Aha! Und was machst du dann?«

»Ich werde Abby besuchen.«

»Was? Ach so, du sattelst gerade auf Komikerin um?«

»Nein.«

»Sag mal, hast du sie noch alle?«

»Ich brauche dich nicht um Erlaubnis zu bitten. Stell

dir vor, ich habe Olivier vorgeschlagen mitzukommen, und er wollte nicht.«

»Wenn er wüsste, dass du was mit Edward hattest, würde er mitkommen! Er lässt den Fuchs in den Hühnerstall. Ich hätte ihn für klüger gehalten!«

»Es ist nicht so, wie du denkst.«

Bis zu meiner Abreise zeigte Félix mir die kalte Schulter. Doch als der Moment des Abschiednehmens kam, spürte ich, wie sehr er sich sorgte.

»Liebst du Olivier? Ich meine, liebst du ihn wirklich?«

»Ich glaube ... ja. Jedenfalls bin ich in ihn verliebt ...«

»Hast du es ihm schon gesagt?«

»Nein, noch nicht.«

»Dann pass in Irland gut auf dich auf.«

»Félix, ich bleibe nicht mal eine Woche weg, ich wüsste nicht, was mir zustoßen sollte.«

Olivier brachte mich zum Flughafen, obwohl ich ihm gesagt hatte, das sei nicht nötig. Und ich wusste schon, dass er mich bei meiner Landung in Paris wieder erwarten würde. Er ersparte mir alle Warnungen und Ermahnungen. Der Gedanke, ihn eine Woche lang nicht zu sehen, stimmte mich trübsinnig – der Beweis, dass Félix sich täuschte. Bis zur letzten Minute blieb ich in seinen Armen.

»Ich rufe dich ganz bald an«, sagte ich zwischen zwei Küssen.

»Es wird alles gut gehen, da bin ich sicher.«

Ich küsste ihn ein letztes Mal und ging durch die Sicherheitskontrolle.

Seltsam. Seit ich irischen Boden betreten hatte, fühlte ich mich zu Hause, so, als wäre ich nach einer langen Abwesenheit heimgekehrt. Auf ein solches Wohlgefühl war ich nicht gefasst gewesen. Ich hatte geglaubt, ich würde mich schlecht fühlen, traurig und angstvoll und von Erinnerungen verfolgt. Aber ganz im Gegenteil. Jeder Schritt, jeder Kilometer, den ich zurücklegte, erschien mir ganz natürlich und brachte mich einem vertrauten Ort näher. Mein Körper und mein Geist hatten diese Strecke ganz genau in Erinnerung behalten.

Als ich mich Mulranny näherte, nahm ich den Fuß vom Gas. Ein letzter Hügel noch, und dann erschien die Bucht. Die Aussicht ergriff mich so sehr, dass ich am Straßenrand hielt. Ein Windstoß zerzauste mir das Haar, sobald ich die Tür öffnete, und ich lachte freudig auf. Und dann stand ich still da und bewunderte diese Landschaft, die lange Monate hindurch meine Welt gewesen war. Mein Gott! Wie sehr mir das alles gefehlt hatte! In der Ferne konnte ich mein Cottage und das von Edward erkennen. Ich bekam eine Gänsehaut, ich blickte zum Himmel auf und atmete in vollen Zügen die reine, jodhaltige Luft ein. Meine Augen begannen zum ersten Mal seit langer Zeit vom Wind zu tränen, und ich liebte diese Tränen, als würden sie meine Augen und Wangen reinigen. Die dunklen Stunden lagen hinter mir, und ich dachte nur noch an die magischen Momente an diesem Ort zurück. Diese Reise war die Gelegenheit, meinen Frieden mit der damaligen Lebensphase zu machen.

Als ich im Dorf ankam, war ich überrascht darüber, wie

unverändert alles war, alles war noch genau wie in meiner Erinnerung: der Lebensmittelladen, die Tankstelle und der Pub. Ich war sehr versucht anzuhalten, einzukaufen und einen Abstecher in den Pub zu machen. An den Strand zu gehen wäre mir hingegen verfrüht erschienen, dazu hatte ich noch genug Zeit. Also fuhr ich zu Abby und Jack. Ich hatte den Motor noch nicht abgestellt, da kamen sie schon aus der Tür. Ich lächelte, lachte und weinte zugleich. Und rannte ihnen entgegen, damit Abby nicht so weit laufen musste. Jack überholte sie und nahm mich zu meiner großen Überraschung in seine kolossalen Arme.

»Endlich ist unsere kleine Französin wieder da!«

»Jack … Danke.«

»He, ich bin hier die Todkranke, überlass sie mir!«

Jack forderte mich mit einem Blick auf, nicht auf Abbys Scherz zu reagieren. Er ließ mich los, und ich konnte sie mir etwas genauer ansehen. Sie war kleiner, als ich sie in Erinnerung hatte, und sie war dünner geworden. Ich erriet, dass sie die Zeichen der Krankheit mit allen Mitteln kaschiert hatte: Foundation, Concealer und Rouge. Ihre Augen blitzten immer noch so lebhaft und maliziös wie früher. Jetzt umarmte sie mich.

»Wie schön, dich hier zu Hause zu haben. Ich warte schon seit über einem Jahr darauf, dass du zurückkommst.«

Ich verkniff mir mein »Ich auch«.

Eine Stunde später, ich hatte inzwischen meinen Koffer ausgepackt und meine Sachen in der Kommode in meinem Zimmer verstaut, stand ich mit ihr in der Küche und bereitete das Abendessen vor. Jetzt bemerkte ich die ersten

Anzeichen ihrer Mattigkeit, denn sie lehnte meine Hilfe nicht ab, was sie ein Jahr zuvor noch vehement getan hätte. Jack ging mit seinem Guinness in der Hand zwischen Küche und Wohnzimmer hin und her, und Abby saß auf ihrem Stuhl und bestürmte mich mit Fragen nach meinem Leben in Paris, nach Félix, den sie noch in liebevoller Erinnerung hatte, und nach Olivier. Ich konnte es immer noch nicht fassen, dass Edward ihr von ihm erzählt hatte – er musste sich wirklich verändert haben! Ich gab meiner Neugier nach.

»Gibt es jemanden in seinem Leben?«

Abby lächelte leicht.

»Ja ... Einen Menschen, der viel Raum einnimmt.«

Panik überfiel mich.

»Abby, sag nicht, es ist ...«

Ihr Lachen unterbrach mich.

»*Die* ist nie wieder gekommen. Keine Sorge ... Doch dieser Mensch jetzt ist eine wahre Freude, du wirst schon sehen. Ihr werdet euch ja kennenlernen.«

Ach du lieber Himmel! Zum Glück hatte ich Olivier. Denn wenn ich noch Single gewesen wäre, hätte es mir schon etwas ausgemacht, Edward mit einer anderen zu sehen, zumal sie, wenn ich recht verstanden hatte, ein nettes Mädchen war, das alle mochten.

Während des Abendessens erkundigte ich mich nach den Dorfbewohnern, an die ich mich noch erinnerte. Und eigentlich erinnerte ich mich an alle. Abby teilte mir mit, Judith werde am Wochenende kommen und sei in Hochform. Da stand mir ja einiges bevor! Ich kümmerte mich um den Abwasch und untersagte den beiden jegliche Tätigkeit. Ich wollte, dass sie sich während meines Aufenthalts bei ihnen ausruhten, das war das Mindeste, was ich für sie tun konnte. Ich kannte mich in ihrem Haus aus, ein bisschen wie bei Großeltern, bei denen man als Kind immer die Ferien verbracht hat. Als alles aufgeräumt war, ging ich auf eine Zigarette nach draußen und setzte mich auf die Veranda. In der Ferne hörte ich die Wellen des Meeres. Ich war so entspannt, ich atmete tief, und mein Körper fühlte sich an wie Kaugummi. Jack gesellte sich ein paar Minuten später mit einer Zigarre zu mir.

»Abby ist nach oben gegangen, sie wollte sich hinlegen.«

»Hoffentlich ermüde ich sie nicht zu sehr.«

»Wohl kaum, wenn man bedenkt, was du ihr alles abnimmst! Du hättest ihr kein schöneres Geschenk machen können. Sie hat deine Abreise damals nur sehr schwer verwunden.«

»Das tut mir leid …«

»Das braucht es nicht, so ist sie eben, sie möchte alle in ihrer Nähe behalten, ständig, als wärt ihr noch Kinder. Ich hoffe nur, du hast dich nicht ihretwegen gezwungen zu kommen.«

»Überhaupt nicht … Ich hatte ein paar Befürchtungen, dir kann ich es ja sagen … Aber seit ich hier bin, weiß ich, dass ich die richtige Entscheidung getroffen habe.«

Ich lag schön warm unter der Decke in meinem speziellen Riesenbett. Eben noch hatte ich mit Olivier telefoniert, es hatte mir gutgetan, mit ihm zu sprechen und einen Kontakt mit meinem Pariser Leben zu haben. Denn ich war

Irland weit verbundener, als ich gedacht hatte. Ich wollte gerade die Nachttischlampe ausknipsen, als es an meiner Tür klopfte. Zu meiner Überraschung erschien Abby, eingehüllt in ihren Morgenrock.

»Ich dachte, du schläfst schon …«

»Ich leide manchmal unter Schlaflosigkeit … Und ich wollte wissen, ob du es auch schön hast …«

»Wer sich hier nicht wohlfühlt, ist nicht ganz normal.«

Sie trat an mein Bett, setzte sich zu mir und nahm meine Hände.

»Du strahlst richtig, Diane.«

»Danke.«

»Wir werden die verlorene Zeit aufholen.«

»Ja.«

»Wenn du wüsstest, wie ich mich freue, dich für ein paar Tage bei mir zu haben … Meine zweite Tochter ist zu Hause …«

Ich konnte vor Rührung nicht sprechen.

»Leg dich hin.«

Sie stand auf, und ich streckte mich aus. Sie stopfte die Decke um mich fest und küsste mich auf die Stirn.

»Schlaf schön, Töchterchen.«

Friedlich schlief ich ein.

Am Nachmittag des nächsten Tages wollte Abby einen Strandspaziergang mit mir machen. Damit es nicht zu anstrengend für sie wurde, setzte uns Jack mit dem Wagen in der Nähe ab. Wir gingen untergehakt und in kleinen Schritten. Abbys Hand beruhigte mein Zittern; ich hatte nur noch Augen für mein Cottage. In diesem Haus hatte ich geglaubt, vor Kummer sterben zu müssen. Aber diese vier Wände hatten auch dazu beigetragen, dass ich jetzt die war, die ich war.

»Seit du fortgegangen bist, hat niemand mehr darin gewohnt.«

»Warum nicht?«

»Es gehört dir ... Ich habe die Schlüssel dabei, möchtest du reingehen?«

»Nein, ich will das alles nicht wieder aufrühren.«

»Ich verstehe.«

Wir setzten unseren Strandspaziergang fort und bekamen natürlich auch ein paar Regentropfen ab. Doch ich traute Jacks meteorologischem Gespür, er hatte gesagt, es würde einige Stunden lang keinen heftigen Schauer geben. Ich liebte diesen Strand, das bedrohlich blaue Meer, diesen praktisch nie nachlassenden Wind. Hier hatte ich um Colin und Clara geweint, hier hatte ich gelacht, den wahren Edward entdeckt und Judith kennengelernt. Und mich im Sand gewälzt.

»Hat Edward immer noch seinen Hund?«

»Er ist verrückter denn je. Da kommt er übrigens!«

Abby ließ mich los und wich lachend einige Schritte zurück. Das Bellen, das ich jetzt hörte, erfüllte mich mit ungeheurer Freude und Aufregung. Ja, mit Postman Pat hatte ich einiges erlebt! Er stürmte auf mich zu. Ich klopfte mir lockend auf die Knie, und wie früher sprang er mich an und warf mich auf den Rücken.

»Wie geht's dir, du lieber Hund?«, fragte ich, während er mir das Gesicht ableckte.

»Er hat dich wiedererkannt«, sagte Abby.

»Unglaublich!«

Ich rappelte mich wieder hoch und warf ihm einen Stock, möglichst weit weg, wobei ich mich darüber wunderte, dass sein Herrchen nicht zu sehen war.

»Lässt Edward ihn jetzt frei herumlaufen?«

»Nein, er ist wahrscheinlich bei Declan.«

»Wer ist Declan?«

Abby kam nicht mehr dazu, mir zu antworten; eine zarte Stimme schrie hinter mir nach ihr. Ich wandte mich um und zuckte zurück, als ich einen kleinen Jungen auf uns zurennen sah, genauer gesagt, auf Abby. Er warf sich ihr in die Arme und kuschelte sich an sie. In meiner Kehle bildete sich ein Kloß, die Anwesenheit dieses Kindes verdarb mir mein Wiedersehen mit dem Strand und warf mehr Fragen auf, als meinem Seelenfrieden zuträglich war.

»Abby!«

»Ja, Diane?«

»Wessen Kind ist das?«

Sie wirkte verlegen, was bei ihr selten vorkam und meine Angst nur steigerte.

»Meins«, sagte Edward hinter mir.

Ich fuhr herum. Er war einen knappen Meter von mir entfernt und sah mir fest in die Augen. Ich blickte zwischen ihm und dem Kind hin und her. Die Ähnlichkeit war frappierend. Der kleine Junge, dem man schon ansah, dass er als Erwachsener ein kräftiger Kerl sein würde, war wie eine verkleinerte Ausgabe Edwards: das zerzauste dunkelblonde Haar, die harten, stolzen Züge, aber bei ihm mit einem Lächeln. Nur war dieser Junge mindestens fünf Jahre alt … Meine Berechnungen wurden von einer kleinen Hand unterbrochen, die an meinem Mantel zerrte.

»Wie heißt du?«

Ich konnte ihm nicht antworten, ich starrte ihn nur an: die gleichen forschenden Augen wie bei seinem …

»Declan, das ist Diane, eine Freundin der Familie«, antwortete ihm Abby. »Wollen wir sie in Ruhe mit Papa reden lassen?«

Er zuckte mit den Achseln, ihm war es egal.

»Edward, kommt doch beide zum Abendessen zu uns«, schlug Abby vor. »Ich nehme Declan gleich mit.«

»Kommt nicht infrage, dass du zu Fuß zurückgehst, ich fahre dich.«

»Ich finde nicht, dass dein Sohn euer Gespräch unbedingt mit anhören muss.«

»Ich bringe euch nach Hause, und dann fahre ich zu Diane zurück.«

Ich wurde gar nicht erst gefragt. Ganz wie früher! Edward pfiff seinem Hund, bedeutete seinem Sohn wortlos, ihm zu folgen, und ging auf seinen Wagen zu, der vor seinem Cottage stand. Abby kam auf mich zu.

»Würdest du mich ein bisschen stützen?«, fragte sie und hakte sich bei mir ein.

Es war eher sie, die mich stützte. Ich starrte auf meine Füße, ich konnte einfach nicht aufblicken und diese Familienszene betrachten: Edward in Begleitung seines Sohnes und seines Hundes.

»Sei nicht zu streng zu ihm, Liebes«, sagte Abby zu mir, bevor sie in den Wagen stieg.

Edward kam näher, und ich blitzte ihn wütend an, während ich zurückwich.

»Willst du in meinem Cottage auf mich warten?«

»Bestimmt nicht!«

»Fang nicht schon wieder an ...«

Ich erkannte den beißenden Ton. Zorn wallte in mir auf, doch ich hielt mich Abbys wegen zurück. Ich wandte ihm den Rücken zu und ging wieder zum Strand.

Eine Viertelstunde lang lief ich auf und ab, warf mit aller Kraft Steine ins Wasser und steckte mir eine Zigarette nach der anderen an. Er war also Familienvater! Das war wirklich der Gipfel. Dass er eine neue Frau gefunden hätte, wäre normal gewesen, sie hätte sogar schon Kinder haben können! Aber dass er einen Sohn hatte, dessen Herkunft sich nicht leugnen ließ ... Und vor allem, dass dieser Sohn schon so alt war! Was wollte er mir eigentlich noch alles zumuten?

Die knirschenden Reifen kündigten mir seine Rückkehr an. Ich wurde noch steifer und explodierte, als er bei mir angekommen war:

»Wie hast du mir das verheimlichen können? Du hast einen mindestens fünfjährigen Sohn! Und hast mir nichts gesagt! Entspricht es deiner Philosophie, zu lügen und das Wesentlichste deines Lebens zu verschweigen? Du hattest mir schon diese Schlampe verheimlicht! Und jetzt auch noch deinen ...«

»Halt den Mund! Mit welchem Recht stellst du mir solche Fragen? Du bist fortgegangen! Du hast nie von dir hören lassen! Du hast dir ein neues Leben aufgebaut!«

Bei diesem Angriff wich ich zurück. Er wandte sich ab

und steckte sich eine Zigarette an. Ich fühlte mich elend, jetzt hatte für mich die Stunde der Vorwürfe geschlagen. Er hatte recht, ich hatte ihn verlassen, als er zu so vielem gemeinsam mit mir bereit gewesen war. Trotzdem konnte ich jetzt nicht aufhören, ich brauchte Antworten.

»Wusstest du von seiner Existenz, als ich hier war?«

»Wie kannst du mir so etwas unterstellen?« Er drehte sich wieder zu mir um, seine Augen blitzten zornig.

»Glaub nicht, ich würde dich so leicht davonkommen lassen! Ich werde nicht warten, bis Judith da ist, um weitere Informationen über dein Leben zu bekommen. Diese Zeit ist vorbei. Entweder du legst die Karten auf den Tisch und erklärst mir, woher er kommt …«

»Oder?«

»Oder ich gehe. Und zwar schon heute Abend.«

Es gefiel mir nicht, was ich da gerade tat, aber ich hatte keine Wahl. Er sagte nichts.

»Wenn ich jetzt gehe, wird vor allem Abby darunter leiden.«

Er nahm den Kopf zwischen die Hände, raufte sich die Haare und sah aufs Meer hinaus.

»Ich habe vor etwas mehr als sechs Monaten erfahren, dass es Declan gibt. Und seit vier Monaten lebt er hier.«

Er ging zu den Felsen und setzte sich. Ich beobachtete ihn einige Sekunden lang, bevor ich mich entschließen konnte, ihm zu folgen. Es schien ihm sehr schlecht zu gehen, ich erkannte es an der Art, wie er an seiner Zigarette zog. Wenn er sie komplett hätte einsaugen können, dann hätte er es getan. Jede Faser seines Körpers verströmte diese Müdigkeit, die ich schon in Paris an ihm wahrgenommen hatte. Es war mehr als das, es war Erschöpfung, eine seelische Erschöpfung. Er wurde von einer Last erdrückt, von der er sich nicht befreien konnte. Die Dinge zwischen uns hatten sich geändert, aber seine Verzweiflung war mir unerträglich, und die Beichte, die ich ihm abverlangte, war eine regelrechte Tortur für ihn. Er warf mir einen Seitenblick zu, als ich mich neben ihn setzte. Ich schlug den Kragen hoch und wartete darauf, dass er anfing.

»Judith hat dir sicher erzählt, dass ich mich nach der Trennung von Megan auf die Aran-Inseln zurückgezogen habe?«

»Ja.«

»Sie hat jedoch nie erfahren, dass ich noch eine Zeit in Galway blieb, bevor ich das Schiff nahm. Ich besoff mich, um zu vergessen. Vom ersten Abend an hatte ich eine Saufkumpanin, die ebenfalls irgendeinen Kummer ertränken musste. Du kannst dir vorstellen, wo das Ganze endete … Es dauerte drei Tage … Wir verließen das Bett nur, um Alkohol nachzutanken. Als ich eines Morgens aufwachte, fiel mir ein, dass ich einen Hund in meinem Wagen hatte. Armes Tier … Da wurde mir klar, wozu ich mich gerade entwickelte: ein Typ, der säuft und mit jeder x-Beliebigen schläft, um sich an seiner Ex zu rächen. Das war erbärmlich und passte nicht zu mir. Ich ging an Bord des Schiffes, ohne mich zu verabschieden, zwei Monate lang schottete ich mich auf den Aran-Inseln völlig von der Welt ab und vergaß dieses Mädchen. Ich konnte mich so gerade noch an ihren Vornamen erinnern. Sie hingegen hatte keine Chance, mich zu vergessen.«

Er brach ab und zündete sich eine Zigarette an. Er und sein Verantwortungsgefühl waren tief getroffen worden.

»Lebt ihr zusammen?«

Er sah mich traurig lächelnd an.

»Sie ist tot.«

Mein Blut gefror. Es tat mir so leid für den kleinen Jungen.

»Wie hast du das mit deinem Sohn erfahren? Wie alt ist er?«

»Sechs Jahre … Nachdem du fortgegangen warst, habe ich sehr viel gearbeitet, um … kurzum … Mein Name wurde hier und da erwähnt. Ich wurde gebeten, Fotos von einer Regatta in Galway zu machen. Und eines Tages, als gerade ein Boot zu Wasser gelassen wurde, erwartete sie mich auf dem Ponton. Sie war schon seit Monaten auf der Suche nach mir. Ich brauchte irrsinnig lange, um sie zu erkennen, nicht wegen meiner vernebelten Erinnerungen, sondern weil sie sich so verändert hatte, sie war nur noch Haut und Knochen und sah schrecklich müde aus. Sie bestand darauf, dass wir etwas trinken gingen. Und dann hat sie mir ohne langes Drumherumgerede gesagt, dass sie keine Chance mehr habe. Es tat mir sehr leid für sie, aber ich sah nicht, wie ich ihr hätte helfen können. Sie legte mir ein Foto von Declan hin. Wenn sie nicht krank geworden wäre, hätte ich nie erfahren, dass ich einen Sohn habe. Sie hat ihn ganz allein aufgezogen, ohne irgendwen um irgendwas zu bitten … An dem Abend, als du versucht hast, mich anzurufen, hatte ich gerade das Ergebnis des Vaterschaftstests erhalten und packte meine Sachen, um nach Galway zu gehen und bis zum Ende bei ihr zu bleiben.«

Er stand auf und ging bis ans Meer. Mir war eiskalt, es lag nicht an einem Temperatursturz, sondern an dem, was ich gerade gehört hatte. Das Leben hatte ihm einen mutterlosen Sohn geschenkt, den er gar nicht hatte haben wollen, und mir hatte es die Tochter genommen, den Sinn meines Lebens. Clara war gegangen, als sie so alt war wie Declan jetzt. Dennoch war ich alles andere als neidisch. Wie würde er es schaffen? Er, der Einzelgänger, der noch vom Tod der Mutter und dem Verrat des Vaters gezeichnet war?

»Diane, wir müssen los. Jack und Abby essen früh zu Abend.«

Ich blieb zehn Schritte hinter ihm, während wir auf seinen Wagen zugingen. Es gab mir einen Stich, als ich in seinen Range Rover stieg. Zwischen den Abfällen, die Edward immer noch in dem Wagen herumliegen ließ, lagen nun auch noch die eines Kindes. Noch etwas hatte sich verändert, es roch hier nicht mehr so stark nach Tabak wie früher. Wir kamen bald an, er fuhr immer noch so schnell. Als der Wagen stand und Edward den Zündschlüssel herausgezogen hatte, lehnte er sich in seinem Sitz zurück, schloss die Augen und seufzte.

»Edward … Ich …«

»Bitte sag nichts.«

Er stieg aus, ich ebenfalls. Als wir Abbys und Jacks Haus betraten, wurden wir von Kinderlachen begrüßt, das mir die Tränen in die Augen trieb. Ich war diskret, niemand merkte es. Edward begnügte sich damit, seinem Sohn mit der Hand durch den Schopf zu fahren. Ich löste Abby in der Küche ab, das beschäftigte mich und hielt mich von diesem Jungen fern, der mich immer aus dem Augenwinkel beobachtete.

Abby saß am Kopfende des Tischs, Jack neben mir und uns beiden gegenüber Edward und sein Sohn. Eine völlig absurde Situation. Was hatte ich hier zu suchen? Ich hatte keine Wahl, ich musste mich dieser Realität stellen. Und Declan zuhören, der unablässig redete. Es wurde noch schlimmer, als er mich ins Visier nahm:

»Wo wohnst du, Diane? Warum bist du hier?«

Ich hob den Blick vom Teller und sah flüchtig Edward in die Augen, bevor ich in die seines Sohnes blickte.

»Ich besuche Abby und Jack, und ich wohne in Paris.«

»Ist das da, wo du warst, Papa?«

Ich musste mich an der Tischkante festhalten, als ich ihn dieses Wort aussprechen hörte, »Papa«.

»Ja, Declan, genau da war ich.«

»Hast du Papa gesehen, Diane?«

»Ja, kurz.«

»Dann seid ihr also Freunde?«

Ich flehte Edward mit einem Blick an, an meiner Stelle zu antworten.

»Diane ist vor allem mit Judith befreundet. Und jetzt ist es genug, red nicht so viel, sondern iss.«

Declans Miene verdüsterte sich, er warf seinem Vater einen halb furchtsamen, halb bewundernden Blick zu.

Nach dem Essen beeilte ich mich abzuräumen. Doch Declan war ein gut erzogener kleiner Junge und half mir. Ich wollte nicht unfreundlich zu ihm sein, er hatte mir nichts getan, aber es ging einfach über meine Kräfte. Kinder sind wie Hunde, je weniger du sie um dich haben willst, desto mehr heften sie sich an deine Fersen. Zum Glück folgte uns Jack.

»Für heute Abend hast du genug getan, geh raus und rauch deine Zigarette«, sagte er mit einem Augenzwinkern.

»Danke.«

Ich war schon in der Diele, als ich zufällig ein Gespräch zwischen Abby und Edward mithörte. Er hatte ein Angebot für den übernächsten Tag, jedoch niemanden, der Declan von der Schule abholen konnte. Abby konnte es leider nicht übernehmen, sie musste den ganzen Tag medizinische Untersuchungen über sich ergehen lassen, und das in etwa fünfzig Kilometern Entfernung von Mulranny. Mit einer Sanftheit, die ich an ihm gar nicht kannte, beruhigte Edward sie und sagte, es sei nicht wichtig. Ich ging weiter und dachte das genaue Gegenteil.

Ich nutzte meine Zigarettenpause für einen Anruf bei Olivier. Zu meiner großen Überraschung und auch Befriedigung verbrachte er den Abend mit Félix. Nachdem er mich über den Zustand der *Glücklichen Menschen* beruhigt hatte, konnte ich nicht anders, ich erzählte ihm, was ich von Edward erfahren hatte. Olivier war beunruhigt.

»Wie kommst du damit zurecht?«

»Es ist nicht einfach, darauf war ich nicht gefasst.«

Als Hintergrundgeräusch hörte ich Félix, der Olivier

mit Fragen bombardierte und schließlich eine Antwort erhielt. Félix stieß einen empörten Schrei aus und entriss Olivier das Telefon.

»Machst du Witze? Er hat einen Sohn? Wenn ich bedenke, dass er mit dir …«

»Félix!«, schrie ich ins Handy, um ihn zum Schweigen zu bringen.

»Ups! Jedenfalls hat er sich gegenüber der Mutter wie ein echtes Schwein betragen!«

»Félix, er wusste es doch nicht«, verteidigte ich Edward zu meiner eigenen Bestürzung. »So, und jetzt gib mir wieder Olivier.«

Was er nur unter wütendem Protest tat, aber das war mir egal.

»Bist du trotz allem froh, dort zu sein?«

»Ja, ich bin sehr glücklich, ich genieße die Zeit mit Abby und Jack, und bald kommt Judith, mach dir meinetwegen keine Sorgen.«

»Diane, du fehlst mir.«

»Du mir auch …«

Hinter mir ging die Haustür auf. Edward und sein Sohn gingen nach Hause.

»Ich muss jetzt aufhören«, sagte ich zu Olivier. »Ich umarme dich.«

»Ich dich auch.«

Ich legte auf. Edward sah mich an, seine Kiefer waren angespannt. Declan kam einfach auf mich zu.

»Sehen wir uns wieder?«

»Ich weiß nicht …«

»Das wäre schön, wir könnten mit Postman Pat spielen.«

»Declan, lass Diane in Frieden und steig ein!«

»Aber …«

»Nein, kein Aber.«

Vater und Sohn starrten sich herausfordernd an. Trotz seiner Härte wirkte Edward völlig hilflos.

»Du bist gemein, Papa.«

Declan lief zum Wagen, Edward seufzte.

»Tut mir leid, wenn er dich heute Abend verstört hat.«

»Keine Sorge, hat er nicht.«

Meine spontane Antwort überraschte mich. War sie mir herausgerutscht, weil ich nicht wollte, dass Edward mit sich haderte, oder hatte ich den Jungen verteidigen wollen?

»Schlaf schön«, sagte er.

»Du auch.«

Er verzog das Gesicht zu einer ironischen Grimasse, die ich nicht verstand, und ging zu seinem Sohn, der schmollend das Gesicht an die Scheibe drückte.

Als ich etwas später schlafen ging, wusste ich nicht mehr, woran ich war. Ihre Verzweiflung rührte mich. Trotz all der Barrieren, die ich rings um mich errichtet hatte, konnte ich ihre schwierige Situation nicht ignorieren. Dieser kleine Junge hatte seine Mutter vor so kurzer Zeit verloren und lebte jetzt bei einem Vater, den er nicht kannte. In einem anderen Zusammenhang hätte mich die Vorstellung von Edward als Familienvater zum Lachen gebracht; jetzt war Lachen wahrlich nicht angebracht. Edward setzte sich vermutlich selbst unter ungeheuren Druck, weil er alles richtig machen wollte, doch er hatte kein Vorbild und musste sicher mit Schuldgefühlen kämpfen. Beim Einschlafen dachte ich, dass ich nichts tun konnte, aber dass es mir schwerfallen würde, diese radikale Veränderung unberücksichtigt zu lassen.

6

Tags darauf entschied Abby, dass ich an die frische Luft müsse. Nach dem Mittagessen verlangte sie, dass Jack und ich ihren Mittagsschlaf zu einem Spaziergang nutzten. Sie hatte keinerlei Mühe, Müdigkeit vorzutäuschen, ich fand, dass sie schon seit dem Morgen erschöpft gewirkt hatte.

»Ich kann sehr gut allein spazieren gehen«, sagte ich zu Jack.

»Sie würde mich aus dem Haus werfen, sobald du uns den Rücken zugekehrt hast. Außerdem habe ich wirklich Lust, mir in deiner Gesellschaft die Beine zu vertreten.«

Zugegeben, ich freute mich genauso darüber wie er, dass wir eine Weile zusammen sein konnten. Er vergewisserte sich, dass Abby es schön bequem hatte für den Nachmittag und alles Nötige für sie in Reichweite war, dann küsste er sie auf die Stirn und gab mir ein Zeichen, ihm zu folgen. Zu meiner großen Überraschung nahmen wir den Wagen. Jack fuhr bis hinter die Cottages und stellte ihn dort ab. Er wollte mir einen kleinen Abschnitt des Wild Atlantic Way zeigen – der Straße, die sich an der ganzen Westküste Irlands entlangzieht. Wenn man bedachte, dass ich fast ein ganzes Jahr lang nicht auf den Gedanken gekommen war, mal um die nächste Ecke zu sehen!

»Hier, nimm den!«

Er zog einen Parka aus dem Kofferraum.

»Wir werden gleich geduscht«, erklärte er schmunzelnd. »Zwei Tage ohne Regen: Es war zu schön, um wahr zu sein!«

Wir machten uns auf den Weg. Ich war so überwältigt von der Schönheit der Landschaft und der Farbenpracht, dass ich schwieg. Ein Jahr zuvor hatte ich überall nur Grün gesehen, dabei waren sämtliche Regenbogenfarben vertreten: die dunklen, mit violetten kleinen Blumen gesprenkelten Rottöne des Torfbodens, das erdrückende Schwarz der Berge in der Ferne, das Weiß der Schafe, das tiefe kalte Blau des Meeres und dazu das Glitzern der Sonne auf den Wellen. Ich empfing jede Windbö wie ein Geschenk. Sogar der Regen, der tatsächlich bald einsetzte, beglückte mich. Ich schlug die Kapuze hoch und ging weiter, ohne mich nach einem schützenden Dach umzusehen. Ich war nicht mehr so zimperlich wie früher. Jack, die Hände auf dem Rücken verschränkt, passte sich meinem Tempo an, schließlich hatte ich nicht so lange Beine wie er. Er versuchte nicht, ein Gespräch in Gang zu bringen. Ich spürte, dass er sich einfach gut fühlte und sich freute, hier mit mir zu wandern. Hin und wieder wurden wir angehupt, dann winkte er den Fahrern zu und lächelte sie strahlend an.

»Du hast sicher gestern einen ziemlichen Schock bekommen«, bemerkte er nach etwa einer Dreiviertelstunde Wanderung.

»Milde gesagt …«

»Ich habe Edward schon lange nicht mehr so zusammengestaucht wie jetzt, als er sich weigerte, dich darauf vorzubereiten, bevor du kamst.«

»Warum?«

»Ich wollte nicht, dass du dich überrumpelt fühlst. Ich hatte Angst, du würdest wieder abreisen, und darunter hätte Abby sehr gelitten.«

Wir waren ja wirklich haarscharf daran vorbeigeschrammt.

»Und trotz meiner Strafpredigt hat er auf dieser Dummheit beharrt. Dieser Sturkopf!«

»Das ist doch nichts Neues! Aber keine Sorge, es ist alles gut.«

»Was er auch anstellt, am Ende verzeihst du ihm doch.« Er lachte.

Mein Lachen war weniger herzlich. Doch er enthielt sich aller weiteren Kommentare und machte kehrt.

Als ich mich eine Stunde später wieder auf den Autositz fallen ließ, versuchte ich mich zu erinnern, ob ich je im Leben schon einmal derart weit gelaufen war; zweistündige Wanderungen gehörten wahrhaftig nicht zu meinen Gewohnheiten. Und doch, meine Füße hatten mich getragen, ich fühlte mich leicht, in geradezu olympiaverdächtiger Form. Ich sah in den Spiegel der Sonnenblende; ich hatte rote Wangen, glänzende Augen und ziemlich nasses Haar, aber ich strahlte vor Gesundheit. Menschen, die am Meer leben, sehen selbst im irischen Klima blendend aus. Man brauchte sich bloß Jack anzusehen. Wenn das so weiterging, würde ich noch gebräunter zurückkommen als von dem Wochenende mit Olivier im Süden. Ich hatte Lust, diesem Moment auch noch einen schönen Abschluss zu geben.

»Was hältst du von einer kleinen Stärkung im Pub?«

»Nichts, was ich lieber täte!«

Eine Viertelstunde später hielten wir auf dem Parkplatz des Pubs. Jack stieg aus und merkte gar nicht, dass ich mich nicht von meinem Sitz rührte. Ich starrte auf die Fassade: noch ein Ort, der Erinnerungen in mir aufsteigen ließ, noch ein Ort, wo die schönen Momente stärker waren als die schlechten. Jack klopfte an meine Scheibe, ich öffnete die Tür und stieg aus.

»Spürst du nicht den Ruf des Bieres?«

»Doch, aber es ist ein komisches Gefühl, hier zu sein.«

»Die werden ihren Augen nicht trauen! Sie haben dich alle nicht vergessen!«

»Und du glaubst, das ist gut?«

Hier war ich wegen Edward durchgedreht, hier hatte ich buchstäblich bis zum Umfallen getrunken, hier hätte ich mich fast mit einer Schlampe geprügelt, hier hatte ich auf dem Tresen getanzt – kurzum mich nicht immer von meiner besten Seite gezeigt.

»Meine kleine Französin, wann wirst du endlich begreifen, dass du hier zu Hause bist?«

Er öffnete die Tür, und der Geruch nach Bier und Holz stieg mir in die Nase. Das Geräusch der gedämpften Gespräche erinnerte mich an die Ruhe, die man hier finden konnte. Ich folgte Jack, von seinem breiten Kreuz verborgen.

»Schau mal, wen ich dir mitbringe!«, sagte er zum Wirt, der auch nicht mehr ganz jung war, aber immer noch derselbe.

»Ich glaub, ich träume!«

Er kam hinter seinem Tresen hervor, packte mich bei den Schultern und pflanzte mir zwei Küsse auf die Wangen. Ich fühlte mich sehr klein zwischen diesen beiden riesigen Senioren.

»Dein Neffe hat sich also endlich entschlossen, sie zurückzuholen!«, dröhnte er, während er auf seinen Posten zurückkehrte.

»Diane ist wegen Abby hier.«

»Na klar! Wie dumm von mir.«

Jack warf mir einen entschuldigenden Blick zu.

»Alles gut …«, beruhigte ich ihn. »Außerdem hat er nicht ganz unrecht, wenn Edward und ich uns nicht zufällig in Paris begegnet wären, wäre ich sicher nicht gekommen!«

Er lachte schallend. Ich auch. Ganz Mulranny hatte die verschiedenen stürmischen Phasen meiner Beziehung zu Edward miterlebt, und jeder dachte sich seinen Teil!

Vor meinen Augen erschien ein Guinness. Ich bewunderte die Farbe, den üppigen, dichten Schaum, den zarten Duft nach Kaffee, die Zeremonie, nach der es in zwei Etappen gezapft worden war … Jetzt hatte ich schon über ein Jahr lang keins mehr getrunken. Und das letzte genau hier. Das Leben ging weiter. Früher hatte mich Guinness an Colin erinnert, der nur dieses Bier mochte. Deshalb war ich nach Mulranny gekommen. Heute dachte ich beim Anblick der goldenen Harfe auf dem Glas nicht mehr an meinen Mann, ich dachte an Irland, an Jack, der dieses Bier anstelle des Nachmittagstees trank, an Edward, der mich unwissentlich gezwungen hatte, es zu probieren. Dieser erste Schluck war ein Schock gewesen, mir war klar geworden, dass ich mir aus Ignoranz ein großes Vergnügen verwehrt hatte. Wir stießen an, Jack zwinkerte mir zu und beobachtete mich, als ich den ersten Schluck nahm.

»Das tut gut!«

»Wir haben's geschafft«, sagte er zum Wirt. »Sie ist eine Hiesige.«

Dann redeten wir noch eine ganze Stunde mit diesen und jenen, die mich noch kannten. Freundlich zurückhaltend erkundigten sie sich nach meinem Ergehen, wir sprachen natürlich über den Regen, aber auch über den Sommer, der schön gewesen war, und über die Rugby- und Gaelic-Football-Spiele am kommenden Wochenende. Und dann war es an der Zeit, zu Abby zurückzukehren. Abends nach dem Essen hielt ich nicht mehr lange durch. Dieser Tag zählte für drei.

Abby und Jack machten sich am nächsten Morgen früh auf den Weg zu den Untersuchungen. Ich hatte keine Lust, in ihrem großen Haus allein zu bleiben, daher beschloss ich, den Tag zu Streifzügen Richtung Achill Island zu nutzen und den Neuentdeckungen mit Jack noch weitere hinzuzufügen. Ich nahm also dieselbe Strecke wie er und kam an den Cottages vorbei, sah jedoch bewusst nicht hin. Ich fuhr an der Küste entlang, fasziniert von der Gewalt der Landschaft und der Elemente. Dennoch gelang es mir nicht, mich völlig in diese Betrachtung zu vertiefen. Ich versuchte, meinen Geist und meine Gedanken zu kontrollieren. Und scheiterte kläglich. Es endete damit, dass ich mitten auf der Straße abrupt bremste.

»So ein Scheiß!«, brüllte ich in meinem Wagen.

Ich stieg aus und knallte die Tür mit aller Kraft zu. Dann zündete ich mir eine Zigarette an und ging über das Gras aufs Meer zu. Es war schönes Wetter, unter mir die Wellen, ich hatte den ganzen Tag Zeit, mir die Lunge mit jodhaltiger Luft zu füllen, und ich dachte nur an eins. Verblüffend … Ich rannte zum Wagen, wendete und fuhr mit durchgedrücktem Gaspedal zurück nach Mulranny, die ganze Zeit auf meine Dummheit fluchend. Ich bremste vor dem Cottage, stieg aus und klopfte an die Tür. Als Edward mich sah, konnte er seine Sorge nicht verbergen.

»Ist etwas? Mit Abby?«

»Was ist mit deinem Auftrag heute? Ist er wichtig?«

»Wovon redest du?«

»Ich hab dich neulich abends mit Abby sprechen hören. Antworte, und zwar schnell, bevor ich es mir anders überlege.«

»Ja, ist er.«

»Wann hat Declan frei?«

»Um halb vier.«

»Ich kümmere mich um ihn, geh arbeiten. Gibst du mir deinen Hausschlüssel?«

»Komm kurz rein.«

»Nein.«

Er holte seinen Schlüsselbund aus der Tasche und gab ihn mir.

»Bis später.«

»Warte.« Er hielt mich am Arm zurück.

Wir sahen uns lange in die Augen.

»Danke.«

»Schon gut.«

Ich pfiff Postman Pat und ging mit ihm an den Strand. Fünf Minuten später hörte ich Edwards Geländewagen aufheulen und davonbrausen, ich drehte mich nicht um, sondern warf dem Hund ein Stöckchen.

Halb vier kam viel zu schnell. Ich hatte nicht zu Mittag gegessen, ich hatte Angst, ich würde mich erbrechen. Ich drückte die Tür zu Edwards Cottage nur halb auf, um den Hund hineinzulassen; ich selbst würde dieses Haus keinen Moment früher als unbedingt nötig betreten. Auf dem Fußmarsch zur Schule rauchte ich eine Zigarette nach der anderen und beschimpfte mich in allen Tonarten. Wie war ich nur auf diese Schnapsidee verfallen? Soweit ich wusste, konnte ich keine Kinder mehr ertragen, sie machten mir Angst, lähmten mich, erinnerten mich an Clara. Edward hatte mich um nichts gebeten, ich schuldete ihm nichts. Warum wollte ich ihm helfen, ihm einen Gefallen tun? Ja, sicher, er war mir noch wichtig, er würde mir immer wichtig sein, das war nicht zu bestreiten, aber warum sollte ich deshalb meinen Seelenfrieden aufs Spiel setzen? Hatte ich plötzlich voyeuristische Neigungen gegenüber diesem Jungen, seiner Beziehung zu seinem Vater, seinem Schmerz, seiner Trauer – die meiner vielleicht gar nicht so unähnlich war? Er hatte seine Mutter verloren, ich meine Tochter. Wenige Meter vor der Schule warf ich meine letzte Kippe weg. Ein einziger Horror, diese strahlenden Mütter mit den Kinderwagen, die auf ihre Ältesten warteten. Einige kannten mich noch vom Sehen aus der Zeit, als ich hier wohnte, aber ich erregte nur dieselbe Neugier wie damals; sie sahen mich an und tuschelten miteinander. Am liebsten hätte ich zu ihnen gesagt: »Da bin ich wieder, meine Damen!« Und dann hörte man die Schulklingel, und sie verschwanden. Aus den Klassenräumen stoben die Kinder. Ich hätte Clara vor mir sehen können, die lachend herausgerannt wäre, nur dass sie damals keine Schuluniform getragen hatte wie die kleinen Irinnen und Iren, die jetzt in alle Richtungen hüpften und Ausschau nach ihren Müttern hielten. Innerlich wurde ich von meinen Erinnerungen zermalmt, ich hörte Clara rufen »Maman, Maman, da bist du ja!«, sah sie zerzaust und mit schief sitzendem T-Shirt, Farbflecken auf Wangen und Händen, auf mich zustürmen, ich roch ihren Duft nach Kinderschweiß, hörte ihre helle Kinderstimme …

»Diane, Diane, da bist du ja!«

Ich wurde jäh aus meinen Träumen gerissen, als Declan mich fast umriss.

»Die Lehrerin hat gesagt, dass du mich abholst, das ist so toll!«

»Gibst du mir deinen Ranzen?«

»Papa nimmt ihn mir nie ab.«

Warum wunderte mich das nicht?

»Aber ich trage ihn für dich.«

Er nahm ihn vom Rücken und hielt ihn mir hin. Als wir den Schulhof verließen, griff er nach meiner Hand und rief seinen Schulkameraden von Weitem einen Abschiedsgruß zu. Er wirkte so stolz. Auf dem Weg zum Cottage sagte er nichts, wahrscheinlich erwartete er, dass ich irgendetwas sagte oder fragte. Ich riss mich zusammen; er konnte nichts dafür, ich hatte mich ganz allein in diese Situation gebracht. Jetzt musste ich dazu stehen, was auch immer dabei herauskam.

»Und, wie war's in der Schule?«

Sein Gesicht strahlte glücklich auf, enthusiastisch stürzte er sich in einen Bericht über seinen Tag. Er redete immer noch, als wir ankamen, er warf seinen Mantel irgendwohin – genauso unordentlich wie sein Vater – und rannte ins Wohnzimmer. Er erzählte eifrig weiter, während er mit Postman Pat spielte. Er merkte nicht, dass ich an der Schwelle stockte. Meine Rückkehr in dieses Cottage, in Edwards Privatsphäre. In wenigen Sekunden registrierte ich die beiden wichtigsten Veränderungen: keine überquellenden Aschenbecher mehr und auch kein Foto mehr von Megan am Strand. Allerdings gab es auch keine Indizien dafür, dass hier ein Kind lebte: kein Spielzeug, keine Filzstiftspuren. Weiterer Beweise bedurfte es nicht, die Lage war klar: Edward hatte keine Ahnung, was sein Sohn brauchte. Es tat mir für beide leid. Ich zog meinen Blouson aus und hängte ihn an die Garderobe im Flur. Dann ging ich hinter den Küchentresen, hinter dem ich Edward so oft gesehen hatte.

»Hast du Hunger, Declan?«

»Und wie!«

Ohne große Zuversicht durchstöberte ich die Küchenschränke, auf der Suche nach dem idealen Imbiss, und fürchtete schon, ich hätte falsche Hoffnungen geweckt. Aber so schlimm war es auch wieder nicht. Ich hatte genug Zutaten, um ihm einen warmen Kakao und Kekse anzubieten. Ich sah zu, wie er alles vertilgte, und kämpfte dabei gegen die sich überlagernden Bilder. Declan saß auf einem

Hocker am Küchentresen seines Vaters, Clara hätte am Tresen der *Glücklichen Menschen* gesessen. Ich versuchte mich zu beruhigen, indem ich mir sagte, das sei aber auch die einzige Ähnlichkeit. Declan hatte keine Mutter mehr, während Clara noch eine hatte. Die jetzt einem anderen Kind, das ihr nichts bedeutete, etwas zu essen gab.

»Möchtest du an den Strand gehen?«, schlug ich vor.

»Mit Postman Pat?«

»Na klar. Hast du Hausaufgaben auf?«

Seine Miene verdüsterte sich.

»Willst du sie erst machen, und dann gehen wir an den Strand?«

Er nickte. Ich holte seine Schultasche und setzte mich dann neben ihn an den Tresen. Er war in der Klasse, die unserer »CP«, unserer Vorbereitungsklasse, entsprach, das würde ich ja wohl noch hinkriegen. Clara hatte nicht die Zeit gehabt, ihre Hausaufgaben zu machen. Ich überflog sein Heft: Er musste eine Seite in einem Buch lesen. Ich würde mir Mühe geben müssen, ich mit meinem Akzent. Ich legte das Buch zwischen uns, und er begann mit dem Lesen. Ich war überrascht über seine Aufmerksamkeit und seine Konzentration; so diszipliniert wäre Clara nicht gewesen. Als wir fertig waren, sagte ich ihm natürlich, er solle sich umziehen, bevor wir hinausgehen würden. Er sprang von seinem Hocker und sah mich fest an.

»Brauchst du Hilfe?«

»Nein.«

»Ist was?«

Er schüttelte den Kopf und rannte die Treppe hoch.

Am Strand beobachtete ich nur von Weitem, wie er mit dem Hund herumtollte. Ich stellte mir pausenlos Fragen. Wie kam es, dass ich mich um diesen Jungen kümmern konnte, ohne zusammenzubrechen? Versuchte ich wiedergutzumachen, dass ich Edward vor mehr als einem Jahr verlassen hatte, indem ich mich jetzt um seinen Sohn kümmerte? Oder war ich vielleicht nur deshalb dazu fähig, weil ich in wenigen Tagen abreisen und das Ganze keine Folgen für mein Leben haben würde? So konnte ich den Abstand zu ihm wahren.

Da ich keine Ahnung hatte, wann Edward zurückkommen würde, bat ich Declan, nachdem wir wieder zu Hause waren, unter die Dusche zu gehen. Ohne Widerworte und Diskussionsversuche ging er nach oben. Ich wartete eine knappe Viertelstunde, dann ging auch ich hoch. Dieser Flur, dieses Badezimmer ... Ich klopfte an die Tür.

»Alles in Ordnung?«

»Bei Papa mach ich das alleine.«

Ein kleiner Mann, dem nichts anderes übrig blieb, als allein zurechtzukommen und von niemandem irgendwelche Hilfe zu erwarten.

»Ist es für dich okay, wenn ich in dein Zimmer gehe?«

»Ja.«

Als ich es betrat, lächelte ich traurig. Edward hatte es immerhin versucht – hier gab es Spielzeug: eine Autorennbahn, eine elektrische Eisenbahn, Legosteine und ein Durcheinander von Plüschtieren auf dem ungemachten Bett. Doch die Wände waren nackt und völlig undekoriert. Seine Kleidungsstücke waren zur Hälfte in den halb offen stehenden Schubladen einer Kommode untergebracht, der

Rest war noch in den Koffern. Dennoch fiel mir auf, dass in einer Ecke des Zimmers ein Sessel stand. Declan kam herein, mit feuchtem Haar und verkehrt herum angezogenem Schlafanzugoberteil.

»Rühr dich nicht vom Fleck«, sagte ich.

Ich holte ein Handtuch. Er stand mitten im Zimmer und wartete mit strahlendem Lächeln und schüchternem Blick. Ich rubbelte ihm energisch den Kopf und half ihm, das Schlafanzugoberteil richtig herum anzuziehen. Mit seinen schönen Augen versuchte er mir eine Botschaft zukommen zu lassen, die ich einfach nicht verstehen wollte.

»Jetzt bist du fertig.«

Er legte mir die Arme um die Taille, drückte sein Gesicht an meinen Bauch und umarmte mich fest. Mein Atem stockte, ich sah nach oben und ließ die Arme hängen. Er ließ mich abrupt los, um lachend zu seinen Autos zu laufen und mit ihnen zu spielen, wobei er sich Geschichten erzählte, als wäre er von einer neuen Lebensfreude erfüllt.

»Ich lass dich fünf Minuten allein und geh draußen eine Zigarette rauchen.«

»Genau wie Papa«, antwortete er, ohne sich weiter um mich zu kümmern.

Ich rannte die Treppe hinunter, schnappte mir meine Zigaretten und ging auf die Terrasse hinaus. Während des Rauchens rief ich Olivier an.

»Ich freu mich so, dich zu hören«, sagte ich, kaum dass er abgenommen hatte.

»Ich freu mich auch. Geht's dir gut? Deine Stimme klingt ein bisschen angegriffen.«

»Nein, nein, alles in Ordnung, glaub mir.«

Wozu sollte ich ihm auch erklären, was ich da gerade trieb, es hätte ihn nur beunruhigt.

»Erzähl mir von dir, von den *Glücklichen Menschen*, von Paris, von Félix.«

Begeistert kam er meiner Aufforderung nach. Ganz allmählich holte er mich nach Hause zurück, in mein Leben. Schob meine Dämonen weg, ließ mich kurz durchatmen. Die *Glücklichen Menschen* fehlten mir, sie und die emotionale Stabilität, die sie mir geschenkt hatten. Oliviers Zärtlichkeit, seine beruhigende Einfachheit … Diese Atempause war nur kurz; Declan war ins Wohnzimmer gekommen, er suchte mich, offensichtlich voller Angst.

»Ich ruf dich morgen wieder an.«

»Ich bin froh, wenn du wieder da bist, Diane.«

»Ich auch. Ich umarme dich ganz fest.«

Ich kehrte ins Haus zurück. Declan lächelte mir erleichtert zu.

»Darf ich fernsehen?«

»Wenn du möchtest.«

»Wann kommt Papa zurück?«

»Ich weiß nicht. Willst du ihn anrufen?«

»Nein!«

»Wenn du es gern möchtest, brauchst du keine Angst zu haben. Dein Papa versteht …«

»Nein, ich will fernsehen.«

Er ging mit der Fernbedienung um wie ein Alter, als er seine Zeichentricksendungen suchte. In Anbetracht der Uhrzeit beschloss ich, etwas zum Abendessen zu machen. Ich kochte, im Hintergrund Declans schallendes Gelachter und zu meinen Füßen Postman Pat, der darauf hoffte, dass ihm etwas ins Maul fiel. Als ich mich bei einem Lächeln ertappte, sagte ich mir energisch, dass nicht ich es war, die das alles tat.

Eine Dreiviertelstunde später, es war fast 21 Uhr, hatten wir gegessen – ich hatte Declan Gesellschaft geleistet –, und das Geschirr war abgewaschen, doch von Edward gab es immer noch kein Lebenszeichen. Declan war wieder auf dem Sofa und sah seine Zeichentrickfilme.

»Zeit fürs Bett«, verkündete ich.

Declan schrumpfte irgendwie zusammen.

»Ach …«

Gehorsam rappelte er sich aus den Polstern hoch und schaltete den Fernseher aus. Alle Lebensfreude war aus seinem Gesicht gewichen, er schien sich in sich selbst zurückzuziehen.

»Ich komme noch mit hoch.«

Er nickte. Als wir oben waren, ging er Zähne putzen, ohne dass ich ihn dazu auffordern musste. Ich schaltete das Nachttischlämpchen an und klopfte die Kissen auf. Als er in sein Zimmer kam, kauerte er sich nieder und sah suchend unter sein Bett, um schließlich einen großen Schal hervorzuziehen. Unschwer zu erraten, wem er gehört hatte. Dann legte er sich damit ins Bett.

»Soll ich das Licht anlassen?«

»Ja«, sagte er sehr leise.

»Schlaf gut.«

Ich hatte noch keine zwei Schritte gemacht, da hörte ich schon die ersten Schluchzer.

»Bleib bei mir.«

Genau das, wovor ich Angst hatte. Zunächst kniete ich mich auf der Höhe seines Kopfes neben das Bett, sein vom Kummer verzerrtes Gesicht kam unter der Decke hervor, seine großen Augen standen voller Tränen, wie gelähmt vor Schmerz und Sehnsucht drückte er den Schal seiner Mutter an sich. Langsam streckte ich meine Hand nach ihm aus, ich sah mir dabei zu, um die Tragweite meiner Geste zu ermessen; dann strich ich ihm über das Haar. Als ich ihn berührte, schloss er kurz die Augen, dann öffnete er sie wieder und flehte mich mit Blicken an, doch etwas zu tun und sein Leid zu lindern. Ich stellte mir eine Frage. Eine einzige. Eine verbotene Frage: Was hätte ich getan, wenn er Clara gewesen wäre? In Gedanken flehte ich meine Tochter an, mir diesen Verrat zu verzeihen, denn eigentlich hätte ich es mit ihr tun müssen. Ich hätte tun müssen, was ich ihrer kleinen Leiche verweigert hatte, ich hätte ihr sagen müssen, alles würde gut, ich würde immer bei ihr sein. Ich legte mich neben Declan und atmete seinen Kindergeruch ein, während ich ihn an mich drückte. Er schmiegte sich an mich, rieb den Kopf an mir und weinte. Heftig und ohne Unterlass. Er rief nach seiner Mutter, und ich murmelte: »Pscht, pscht, pscht …«

Und dann kamen von sehr weit her Töne aus meinem Mund, ein kleines Wiegenlied, das ich Clara immer vorgesungen hatte, wenn sie Albträume hatte. Meine Stimme zitterte nicht, obwohl mir die Tränen über die Wangen liefen. Wir beweinten beide denselben Verlust. Wir waren am gleichen Ort, in einem Abgrund, in dem wir am Fehlen der liebsten Menschen litten. Declans Schluchzen beruhigte sich langsam.

»Diane, bist du eine Mama?«, fragte er mich zwischen zwei Schluchzern.

»Warum fragst du das?«

»Weil du es machst wie meine Mama …«

Kinder haben einen sechsten Sinn für innere Brüche. Dieser kleine Junge bewies mir, dass meine Gesten und Worte unauslöschlich gezeichnet waren von der Mutterschaft, von der Mutter, die ich gewesen war, ob ich das nun wollte oder nicht.

»Ich war früher einmal eine Mama …«

»Warum früher?«

»Clara, meine Tochter, ist genauso fortgegangen wie deine Mama.«

»Glaubst du, dass sie jetzt zusammen sind?«

»Vielleicht.«

»Mach dir keine Sorgen, Mama ist lieb zu ihr.«

Ich drückte ihn an mich und wiegte ihn still weinend in meinen Armen.

»Singst du mir noch mal das Lied?«

Ich sang es noch einmal. Sein Atem wurde ruhiger.

Es verging noch eine Stunde, bevor ich hörte, wie die Haustür geöffnet wurde. Edward rief nach mir, doch ich antwortete nicht, ich hatte Angst, Declan zu wecken, den ich keine Sekunde lang losgelassen hatte. Edward stürmte die Treppe hoch und erstarrte an der Schwelle zum Zimmer seines Sohnes. Er lehnte sich an den Türrahmen, sah verzweifelt zur Decke und ballte die Fäuste, sicher, um dieser Szene zu entgehen. Auch er litt unter der Situation. Nun begriff ich, wozu der Sessel in der Zimmerecke gut war, wahrscheinlich saß er nachts hier und wachte bei seinem Sohn. Ich forderte ihn mit einem Blick zum Schweigen auf. Declan wehrte sich leicht im Schlaf, als ich mich von ihm löste. Ich drückte den Schal seiner Mutter so eng wie möglich an sein Gesicht und musste mich beherrschen, um ihn nicht auf die Stirn zu küssen. Es war genug. Noch ganz verstört ging ich an Edward vorbei. Er folgte mir nach unten. Ich zog meinen Blouson an und öffnete die Haustür. Ich stand mit dem Rücken zu ihm, als er sich durchrang, etwas zu sagen.

»Tut mir sehr leid, dass ich so spät zurückgekommen bin. Das hätte ich dir gern erspart.«

»Ich muss jetzt los.«

»Danke in Declans Namen.«

Ich wandte ihm immer noch den Rücken zu, als ich seinen Dank mit einer Handbewegung wegwischte.

»Diane, sieh mich an.«

»Nein.«

Er griff behutsam nach meinem Arm, drehte mich um und sah mir in das verweinte Gesicht.

»Was ist passiert? Was ist los mit dir?«

Er wollte mein Gesicht zwischen seine großen Hände nehmen, doch ich machte mich brüsk los.

»Bitte fass mich nicht an … Nichts, es ist nichts passiert. Declan war ein Schatz.«

Ich rannte zu meinem Wagen und fuhr mit Vollgas zurück zu Abbys und Jacks Cottage. Dort ließ ich mich über das Lenkrad fallen und blieb lange so sitzen. Kinder verursachten einfach zu viel Leid, die lebenden wie die toten. Declans Schmerz war mir unerträglich, ich hätte ihm so gern geholfen, doch es ging über meine Kräfte, und ich wollte Clara nicht verraten. Sie würde glauben, dass ich sie noch einmal im Stich ließe. Ich hatte sie im Stich gelassen, als ich sie allein mit Colin im Auto wegfahren ließ, ich hatte sie im Stich gelassen, als ich mich nicht von ihr verabschiedet hatte, ich durfte sie nicht noch einmal im Stich lassen, indem ich mich auf ein solches Spiel mit Declan oder sonst einem Kind einließ, dazu hatte ich kein Recht.

Als ich ins Wohnzimmer trat, sah ich Abby. In ihren Morgenmantel gehüllt, saß sie in einem der Schaukelstühle am Kamin. Sie winkte mich zu sich, ich schwankte zu ihr, ließ mich auf den Boden fallen und legte den Kopf in ihren Schoß. Sie streichelte mir das Haar, und ich starrte ins Kaminfeuer.

»Abby, ich will meine Tochter.«

»Ich weiß … Du bist tapfer. Du hast Declan sicher sehr gutgetan.«

»Er leidet so sehr.«

»Du auch.«

Es vergingen mehrere Minuten.

»Und du? Wie waren die Untersuchungen?«

»Ich bin erschöpft und verlösche friedlich.«

Ich umklammerte ihre Knie fester.

»Nein, nicht du … Du darfst uns nicht verlassen.«

»Es ist normal, dass ich gehe, Diane. Und außerdem werde ich über euch alle wachen. Beruhige dich. Und jetzt wein, das erleichtert.«

Den nächsten Tag wollte ich mit Abby und Jack verbringen. Ich hatte das Bedürfnis, mich auf den eigentlichen Grund meines Aufenthalts in Mulranny zu konzentrieren statt auf Declan und seinen Vater. Die Tage vergingen wie im Flug; meine Zeit bei Abby war knapp. In weniger als vierundzwanzig Stunden würde Judith kommen, und dann würde alles schon einen Beigeschmack von Abschied haben. Abby war von den Arztterminen tags zuvor erschöpft, deshalb blieben wir den ganzen Tag im Haus. Am späten Nachmittag machte Jack sich zu einem Strandspaziergang auf, er konnte sich nicht einen ganzen Tag lang in seine vier Wände einschließen, der Lockruf der frischen Luft war stärker als alles andere.

Wir beide saßen mit einem Tee im Wohnzimmer, als Abby mich fragte:

»Was hast du vor?«

»Oh … Ich weiß auch nicht … Ich glaube, ich mache einfach so weiter. Ich fühle mich wohl in meinem Café, das mir übrigens inzwischen gehört …«

»Und dein Verlobter?«

Sie lächelte mir zu.

»Abby, Olivier ist nicht mein Verlobter.«

»Ach, die Jugend von heute! Bist du glücklich mit ihm? Ist er wenigstens nett zu dir?«

»Ich hätte niemand Netteren oder Respektvolleren finden können.«

»Das ist gut … Ich hoffe nur, Edward wird ebenso viel Glück haben wie du …«

Sie sah mir fest in die Augen. Ich wusste, woran

sie dachte, und wollte mich auf keinen Fall auf dieses Gespräch einlassen.

»Abby, bitte …«

»Schon gut, ich werde dir nicht zusetzen. Aber wir machen uns solche Sorgen um ihn und um Declan. Edward hat unter dem Verlust seiner Mutter sehr gelitten und auch unter dem schrecklichen Verhalten seines Vaters, meines Bruders … Wenn ich ihn heute sehe … Ich weiß, er würde alles tun, um nicht dieselben Fehler zu machen: Er wird sich um seines Sohnes willen selbst vergessen.«

»Er ist stark, ich bin sicher, er wird es schaffen …«

Ihre innige Beziehung zu Edward und Judith ging so tief wie die einer Mutter zu ihren Kindern. Eine Frage brannte mir auf den Lippen.

»Habt ihr selbst keine Kinder gehabt, du und Jack, weil ihr euch um Edward und Judith gekümmert habt?«

»Nein … Es ist alles so lange her, und doch …«

Ihr von Trauer überwältigter Blick verlor sich im Nichts.

»Wir haben zwei Babys verloren. Ich hatte nicht das Glück, mit ihnen zusammenleben zu können, aber ich verstehe deine Trauer um deine kleine Tochter …«

Tränen stiegen mir in die Augen.

»Abby, es tut mir so leid, das hätte ich nicht …«

»Keine Sorge, du hast es richtig gemacht … Wir beide haben etwas gemeinsam, und ich weiß, dass ich jetzt mit dir darüber sprechen sollte. Als du früher hier warst, wäre es noch zu früh gewesen, aber heute … Vielleicht hilft es dir …«

»Wie hast du es fertiggebracht, dich um diese Kinder zu kümmern, die nicht deine waren?«

»Ich habe wahrhaftig genug geweint und geschrien! Anfangs wollte ich es mir selbst verbieten, Judiths Mutter zu sein, ich wollte nur ihre Tante sein und vor allem keine Kindesräuberin. Ich hielt Abstand von ihr. Was sie mir erleichterte, sie war ein ruhiges Baby, viel zu ruhig. Sie weinte nicht, forderte nichts, sie hätte den ganzen Tag im Bett liegen können, ohne einen Mucks von sich zu geben. Wenn man bedenkt, was aus ihr geworden ist …«

Sie brach ab und lachte. Ich lachte ebenfalls. Die Vorstellung von einer ruhigen, diskreten Judith war einfach zu absurd.

»Bei Edward war es anders … Er provozierte uns, bekam einen Wutanfall nach dem anderen, machte alles kaputt …«

Alles ganz normal.

»Jack wusste ihn zu nehmen, ich blieb passiv, ich wollte nicht sehen, dass er mich um Hilfe rief für seine Schwester und sich.«

»Was musste geschehen, damit sich alles änderte?«

»Mein wunderbarer Jack … Eines Abends, nach einem x-ten Wutanfall von Edward, drohte er mir damit, sie meinem Bruder zurückzugeben, da ich ja eigentlich keine Lust hätte, mich um sie zu kümmern. Es war das einzige Mal in unserem Leben, dass wir eine Nacht getrennt schliefen. Und da verstand ich, dass ich alles verlieren würde: meinen Mann und meine Kinder – denn ja, sie waren meine Kinder. Gott hatte sie mir geschickt, und niemand beschuldigte mich, ich hätte sie geraubt …«

»Du bist eine unglaubliche Frau …«

»Genauso wie alle … Du wirst auch dorthin gelangen.«

»Das glaube ich nicht …«

»Lass das Leben gewähren …«

Den Abend verbrachten Abby und Jack damit, mir ihre Fotoalben zu zeigen und aus ihren Erinnerungen zu erzählen. So lernte ich die Geschichte dieser Familie kennen.

7

Ich hörte Judith, bevor ich sie sah.

»Wo ist die Schlampe?«, schrie sie schon an der Haustür.

»Wir haben's dir ja schon gesagt, sie ist in Form«, sagte Jack im Wohnzimmer zu mir.

Ich stand vom Sofa auf, um sie zu erwarten. Sie entdeckte mich, zeigte mit dem Finger auf mich und sagte immer wieder »Du, du, du!« Sie hielt ihren Blick weiter drohend auf mich gerichtet, während sie Jack einen schallenden Kuss auf die Wange gab, dann stürzte sie auf mich zu.

»Du, du verdammtes kleines … Du bist nichts als eine … Scheiße aber auch!«

Sie fiel mir um den Hals und drückte mich fest an sich.

»Du wirst dein Fett schon wegkriegen, das ist dir doch klar?«

»Du hast mir auch gefehlt, Judith.«

Sie ließ mich schniefend los, nahm mich bei den Schultern und musterte mich von Kopf bis Fuß.

»Du bist ja wieder richtig hübsch geworden! Wow!«

»Und du bist immer noch so umwerfend!«

»Ich muss der Legende gerecht werden.«

Es war nichts als die reine Wahrheit. Judith sah fantastisch aus mit ihrem unglaublichen Sex-Appeal und dem schalkhaften Blick, der auch den härtesten Mann wehrlos machen musste. Selbst ihr Bruder war ihr nicht immer gewachsen. Abby kam zu uns und umarmte uns beide. Judith zwinkerte mir zärtlich-verschwörerisch zu.

»Jetzt habe ich meine beiden Töchter bei mir.«

Mein Unbehagen war mir offenbar anzumerken.

»Zieh nicht so ein Gesicht, Diane. Es stimmt doch, was Abby sagt. Außerdem warst du knapp davor, meine Schwester zu werden …«

Ich hatte vergessen, wie furchtbar die beiden sein konnten, wenn sie sich verbündeten. Wir brachen alle drei in schallendes Lachen aus.

Der Tag verlief ganz im Stil dieses Wiedersehens, zwischen Lachen und Weinen und Judiths wütenden Angriffen auf mich. Wir beide teilten uns die Haushaltstätigkeiten, um Abby zu entlasten. Die sah jetzt zehn Jahre jünger aus, in wenigen Stunden waren alle Spuren der Krankheit verschwunden: Ihr Gesicht war entspannt, sie hatte ihren ganzen Schwung wiedergefunden und wirkte nicht mehr bedrückt. Judith und ich mussten kämpfen, damit sie uns die Vorbereitungen fürs Abendessen überließ, so gut fühlte sie sich. An diesem Abend würden noch zwei mehr da sein: Edward und Declan sollten mit uns essen. Ich weigerte mich, mir deshalb Sorgen zu machen.

Ein Großteil des Nachmittags wurde der Zubereitung des Abendessens gewidmet, ich wurde in die irische Küche eingewiesen und lernte, wie man *Brown Bread* backt und echtes *Irish Stew* kocht. Dabei dachte ich, dass sie recht hatten, ich war mit meiner Mutter und meiner Schwester zusammen. Mit meiner Schwester, mit der ich herumalberte, als wären wir fünfzehn, und unserer Mutter, die uns die Leviten las. Jack versuchte zwar hin und wieder, einen Platz in unserem Frauenclub zu finden, trat aber jedes Mal wieder den Rückzug an.

Judith zückte ihr Smartphone, um diesen Augenblick für die Ewigkeit festzuhalten. Abby ließ sich lachend darauf ein, ich ebenfalls. Sie machte jede Menge Selfies von uns dreien. Ich gab gerade den Clown, als Declan und Edward die Tür öffneten.

»Judith!«, schrie Declan.

»Hey, meine Lieblings-Rotznase! Was solltest du sagen?«

»Guten Tag, liebe Tante Judith«, erwiderte er gehorsam und fiel ihr dann um den Hals.

Dieser Satz brachte mich derart zum Lachen, dass ich mich buchstäblich bog. So hatte ich schon seit Jahren nicht mehr gelacht.

»Hat irgendwer Diane schon mal in einem solchen Zustand erlebt?«, fragte Abby, die auch kaum noch an sich halten konnte.

»Judith ist schuld«, brachte ich mühsam hervor. »Schämst du dich nicht, du mit deinem Benehmen, dich so anreden zu lassen?«

»Lass doch, ich versuche eben, Stil zu haben.«

Auch Edward lachte. Seit ich ihn wiedergetroffen hatte, sah ich ihn zum ersten Mal ein bisschen entspannt und fröhlich. Doch ich wandte den Blick lieber ab. Er fiel auf

Declan, der mich, immer noch an Judith geklammert, fest ansah. Strahlend winkte er mir zu.

»Guten Tag, Declan«, sagte ich von Weitem.

»Na schön, Kinder, jetzt aber wieder an die Arbeit! Mädels, wir kochen jetzt weiter, und du, Edward, machst richtige Fotos!«, befahl Abby.

Er sah sie an, als wäre sie eine Außerirdische.

»Ausnahmsweise wirst du dein Talent einmal für die Familie einsetzen. Tu mir den Gefallen.«

»Nur weil du's bist«, knurrte er.

Er wollte die Küche gerade verlassen, da rief Declan.

»Warte, Papa!«

Alle Blicke richteten sich auf ihn. Er drehte und wand sich in Judiths Armen, um wieder auf den Boden zu gelangen. Schließlich ließ sie ihn los.

»Kann ich dir helfen?«, fragte er und ging auf Edward zu.

»Komm mit zum Wagen.«

An dem Lächeln, das er seinem Vater schenkte, sah man, wie sehr er ihn bereits liebte. Einige Minuten später assistierte er Edward und reichte ihm alle verlangten Gerätschaften. Judiths Albereien und die schiere Freude, Abby glücklich zu machen, genügten, um mein Unbehagen an ihrer Gegenwart zu beseitigen oder zumindest doch zu beschwichtigen. Auch Jack kam dazu und versorgte uns mit Guinness. Er setzte sich und stieß mit seiner Frau an. Declan umkreiste lachend den Tisch. Judith räumte das Vorbereitungschaos auf, und ich spülte das Geschirr. Wir redeten alle durcheinander, über alles und nichts, einfach nur beschwingt von der Freude, zusammen zu sein. Als ich mit dem Abwasch fertig war, lehnte ich mich an die Arbeitsfläche und trank mein Bier. Ich begegnete Edwards Blick, der auf mir ruhte – es war, als würde die Zeit angehalten. Ich hätte gern weggesehen, aber ich schaffte es nicht. Was er wohl gerade dachte? Was mich betraf, ich hätte nicht zu sagen gewusst, was mir durch den Kopf ging. Und dann spannten sich schlagartig seine Kiefer an, die Blase war geplatzt. Er suchte seinen Sohn, Declan stand da und betrachtete andachtsvoll den Fotoapparat seines Vaters auf dem Büfett.

»Fass ihn nicht an, er ist empfindlich.«

Enttäuschung zeichnete sich auf dem kleinen Jungengesicht ab. Eine Enttäuschung, die sich noch vertiefte, als Edward wegging und seine Ausrüstung im Wagen verstaute, ohne ihn um Hilfe zu bitten oder ein Wort an irgendjemandem zu richten. Er blieb sehr lange weg, was Declan zu beunruhigen schien. Er starrte auf die Küchentür und zuckte beim leisesten Geräusch zusammen, als hielte er Wache. Sobald er seinen Vater wieder ins Haus kommen hörte, entspannte sich sein Gesicht, und er konnte wieder lächeln.

Als wir zu Tisch gingen, wollte Declan unbedingt neben mir sitzen. Mir fiel keine Ausrede ein, um das abzulehnen. Letzten Endes machte es auch keinen großen Unterschied mehr. Edward wollte ihn schon zurechtweisen, doch ich hielt ihn davon ab.

»Alles gut«, sagte ich lächelnd zu ihm.

Die Stimmung beim Abendessen war heiter, gesellig und familiär. Niemand an diesem Tisch war vom Leben geschont worden, sie schon gar nicht in letzter Zeit, wo Abby so krank war. Und dennoch versuchte jeder, wieder auf die Beine zu kommen, damit zu leben und sich an den kleinen glücklichen Momenten zu freuen; eine Mischung aus Überlebensinstinkt und Fatalismus. Sie hatten mich mit meinen Problemen aufgenommen und taten es noch. Ich war bei ihnen und froh darüber. Dennoch hätte ein Teil von mir es vorgezogen, weniger froh zu sein; die Trennung würde schwer werden, das wusste ich schon jetzt. So wichtig die Sicherheit, dass wir mit der Vergangenheit abgeschlossen hatten, für mein weiteres Leben in Paris war, so schwierig würde es sein, von ferne an sie zu denken. Das war die absurde Wirkung dieser Wiederbegegnung. Judith riss mich aus meinen Überlegungen.

»Gehen wir nachher noch in den Pub?«

»Wenn du magst.«

»Kommt nicht infrage, eine Gelegenheit zum Feiern mit dir auszulassen! Aber mach es bitte nicht wie beim letzten Mal.«

»Es wäre mir sehr lieb, wenn du mich nicht an diese Episode erinnern würdest.«

Doch allein schon an ihrem boshaften Lächeln erkannte ich, dass sie es nicht dabei bewenden lassen würde. Sie stieß Edward mit dem Ellbogen an.

»Weißt du noch, Brüderchen, wie wir sie abholen mussten?«

Er murmelte etwas in seinen Bart. Genau wie ich konnte er sich noch genau daran erinnern.

»Ach, Kinder, erzählt doch mal«, bat Abby da ganz aufgeregt.

»Diane war sturzbetrunken. Edward hat einem Typen, der es ganz eindeutig auf sie abgesehen hatte, eine Abreibung verpasst. Er musste sie auf der Schulter raustragen. Es war zum Totlachen, sie zappelte wild herum und beschimpfte ihn, und Edward verzog keine Miene.«

Abby und Jack sahen von ihm zu mir und von mir zu ihm und brachen schließlich in Lachen aus. Wir beide sahen uns an, erst noch peinlich berührt, doch dann stimmten wir in das allgemeine Gelächter ein.

»Was ist das, eine Abreibung verpassen?«, fragte Declan.

»Das heißt sich prügeln«, erklärte Judith.

»Wow, Papa, du hast dich schon mal geprügelt?«

»Wenn es bei diesem einen Mal geblieben wäre ...«, mischte sich Jack ein. »Mein Junge, dein Vater hat sich schon in deinem Alter geprügelt.«

»Warum erzählst du ihm das?«, fragte Edward leicht erbost.

»Bringst du's mir bei, Papa?«

Vater und Sohn wechselten einen langen Blick. Zum ersten Mal sah Edward Declan zärtlich an, bevor er sich an Judith wandte.

»Geht schon mal los, wenn ihr wollt, ich räume hier auf.«

Er stand auf, strich Declan übers Haar und fragte, ob er ihm beim Abräumen helfen wolle. Ich konnte nicht anders, ich sah die beiden an, bis sie in der Küche verschwanden. Judith räusperte sich.

»Bereit zum Feiern?«

»Und wie!«

Wir umarmten und küssten Abby und Jack, die uns

tausendmal für den Abend dankten. Edward und Declan kamen aus der Küche, und Judith ging hin und umarmte sie. Ich winkte ihnen nur zu.

»Seid vorsichtig«, sagte Edward.

»Keine Sorge, du wirst dich nicht für mich prügeln müssen«, erwiderte ich postwendend.

Und bereute meine Worte noch im selben Augenblick.

Übermütig lachend und albernd kamen wir vor dem Pub an. Als wir eintraten, sagte ich unwillkürlich:

»Ach, ist das schön hier!«

»Ich wusste doch, dass du zurückkehren würdest«, foppte mich Judith.

Der Wirt begrüßte uns mit freudigem Winken. Wir gingen auf ihn zu, obwohl alles voll war. Die Sache war in Nullkommanichts geregelt; er verscheuchte zwei Gäste, damit wir freie Hocker hatten, und stellte jeder von uns ohne nachzufragen ein Guinness hin. Es war ein typischer Samstagabend im Pub mit Livemusik. Die Gruppe gab zur Freude aller eine Wiederholung nach der anderen. Und wir gesellten uns zu den anderen Gästen und sangen lauthals mit. Ich war wieder in dieser Atmosphäre, die ich so gemocht hatte … und die ich im Jahr zuvor gar nicht richtig genossen hatte.

»Ich muss dir eine megawichtige Frage stellen«, sagte Judith plötzlich.

»Ja?«

»Ist Félix immer noch schwul?«

Ich prustete los.

»Mehr denn je«, antwortete ich schließlich.

»Scheiße! Er ist nämlich der Mann meines Lebens, das ist dir doch klar?«

Sie nahm mich am Arm, und wir gingen wieder zu unseren Plätzen an der Theke, wo sie unser drittes oder viertes Guinness bestellte, so ganz kam ich nicht mehr mit. In der folgenden Viertelstunde bekam ich die Abenteuer von Judith-der-täglich-Neuverliebten zu hören. Mein Handy klingelte und unterbrach unser Gespräch. Es war Olivier.

»Warte einen Augenblick«, sagte ich, und dann zu Judith: »Bitte entschuldige …«

Sie grinste liebevoll und machte eine Kopfbewegung Richtung Raucherecke vor der Kneipe. Ich griff nach meinen Zigaretten und ging quer durch den Pub, dicht gefolgt von Judith, die draußen ein Gespräch mit den anderen Rauchern anfing.

»So, jetzt. Ich bin da.«

»Wo? Das ist ja vielleicht ein Radau!«

»Ich bin mit Judith im Pub. Und wie jeden Samstagabend gibt es Livemusik.«

»Hast du deine Freundin wiedergetroffen?«

»Ja, wir hatten einen tollen Tag. Abby war glücklich, es war wunderschön!«

»Es geht dir also gut da oben …«

Mich packte ein leises Schuldgefühl, ich hatte heute vergessen, ihn anzurufen, weil ich mich so über das Wiedersehen mit Judith gefreut hatte.

»Stimmt … Und du, wie geht es dir?«

»Sehr gut, danke, hier ist alles okay. Im Augenblick bin ich zu Hause und mopse mich so ganz allein. Aber ich will dich jetzt nicht länger stören …«

»Dummkopf, du störst mich doch nicht!«

»Feier schön weiter. Ich wollte nur wissen, ob es dir gut geht. Das weiß ich jetzt! Ich umarm dich ganz fest.«

»Ich dich auch. Bis morgen. Morgen ruf ich dich an, versprochen.«

Judith hatte mich anscheinend im Auge behalten, denn sobald ich das Handy in der Tasche verstaut hatte, stand sie schon wieder an meiner Seite.

»Na, wie geht's deinem Kerl?«

»Sehr gut. Wollen wir wieder rein?«

Als Ehrengäste fanden wir unsere Hocker immer noch unbesetzt vor, Judith hatte nicht die Absicht, das Thema fallen zu lassen.

»Ist das zwischen euch ernst?«

»Ich weiß nicht, ich glaube … ja … Wirklich, das ist es …«

»Und mein Bruder?«

»Wie, dein Bruder?«

»Liebst du ihn nicht mehr? Versuch nicht, mir einzureden, dass du ihn früher nicht geliebt hättest, das würde ich dir einfach nicht glauben.«

»Ach, Judith, bitte …«

»Wir müssen dieses Gespräch führen!«

Ich seufzte.

»Ich war noch nicht für ihn bereit, ich hätte ihm nur eines Tages noch mehr Schmerz zugefügt, wenn ich dageblieben wäre.«

»Und jetzt?«

»Jetzt ist mehr als ein Jahr vergangen. Ich habe mein Leben in Paris wieder aufgenommen, bei mir zu Hause, und ich habe jemanden kennengelernt, mit dem ich mich wohlfühle.«

»Ich verstehe. Das freut mich für dich.«

Sie trank ihr Glas in einem Zug leer und bestellte eine weitere Runde. Und warf mir dabei einen Seitenblick zu.

»Was möchtest du mir sagen, Judith?«

»Es muss doch trotzdem komisch für dich sein, ihn wiederzusehen!«

»Du hast nicht unrecht ... Aber Judith, bitte brems dich, mach dir da keine Hoffnungen ...«

»Okay, okay! Trotzdem ... Du kannst mir nicht weismachen, du wärst nicht neugierig und würdest gern ein bisschen mehr erfahren ...«

»Das siehst du richtig ... Ich mache mir Sorgen um ihn ...«

»Nicht nur du!«

»Das kann ich mir vorstellen ...«

»Er hat etwas Besseres verdient, als so mit seinem Sohn in der Sackgasse zu stecken! Wie soll er sich jetzt ein neues Leben aufbauen?«

»Ist Declans Auftauchen ein Problem für dich?«

»Natürlich nicht. Wie sollte man diesen Knirps nicht lieben? Ich habe es einfach nur satt, dass sich mein Bruder von einer Scheiße in die andere reitet. Er ist wirklich vom Pech verfolgt! Das ist jetzt kein Vorwurf, Diane ... Aber nachdem du weg warst, hat er gelitten wie ein Tier ...«

Ich ließ den Kopf hängen. Ich sah wieder vor mir, wie ich ihm gesagt hatte, dass ich ihn verlassen würde. Ich hatte ihm so großen Schmerz zugefügt.

»Er hat sich Hals über Kopf in seine Arbeit gestürzt, war

ständig unterwegs, hat Mulranny und alles, was ihn an dich erinnern konnte, gemieden. So schlimm es war, es hatte auch sein Gutes, als Fotograf kam er wirklich weiter. Und dann steht er vor dieser Frau! Seine erste Reaktion war, sich als den Bösewicht schlechthin zu sehen … Du kennst ja seine Prinzipien! Zum Glück war Declans Mutter eine anständige, nette und verständnisvolle Frau. Sie hat es Edward nie übel genommen, dass er weggegangen ist, sie hat ihm die Schuldgefühle genommen und ist ihm in menschlicher Hinsicht sehr nahegekommen, auch weil sie wissen wollte, ob sie ihm ihren Sohn anvertrauen konnte.«

»Das verstehe ich, sie kannte ihn schließlich nicht.«

Ich nahm einen ordentlichen Schluck Guinness und seufzte.

»Aber wie geht es ihm wirklich? Wie denkt er über seine augenblickliche Situation?«

»Diane, lebst du auf dem Mond, oder was? Glaubst du, er teilt uns mit, wie es in ihm aussieht?«

Ich konnte nicht anders, ich lachte.

»Siehst du, du bist neugierig!« Judith lachte mit.

»Du hast recht. Zufrieden?«

»Und wie! Was ich dir immerhin sagen kann: Er war ziemlich daneben an dem Tag, als er das Ergebnis des Vaterschaftstests bekam. Ich hatte ihn schon seit Jahren nicht mehr in einem solchen Zustand gesehen!«

»Will heißen?«

»Er hat sich in sein Cottage eingeschlossen und besoffen bis zum Gehtnichtmehr. Erstaunlich, dass er es überlebt hat. Ich musste durchs Fenster, um reinzukommen … Ich hörte ihn stundenlang delirieren … Alles kam dran:

unser Vater, das Biest, Abbys Krankheit und du – in voller Länge und Breite! Dabei warst du schon seit sechs Monaten fort, und wer keinen Atomkrieg auslösen wollte, durfte deinen Namen nicht aussprechen. Er redete von Anrufen von dir, von Nachrichten auf dem AB …«

Ich dachte kurz nach, ja, das mussten meine Anrufe gewesen sein …

»Und jetzt?«, fragte ich.

»Ist er wieder lebendiger, weil er Declan hat, er wird ihm sein Leben widmen … Er liebt ihn wie verrückt, aber er wird nie damit zurechtkommen, dass er einer Frau, die er nicht liebte, ein Kind gemacht hat.«

»Ich würde so gern etwas für ihn tun.«

»Bloß kein Mitleid.«

»Das hat doch damit nichts zu tun …«

Sie lächelte verstohlen.

»Ich weiß, ich provoziere dich … Was du auch sagen magst, irgendetwas ist zwischen euch, so ist es nun mal. Ihr habt beide eure Entscheidungen getroffen. Du hast wieder jemanden in deinem Leben. Und er hat seinen Sohn, das reicht ihm. Aber ich glaube, es täte euch gut, darüber zu reden … Und jetzt die nächste Runde!«

Noch ein Pint. Judith war gereift, sie war viel verantwortungsbewusster und hellsichtiger als früher. Was sie nicht daran hinderte, mich im verrückten Rhythmus der traditionellen Musik herumzuwirbeln.

Bald würde der Pub schließen. Zum Glück hatten wir nur fünf Minuten Fußweg bis zum Haus von Abby und Jack. Beide gleichermaßen beschwipst, machten wir uns untergehakt auf den Weg. Ich wurde jedoch schlagartig nüchtern, als ich Edwards Wagen immer noch vorm Haus stehen sah.

»Was treibt er hier noch?«, lallte Judith und unterdrückte, in ihrem berühmten neuen Stil, einen Rülpser.

Leise öffneten wir die Haustür und schlichen ins Wohnzimmer. Auf einem Beistelltisch brannte ein Lämpchen. Schließlich entdeckte ich Edward; er saß auf dem Sofa, die Füße auf dem Couchtisch, in der einen Hand hielt er ein Glas, die andere lag auf dem Rücken seines schlafenden Sohnes, der den Kopf in Edwards Schoß gelegt hatte.

»Warum bist du noch da?«, fragte Judith.

Er antwortete, ohne sich zu uns umzudrehen.

»Declan bekam einen Angstanfall, als ihm klar wurde, dass er euch nicht wiedersehen würde. Es half nichts, ich musste ihm versprechen, dass wir auf euch warten, sonst hätte er sich nicht beruhigt. Und dabei ist er eingeschlafen.«

»Du hättest uns doch anrufen können«, sagte ich und trat näher.

»Danke, Diane, aber ich wollte euch den Abend nicht verderben.«

Judith kniete sich neben die beiden und warf einen abschätzenden Blick auf den niedrigen Pegel der Whiskeyflasche. Sie zwinkerte ihrem Bruder zu, der lächelte nur traurig.

»Lass ihn über Nacht bei uns, ich nehm ihn mit zu mir. Schlaf ausnahmsweise mal im Bett. Morgen Mittag bringen wir ihn dir zurück.«

»Du wirst dich vermutlich wundern, aber ich nehme das Angebot an.«

Judith rappelte sich hoch, Edward nahm seinen Sohn auf die Arme und stand ebenfalls auf. Declan klammerte sich an seinen Hals.

»Papa?«

»Judith und Diane sind da, du schläfst bei Judith im Bett.«

Ich sah den dreien nach, als sie die Treppe hochgingen. Ihr Leben war von meinem so weit entfernt. Um mich zu beschäftigen, brachte ich das Glas und die Flasche in die Küche. An die Spüle gelehnt, trank ich ein Glas Wasser. Ich zuckte zusammen, als ich Edwards Stimme hörte:

»Ich gehe jetzt.«

Ich wandte mich um, er warf mir quer durch die Küche sein Zigarettenpäckchen zu, er selbst hatte bereits eine Kippe im Mundwinkel. Ich verstand die Botschaft und folgte ihm. Als wir draußen waren, gab ich ihm seine Schachtel zurück. Er sah mir in die Augen und ließ sein Feuerzeug für mich aufspringen; ich näherte mich der Flamme und dachte, dass ich mir die Finger in mehr als einer Hinsicht nicht verbrennen durfte. Dann machte er ein paar Schritte in den Garten, kam aber wieder zu mir zurück. Er grub in seiner Hosentasche und hielt mir schließlich seinen Wagenschlüssel hin. Ich nahm ihn ganz automatisch.

»Kannst du mir Declan morgen mit meinem Wagen zurückbringen?«

»Du willst doch nicht zu Fuß nach Hause gehen? Da brauchst du mindestens eine halbe Stunde!«

»Ich habe zu viel getrunken, ich will jetzt nicht fahren. Außerdem wird mir die frische Luft guttun.«

Er hielt meinen Blick lange mit seinen Augen fest. Es lag so viel Traurigkeit in ihnen, und immer noch vermischt mit ein wenig Zorn. Nichts würde ihm je Frieden bringen.

»Gute Nacht, Diane.«

»Komm gut heim.«

Ich sah ihm nach, bis seine Umrisse mit der Dunkelheit verschmolzen. Dann warf ich meine Kippe in den Aschenbecher, ging ins Haus und schloss die Haustür ab. Aufgewühlt und sorgenvoll ging ich nach oben. Die Tür zu Judiths Schlafzimmer wurde halb geöffnet.

»Schläft er noch?«, fragte ich sie flüsternd.

»Wie ein Stein. Mal abgesehen davon, dass wir ihm seine Karre bringen sollen, was hat er gesagt?«

»Nichts.«

»Sag ich doch … Ihr müsst miteinander reden …«

»Gute Nacht, Judith.«

Als ich unter die Bettdecke schlüpfte, wusste ich, dass ich so bald nicht einschlafen würde. Die Bilder von Edwards Verschwinden in der Nacht liefen in einer Endlosschleife durch meinen Kopf, und auch der Blick, mit dem er mich angesehen hatte, ließ mich nicht los. Judith hatte recht, es gab immer noch ein Band zwischen uns, ein Band, das wir schnellstmöglich entwirren mussten, damit wir beide mit unserem jeweiligen Leben weitermachen konnten.

Man hätte meinen können, dieser Irlandaufenthalt sei nur dazu da, mir zu zeigen, was eine Familie ist. Als ich zum Frühstück nach unten ging, sah ich Abby, die im Morgenrock ein echtes *irish breakfast* zubereitete; es roch nach Toast und Speck und Eiern. Jack, Judith und Declan saßen schon am Tisch, nur ich fehlte noch. Doch irgendetwas stimmte merklich nicht.

»Warte, ich helf dir«, bot ich Abby an.

»Nein, meine Liebe, ich bin doch kein hilfloser Krüppel!«

»Gib dir keine Mühe«, sagte Judith. »Mich hat sie auch schon abgebügelt.«

»Diane«, rief Declan schluchzend.

Ich sah ihn genauer an, seine Verzweiflung schnitt mir ins Herz. Er stand auf und kam auf mich zu. Ohne nachzudenken, kauerte ich mich vor ihn.

»Was ist denn los?«

»Wann kommt Papa wieder? Warum ist er nicht hier?«

»Das hat dir Judith doch sicher schon erklärt?«

»Er glaubt uns nicht«, warf sie ein.

»Declan, dein Papa ist zu Hause, er schläft, er war sehr müde.«

»Stimmt das?«

»Ich schwör's.«

Er fiel mir um die Hals und klammerte sich an mich. Ich hielt den Atem an. Dieses Kind trieb mich weit über meine Grenzen hinaus. Allerdings war ich erwachsen und musste im Gegensatz zu ihm also eigentlich fähig sein, meine Ängste zu beherrschen. Jedenfalls sah es so aus, als würde ich diese Fähigkeit gerade wieder entwickeln und wäre deshalb imstande, ihm zu helfen.

»Sieh mich an, Declan.«

Er löste sich ein ganz kleines bisschen von mir. Es kam mir so vor, als sähe ich in die Augen seines Vaters. Ich verscheuchte diesen Eindruck und konzentrierte mich auf das Kind, das er war. Ich wischte ihm mit den Händen die Tränen von den Wangen.

»Er ist nicht fortgegangen. Nach dem Frühstück fahren wir zu ihm, in Ordnung?«

Er nickte.

»Komm an den Tisch.«

Instinktiv setzte er sich neben mich. Abby stellte uns die Teller hin und füllte die Tassen. Declan war immer noch sehr in sich gekehrt.

»Es ist alles in Ordnung, ich habe es dir doch gesagt. Glaub mir. Und jetzt iss.«

Während unserer kleinen Unterhaltung hatte ich nicht auf meine Umgebung geachtet. Alle sahen uns an. Abby lächelte mir zärtlich zu. Ich beschloss, nicht darauf zu reagieren, und stieß die Gabel ins Rührei.

Eine Stunde später ließ Judith mich den Range Rover fahren. Als ich vor Edwards Cottage hielt, sah ich ihn, die Zigarette im Mundwinkel, mit seinem Hund am Strand. Declan zappelte auf dem Rücksitz herum, und Judith öffnete ihm sofort die Tür. Wie der Blitz raste er zu seinem Vater, der sich umdrehte, als er ihn rufen hörte. Declan warf sich ihm in die Arme, Edward hob ihn hoch und drückte ihn an sich. Dann stellte er ihn wieder hin, hockte sich vor ihn, zauste ihm das Haar und begann ein Gespräch mit ihm. Declan erklärte etwas mit weit ausholenden Armbewegungen, während Postman Pat die beiden bellend umsprang. Edward versuchte, den Hund zu beruhigen, und lächelte seinem Sohn zu, eins seiner echten Lächeln, er wirkte glücklich und erleichtert. Es verwirrte mich, diese Szene mit anzusehen, sie waren beide so schön und gingen so zu Herzen. Edward war wirklich zum Vater geworden, daran hatte ich keinen Zweifel mehr. Er mochte ungeschickt und zurückhaltend sein, aber er hing mit Leib und Seele an seinem Sohn. In diesem Augenblick, das spürte ich, war für ihn nichts mehr wichtig, weil er seinen Sohn wiederhatte. Wie gut ich ihn verstand … Er musste wirklich sehr erschöpft gewesen sein, sonst hätte er ihn nicht über Nacht bei uns gelassen. Die Trennung schien für beide gleichermaßen schwer gewesen zu sein. Ich hielt mich im Hintergrund, solange meine Tränen flossen, während Judith schon zu ihnen ging. Bruder und Schwester umarmten sich kurz. Ich ging langsam auf sie zu. Judith rannte über den Strand davon, Declan und Postman Pat folgten ihr auf den Fersen. Schwer zu sagen, wer von beiden das Kind war, die Tante oder der Neffe. Ich kam bei Edward an und hielt ihm den Wagenschlüssel hin.

»Der Wagen ist noch heil.«

»Ich vertrau dir da. Gehen wir ein paar Schritte?«

»Ja.«

Schweigend, die Hände in den Taschen vergraben, legten wir mindestens hundert Meter zurück; aus der Ferne hörte ich Declans fröhliches Geschrei und Postman Pats Gebell.

»Komm, setzen wir uns da hin, da haben wir Judiths Kindereien am besten im Blick.«

Wir setzten uns nebeneinander auf einen Felsen, der über den Strand ragte.

»Wie soll man wissen, ob es ihm gut geht?«

Ich sah ihn an, sein Blick war fest auf seinen Sohn gerichtet.

»Wenn du ihn in die Arme nimmst wie eben, dann geht es ihm gut, dann weiß er, dass er einen Vater hat. Wenn er nicht einschlafen kann, weil ihm seine Mutter fehlt, dann geht es ihm sehr schlecht.«

»Es tut mir wirklich leid, dass du das durchmachen musstest.«

»Ach lass, darauf kommt es jetzt nicht an.«

»Was hast du ihm gesagt? Seit er bei mir ist, war das die erste Nacht, in der er keine Albträume hatte.«

»Nichts Besonderes, ich habe ihm nur von Clara erzählt. Das war alles.«

Meine Stimme war brüchig geworden, zitternd zündete ich mir eine Zigarette an. Edward ließ mir einige Minuten Zeit, damit ich mich wieder fassen konnte, bevor er fortfuhr:

»Seit wir uns kennen, bist du die Einzige, die keine Rücksicht auf mich nimmt, deshalb verlasse ich mich jetzt auf dich. Sag mir, was ich mit ihm falsch mache! Ich will, dass es ihm gut geht, dass er vergisst, ich will nicht, dass er so endet wie ich.«

Meine Hand griff nach seiner und drückte sie, als führte sie ein von meinem Hirn völlig unabhängiges Eigenleben.

»Er wird es nie vergessen, mach dir das klar. Seine Mama vergisst man genauso wenig wie sein Kind. Du machst gar nichts falsch mit ihm. Du lernst, so ist das. Ich kann dir da keinen Rat geben. Alle Eltern machen Fehler. Lasst euch Zeit, euch aneinander zu gewöhnen. Ich weiß nur, dass du für Declan ein Halbgott bist und dass ihn der Gedanke, dich zu verlieren, in Angst und Schrecken versetzt. Ich kenne dich … Du bist nicht sehr gesprächig, aber beruhige ihn, so gut du kannst. Verbring Zeit mit ihm … Zeig ihm, wie man fotografiert, es ist magisch für ihn, wenn er dich mit deinem Fotoapparat hantieren sieht, jedenfalls habe ich es gestern so beobachtet … Und … wenn er so endet wie du, hat er viel Glück.«

Ein letztes Drücken, dann ließ ich seine Hand los. Ich stand auf, kletterte vom Felsen und ging auf die Wellen zu. Ich sah Judith und Declan in der Ferne und spürte Edward hinter mir. Ich atmete tief durch. Der Wind peitschte mein Gesicht. Wirklich, ich würde nicht unversehrt aus diesem Aufenthalt hervorgehen.

»Wann fliegst du wieder?«, fragte er. Ich hatte ihn nicht kommen hören.

»Übermorgen.«

»Dann kommen wir nach der Schule und verabschieden uns von dir.«

»Wenn du möchtest.«

Er ging, und ich sah ihm zu, wie er Sohn und Hund einsammelte. Sie stiegen in den Wagen und fuhren in einer Staubwolke ab. Judith kam zu mir, legte mir die Hand um den Nacken und ihren Kopf an meinen.

»Alles gut?«

»Sagen wir mal Ja.«

Der übrige Tag verging viel zu rasch. Judith und ich wussten, dass wir nicht genug Zeit hatten. Sie nutzte ihre beste Waffe gegen die Trübsal: das Lachen. Beim Mittagessen mit Abby und Jack sorgte sie mit ihren Albereien für Unterhaltung. Als es so weit war, dass sie sich auf den Weg nach Dublin machen musste, begleitete ich sie zu ihrem Wagen.

»Jetzt lassen wir aber nicht ein ganzes Jahr verstreichen, ohne voneinander zu hören.«

»Ich würde dich sehr gern in Paris besuchen, aber jetzt mit Abby kann ich einfach nichts versprechen. Also …«

»Ich rufe dich an«, sagte ich. »Halt mich auf dem Laufenden, wie es ihr geht.«

»Ja, das kann ich tun.«

Judiths Panzer bekam Risse, sie sah angestrengt nach oben, konnte ihre Tränen jedoch nicht verbergen. Ich umarmte sie.

»Es wird schon gehen, du schaffst das«, flüsterte ich ihr ins Ohr.

»Du bist wirklich zu blöd! Du bringst mich zum Heulen … Hör zu, ganz gleich, mit wem du zusammenlebst, du bist meine …«

»Ich weiß … Mir geht's genauso …«

Sie machte sich von mir los, tätschelte sich die Wangen und reckte die Daumen in die Luft.

»Los, Judith, jetzt fassen wir uns wieder, du bist schließlich kein kleines Mädchen mehr!«, tadelte sie sich. »Wenn man losmuss, muss man los.«

»Fahr vorsichtig.«

Sie salutierte, stieg ein und fuhr davon.

Meinen letzten Tag widmete ich Abby. Sie fragte mich, ob ich ihr wohl die Nägel machen und das Haar föhnen könnte; sie wollte noch gern gut aussehen, wagte es aber aus Schamhaftigkeit nicht, Judith zu bitten. Ihr war aufgefallen, dass ich mich wieder hübsch machte, und sie glaubte, ich sei die Idealbesetzung für diese Rolle. Diese weibliche Intimität brachte uns einander noch näher. Wir waren in ihrem Schlafzimmer. Auf der Kommode standen Kinderfotos von Edward und Judith. Ich musste lächeln, als ich sie in ihrer Schuluniform sah.

»Freust du dich, dass du uns besuchen gekommen bist?«, fragte Abby. Wir saßen beide auf dem Ehebett, und ich lackierte ihr die Nägel.

»Und wie! Da kannst du beruhigt sein.«

»Und Edward?«

»Sie kommen nach der Schule noch vorbei, um sich von mir zu verabschieden, das hat er jedenfalls gestern gesagt …«

»Ist das alles?«

»Jaa …«

Wir wurden von Jack unterbrochen, der unten nach mir rief. Denn eben waren Declan und sein Vater gekommen. Die Stunde des Abschieds hatte geschlagen. Abby begleitete mich und stützte sich dabei auf meinen Arm, den Blick ihrer wachsamen Augen auf mich gerichtet. Am Fuß der Treppe ließ sie mich los und setzte sich in ihren Sessel, wobei sie mit Jack einen Blick wechselte, der nichts Gutes verhieß.

»Hallo«, sagte ich nur zu Declan und Edward.

Dem Blick des Vaters wich ich aus und konzentrierte mich lieber auf den des Sohns, der auf mich zukam, um mir einen Kuss zu geben.

»War's heute schön in der Schule?«

»Ja!«

»Komm her, Kleiner, ich will dir was zeigen!«, rief Jack ihn zu sich.

Declan gehorchte. Ich hatte keine andere Wahl, ich musste mich Edward zuwenden.

»Gute Heimkehr nach Paris«, sagte er schlicht.

»Danke.«

»Es ist doch schade, dass ihr beide euch nur so kurz gesehen habt«, bemerkte Abby gekonnt beiläufig.

»Das stimmt!«, pflichtete ihr Jack bei. »Was ist, Kinder, wollt ihr zwei nicht heute Abend noch einmal in den Pub gehen? Wir passen so lange auf Declan auf.«

Wir sahen uns an.

»Hast du Lust?«, fragte Edward.

»Äh … Ich glaube schon …«

»Papa?«

Wir hatten nicht bemerkt, dass Declan zu uns zurückgekommen war.

»Willst du weg, Papa?«

Edwards Schultern sackten nach unten, er fuhr seinem Sohn mit der Hand durchs Haar und lächelte ihn dabei an.

»Nein … Keine Sorge, wir fahren nach Hause … Diane, es tut mir sehr leid … Es ist ja nur aufgeschoben …«

Wir wussten beide, dass das nicht stimmte.

»Ist doch normal, ich kann das verstehen.«

»Oder … hast du vielleicht Lust, mit uns zu Abend zu essen?«

»Oh …«

Automatisch wandte ich mich Abby und Jack zu, als müsste ich sie um Erlaubnis bitten. Sie sahen mich so wohlwollend und zärtlich an, wie es ihre Art war.

»Mach dir unseretwegen keine Gedanken.«

»Du kommst zu uns zum Essen?«, fragte Declan drängend. »Sag Ja!«

Ich bemerkte den liebevollen Blick, den Edward seinem Sohn schenkte. Das war es, was mich weichmachte.

»In Ordnung, ich komme.«

»Dann bis nachher«, sagte Edward. »Kommst du, Declan?«

Sie umarmten Abby und Jack und machten sich auf den Weg. Ich stand lange reglos mitten im Wohnzimmer.

»Komm her, mein Töchterchen«, bat Abby schließlich und holte mich damit aus meinen Gedanken.

Ich ließ mich aufs Sofa fallen, sie setzte sich neben mich und nahm meine Hand.

»Was macht ihr beide nur mit mir? Ihr seid echte Intriganten!«

Jack lachte.

»Eigentlich nur sie«, sagte er und zeigte auf seine Frau.

»Du bist auch nicht besser!«, gab ich scherzhaft zurück. »Wozu soll das alles gut sein?«

»Um einiges zu klären«, antwortete mir Abby.

»Vielleicht, aber das wäre unser letzter gemeinsamer Abend gewesen.«

Sie tätschelte meine Hand.

»Diane, du hättest doch nur an sie gedacht, wenn du bei uns geblieben wärst, im Grunde weißt du das selbst. Und wir hatten eine so schöne Zeit … Mach dir keine Gedanken … Und außerdem ist es ein bisschen so, als wärst du bei uns, und es wird ihnen guttun …«

Ich legte den Kopf auf ihre Schulter und genoss ihre mütterliche Wärme.

»Ihr werdet mir fehlen … furchtbar fehlen«, murmelte ich.

Jack, der hinter dem Sofa stand, legte mir sehr väterlich die Hand auf den Kopf.

»Du uns auch, meine kleine Französin, aber du kommst ja wieder …«

»Ja …«

Ich schmiegte mich noch enger an Abby.

Eine Stunde später verließ ich sie mit dem Versprechen, den Abend zu genießen und mir keine Sorgen um sie zu machen. Als ich in der Nähe von Edwards Cottage ankam, beschloss ich, einen letzten Strandspaziergang zu machen, bevor ich Vater und Sohn besuchte. Ich wollte mich noch einmal vom Meer, von dieser Aussicht und diesem Wind durchdringen lassen. Es würde mir sehr guttun, mich ein wenig durchpusten zu lassen. Ich wusste nicht recht, wie ich über diesen Abend denken sollte, der vor mir lag. Mit Edward und Declan zu Abend zu essen hatte etwas Beunruhigendes, ich drang in ihre Privatsphäre ein, und es bestand die Gefahr, dass ihr Alltag mich aus der Fassung brachte. Allerdings musste ich zugeben, dass Abby, Judith und Jack – auch wenn sie es nicht in Worte gefasst hatten – recht hatten: Wir mussten den Abszess zum Platzen bringen, um wirklich zu etwas Neuem übergehen zu können. Wir mussten eine Beziehung abbrechen, die keine Gelegenheit gehabt hatte zu beginnen und nie beginnen würde.

Als ich wieder zu Edwards Cottage hinaufging, bekam ich eine SMS von Olivier: *»Einen schönen letzten Abend in Irland, bis morgen, ich umarme dich fest.«*

»Danke … ich freue mich sehr auf dich. Ich umarme dich«, antwortete ich, bevor ich an die Tür klopfte.

Declan machte mir im Schlafanzug auf und strahlte mich an. Er nahm mich bei der Hand und zog mich ins Wohnzimmer; ich kam kaum voran, denn auch Postman Pat freute sich über mein Kommen. Im Fernseher lief der Trickfilmkanal; Edward stand hinter dem Küchentresen und machte das Abendessen. Er warf mir einen Blick zu, aber es war unmöglich, seine Stimmung zu erraten.

»Hast du dich vom Strand verabschiedet?«

»Ja …«

»Diane, kommst du?«

Declan zog immer noch an meinem Arm.

»Ich komme ja, lass mir nur einen Moment.«

Er zuckte mit den Achseln und sprang gemeinsam mit dem Hund aufs Sofa. Ich setzte mich an die Bar, Edward gegenüber.

»Du hättest mich nicht unbedingt zum Abendessen einladen müssen.«

»Hast du je erlebt, dass ich mich zu etwas zwinge?«, gab er zurück, ohne den Blick zu heben.

»Kann ich dir bei irgendwas helfen?«

Jetzt sah er mir in die Augen.

»Declan eine Geschichte vorlesen, während ich das hier fertig mache?«

»Eher umgekehrt, das ist für euch beide besser.«

»Du wirst doch nicht etwa kochen wollen?«

»Mit so was fangen wir erst gar nicht an … Solche Höflichkeiten stehen uns nicht.«

Ich umrundete den Tresen, nahm ihm den Kochlöffel aus der Hand und schubste ihn ins Wohnzimmer. Er schüttelte den Kopf, dann nahm er ein Buch aus Declans Schultasche. Declan versuchte zu schimpfen, doch der Gesichtsausdruck seines Vaters brachte ihn schnell davon ab. Begleitet von der kindlichen und der heiseren Stimme kochte ich das Essen fertig und deckte den Tisch. Edward ließ sich Zeit, um ganz sicher zu sein, dass Declan alles verstanden hatte, seine Geduld erstaunte mich. Als das Essen fertig war, ging ich, ohne sie zu unterbrechen, an den beiden vorbei auf die Terrasse, um eine zu rauchen. Zwei Minuten später wurde die Glastür geöffnet, und Edward stellte sich dazu, die Zigarette schon im Mund.

»Hoffentlich bist du mir nicht böse, ich habe ihm versprechen müssen, dass du beim Essen neben ihm sitzt.«

»Kein Problem.«

Damit endete das Gespräch. Durch den Wind und die Wellen hörte man nur noch den knisternd verbrennenden Tabak. Es war noch zu früh, die Schleusen zu öffnen. Declan ließ uns ohnehin keine Zeit, uns aus unseren Löchern herauszubewegen. Er holte uns, er hatte Hunger.

Während des Essens übernahm er das Gespräch und hielt einen Monolog über seine Erlebnisse mit den anderen Jungs an der Schule, bevor er sich schließlich direkt an mich wandte.

»Morgen fährst du weg? Stimmt das?«

»Ja, ich fliege mit dem Flugzeug.«

»Warum? Das ist nicht gerecht …«

»Ich habe hier Urlaub gemacht, aber ich wohne in Paris und arbeite da auch. Weißt du noch?«

»Ja … Papa, können wir Diane nicht besuchen?«

»Mal sehen.«

»Aber ja! In den nächsten Ferien!«

Edwards Gesicht wurde verschlossen.

»Declan«, sagte ich, »du hast noch ein ganzes Leben Zeit, mich zu besuchen. Okay?«

Er murrte, löffelte seinen Joghurt aus und warf den leeren Becher wortlos in den Müll. Dann setzte er sich schmollend aufs Sofa. Edward beobachtete ihn besorgt und angespannt. Er stand ebenfalls auf und setzte sich seinem Sohn gegenüber. Dann fuhr er ihm mit der Hand durchs Haar.

»Du weißt doch, dass Abby krank ist, wir müssen uns um sie kümmern und Jack helfen, deshalb kann ich nicht mit dir zu Diane nach Paris fahren.«

»Aber du warst da!«

»Das stimmt, ich hätte nicht hinfliegen sollen …«

Declan senkte den Kopf, Edward holte tief Luft.

»Und jetzt musst du ins Bett.«

Declan riss den Kopf hoch.

»Nein! Papa, ich will nicht ins Bett!«

Sein Gesicht war verzerrt vor Angst.

»Du hast keine Wahl. Morgen ist Schule.«

»Bitte, Papa! Ich will bei euch bleiben.«

»Nein. Sag Diane Auf Wiedersehen.«

Er sprang vom Sofa, stürzte sich auf mich und klammerte sich weinend an meine Taille. Ich atmete heftig.

Edward sah mich hilflos an, dann ließ er den Kopf zwischen die Hände sinken.

»Diane, ich will nicht ins Bett, ich will nicht, ich will nicht …«

»Hör zu, dein Papa hat recht. Du musst jetzt schlafen gehen.«

»Nein«, schluchzte er.

Ich sah Edward an; er konnte nicht mehr, er hatte nicht mehr die Kraft zu kämpfen. Sie brauchten Unterstützung, und ich war gerade da …

»Soll ich mit dir kommen, wie neulich?«

Er drückte mich noch fester: eine klare Antwort.

»Dann gehen wir jetzt rauf.«

Ohne seinen Vater anzusehen, ging er auf die Treppe zu.

»Du hast was vergessen«, rief ich ihn zur Ordnung.

Er machte kehrt und rannte in Edwards Arme. Ich ließ sie allein und ging schon in sein Zimmer vor. Dann hörte ich seine Kinderschritte auf der Treppe und das Geräusch des Zähneputzens. Inzwischen knipste ich die Nachttischlampe an, schüttelte sein noch ungemachtes Bett auf und holte den Schal seiner Mutter unter der Matratze hervor. Er kam ins Zimmer und kroch sofort unter die Bettdecke. Ich kniete mich neben sein Bett und streichelte ihm Stirn und Gesicht.

»Declan, dein Papa tut für dich, was er kann … Er weiß, dass es dir schlecht geht … Du musst ihm helfen … Es ist nicht leicht, worum ich dich bitte … Aber du musst ihn in seinem Bett schlafen lassen. Du bist doch ein tapferer kleiner Junge … Dein Vater wird dich nie verlassen …

Wenn du schläfst, ist er immer im Haus … Versprichst du mir, dass du es versuchst?«

Er nickte.

»Soll ich dir noch mal das Wiegenlied vorsingen?«

»Wann kommst du wieder?«

Ich legte den Kopf schief und lächelte leise.

»Ich weiß es nicht … Ich kann dir nichts versprechen.«

»Sehen wir uns wieder?«

»Eines Tages … Und jetzt schlaf.«

Ich sang ihm mehrmals das Wiegenlied vor und streichelte ihm dabei das Haar. Seine Lider flatterten noch ein bisschen, dann fielen ihm die Augen zu. Auch er war erschöpft. Als ich sicher sein konnte, dass er friedlich schlief, küsste ich ihn auf die Stirn und stand auf. Bevor ich die Tür schloss, sah ich mich ein letztes Mal seufzend nach ihm um.

Im Wohnzimmer waren alle Spuren des Abendessens beseitigt worden, die Terrassentür stand halb offen, im Kamin flackerte ein Feuer, Edward stand davor, eine Zigarette im Mundwinkel, er wirkte extrem angespannt.

»Er schläft«, flüsterte ich. »Ich habe versucht, ihm klarzumachen, dass auch du in deinem Bett schlafen musst.«

Er schloss die Augen.

»Ich werde dir nie genug danken können.«

»Das ist auch nicht nötig … Aber solltest du ein Guinness im Kühlschrank haben, würde ich nicht Nein sagen. Ich würde gern noch eins trinken, bevor ich nach Paris zurückkehre.«

»Bekommst du da keins zu trinken?« Sein Gesicht hatte sich etwas entspannt.

»Ich bin sicher, dass es dort anders schmeckt als hier.«

Wenige Minuten später hielt er mir ein Glas hin. Wir stießen nicht an. Edward setzte sich aufs Sofa. Ich blieb am Kamin und zündete mir eine Zigarette an. Ich mied es, ihn anzusehen, obwohl ich spürte, dass sein Blick auf mich gerichtet war. Ich bemerkte einen Katalog auf einem Regal. Die Neugier war stärker.

»Ist der von deiner Ausstellung?«

»Ja.«

»Darf ich?«

»Wenn du möchtest.«

Ich warf meine Kippe ins Feuer, stellte das Guinnessglas auf den Couchtisch, griff nach dem Objekt meiner Begierde und setzte mich in einen Sessel ihm gegenüber. Ich begann sehr vorsichtig in dem Buch zu blättern. Die ersten Fotos raubten mir den Atem.

»Sind das die Aran-Inseln da am Anfang?«

»Du hast ein gutes Gedächtnis.«

Mein Magen verkrampfte sich, als ich auf einem der Bilder meine Gestalt erkannte.

»Wie sollte ich das vergessen?«, sagte ich sehr leise.

Ich erkundete den Fotoband weiter. Auf jedem Bild war die Stimmung greifbar. Ich hatte den Eindruck, dass er eine Geschichte erzählte, einen Fotoroman im wahrsten Sinn des Wortes. Der Anfang war licht und luftig, man atmete frei in den Landschaften, die er einem vorstellte. Doch dann wurde die Atmosphäre bedrückender: ein immer dunklerer Himmel, zusätzlich verdüstert von schwarzen Wolken, das entfesselte Meer, die gegen den Sturm kämpfenden Schiffe. Und dann, allmählich, schien sich die Lunge wieder zu weiten, ein Sonnenstrahl traf aufs Meer und erleuchtete dann den Himmel. Auf dem letzten Foto lief eine Jungengestalt über den Strand, die Wellen leckten an den Füßen des Modells oder vielmehr Declans. Edwards Fotobuch war seine Geschichte, es schilderte das, was er in den vergangenen Monaten durchgemacht hatte. Als hätte er mit seinen Fotos diese Schicksalsprüfungen wie einen Teufel austreiben und eine neue Seite im Leben aufschlagen wollen. Ich war völlig vertieft in diese »Lektüre« und hatte nicht bemerkt, dass er aufgestanden und zum Kamin zurückgekehrt war, wo er jetzt mit dem Rücken zu mir stand. Ich legte das Buch wieder an seinen Platz und trank mein Guinness aus, um mich von meinen Gefühlen zu erholen. Dann nahm ich meinen ganzen Mut zusammen und trat zu ihm.

»Edward … Es tut mir leid, dass ich einfach so gegangen bin, so plötzlich. Das war dir gegenüber nicht in Ordnung. Bitte verzeih mir …«

»Das braucht dich nicht zu kümmern«, begann er hart. »Es ist gut, dass du meinen Sohn kennengelernt hast, jetzt kennst du meine Prioritäten. Du hast dir mit Olivier ein neues Leben aufgebaut, das freut mich.«

Seine Stimme wurde leicht brüchig, ich bekam einen Kloß im Hals. Sein Blick wurde intensiver, sein Ton wärmer, als er fortfuhr:

»Du hast damals die richtige Entscheidung getroffen. Declan ist da … Wir hatten keine gemeinsame Zukunft.«

Er hatte auf der ganzen Linie recht: Wir hätten uns letzten Endes getrennt. Mehrere Sekunden lang rührte sich keiner von uns. Dann atmete ich tief ein.

»Es wird spät, ich muss jetzt zurück, es ist besser.«

»Wir haben uns alles gesagt.«

»Ich glaube … Ja.«

Er folgte mir in den Flur.

»Ich bringe dich noch zum Wagen.«

»Wie du möchtest.«

Ein Windstoß erfasste uns; es war stockfinster. Ich öffnete die Wagentür und warf meine Handtasche auf den Beifahrersitz.

»Judith und ich werden dich auf dem Laufenden halten, was Abby angeht.«

»Danke … Pass gut auf dich auf, Edward.«

»Ich versuch's …«

Ich sagte nichts mehr, sondern stieg ein. Wir sahen uns ein letztes Mal an: Es war aus. Er zündete sich eine Zigarette an und wartete, bis ich weg war, bevor er wieder ins Haus ging.

Abby und Jack waren schon ins Bett gegangen, als ich bei ihnen ankam. Ich ging hinauf in mein Zimmer, packte leise meine Sachen und legte mich hin, obwohl ich genau wusste, dass es mit dem Einschlafen nicht so leicht sein würde. Ich wusste nicht, ob ich eher erleichtert oder eher traurig war. Jetzt war die Lage zwischen Edward und mir immerhin klar: Ich hatte das Band zwischen uns zerschnitten. Die Freude auf Olivier glich dieses Gefühl des Nichtzuendegebrachten aus. Meine Beziehung mit Edward war eine Nicht-Beziehung. Endlich schlief ich ein.

Das Aufwachen war mühsam; kaum hatte ich die Augen geöffnet, überfiel mich auch schon der Blues. Nachdem ich mich geduscht und angezogen hatte, zog ich das Bett ab und steckte die Wäsche in die Waschmaschine. Als mein Zimmer aufgeräumt war, ging ich mit meiner Reisetasche nach unten. Abby empfing mich mit einem strahlenden Lächeln und einem üppigen Frühstück. Ich würde mich ihretwegen zum Essen zwingen, schlimmstenfalls konnte ich mich auf dem Weg zum Flughafen übergeben. Ich küsste sie auf beide Wangen.

»Hattet ihr einen schönen Abend?«, fragte ich sie.

»Natürlich. Und du? Mit Edward und Declan?«

»Es war sehr schön.«

»Möchtest du nicht darüber sprechen?«

»Es gibt nicht viel zu sagen …«

»Sie versteht dich«, mischte sich Jack ein. »Nicht wahr, Abby?«

»Dann stärk dich jetzt für die Reise«, sagte sie und nahm mich am Arm.

Sosehr wir auch versuchten, bei dieser letzten gemeinsamen Mahlzeit fröhlich zu sein, wir scheiterten.

»Brauchst du etwas für unterwegs? Etwas zu essen? Oder zu trinken?«

»Danke, Abby, aber nein … Ich gehe jetzt … Je länger wir warten, desto schlimmer wird es …«

Jack stand als Erster auf. Er nahm alle meine Sachen und ging nach draußen. Abby und ich sahen uns an.

»Hilfst du mir, meine liebe Kleine?«

Ich eilte auf die andere Seite des Tischs, um sie zu stützen. Während unseres ganzen gemeinsamen Weges tätschelte sie mir die Hand. Ich kämpfte gegen meine Tränen an. Der Wagen war zu schnell bereit. Jack trat auf mich zu und breitete seine Arme aus.

»Meine kleine Französin«, seufzte er und drückte mich an sich. »Pass sehr gut auf dich auf.«

»Versprochen.« Ich schniefte.

»Sie erwartet dich.«

Er ließ mich los, zog ein riesiges Taschentuch aus der Hosentasche und rieb sich damit über Augen und Nase. Ich wandte mich Abby zu, sie streichelte mir die Wange.

»Wir haben uns alles gesagt, meine kleine Tochter.«

Ich nickte, ich konnte kein Wort hervorbringen.

»Versprich mir ein Letztes: Sei nicht traurig, wenn ich nicht mehr da bin, weine nicht. Unser Wiedersehen soll nicht verdorben werden, wir hatten genug Zeit, uns darauf vorzubereiten.«

Ich sah zwar angestrengt nach oben, musste mir aber dennoch über die Augen wischen und einmal tief durchatmen.

»Lass mich nicht lügen, wenn ich deinem Colin und deiner Clara sage, dass es dir gut geht, dass du glücklich bist und dass sie stolz auf dich sein können. Verstanden?«

Als Versprechen und Abschiedsgruß nahm ich sie nur fest in die Arme und sagte ihr leise ins Ohr, dass ich sie liebte wie eine Mutter. Sie streichelte mir die Wange, Tränen standen ihr in den Augen, dann ließ sie mich los. Ich stieg ein, ohne sie anzusehen, und fuhr los, ohne mich umzuwenden. Ich fuhr etwa zehn Kilometer, bevor ich am Straßenrand anhielt und in haltloses Weinen ausbrach.

Erstaunlich, dass ich den Dubliner Flughafen erreichte, ohne einen Unfall zu bauen. Ich weinte unaufhörlich, während der vierstündigen Fahrt, als ich den Leihwagen zurückgab, als ich das Gepäck aufgab, als ich die Sicherheitskontrollen passierte, als ich, schon im Flugzeug, eine SMS an Olivier schrieb. Als wir abhoben, war mir, als ginge ich in Stücke, als würde man mich entwurzeln. Doch ich gab mir große Mühe, mich zu fassen. Der Mann, der mich in Paris erwartete, verdiente es nicht, mich in einem derartigen Zustand zu sehen. Um ein möglichst heiteres oder, sollte ich vielleicht sagen, nicht allzu verweintes Gesicht zu haben, stieg ich als eine der Letzten aus dem Flugzeug und machte noch einen Zwischenstopp auf der Toilette, um mir kaltes Wasser ins Gesicht zu spritzen und mich zu schminken, bevor ich zum Gepäckband ging. Die Türen der Zollabfertigung öffneten sich, und da stand er, lächelnd, beruhigend und bereit, mich in Empfang zu nehmen. Ich rannte auf ihn zu und warf mich ihm in die Arme, nicht aus Zwang oder um Freude vorzutäuschen, sondern weil mir danach war. Der Schmerz, aus Mulranny fortgegangen zu sein, verließ mich nicht und würde mich nie verlassen, das wusste ich, aber in Oliviers Nähe atmete es sich ein wenig leichter.

8

Schon am nächsten Morgen nahm das Leben wieder seinen üblichen Lauf. Ich hatte die Nacht bei Olivier verbracht, und sie war heilsam gewesen. Er begleitete mich nach Hause und brachte mein Gepäck nach oben, während ich mich wieder bei den *Glücklichen Menschen* einfand. Ich hatte ihn nicht zu bitten brauchen, mich allein zu lassen, er hatte es von allein begriffen. Erste Erleichterung: Alles war heil. Félix hatte während meiner Abwesenheit nichts zerstört, und alles war sauber. Er hatte sich sicher verdammt viel Mühe gegeben und würde bestimmt einen Ausgleich oder Prämien verlangen! Zweite und gar nicht so kleine Erleichterung: Ich fühlte mich wohl und brannte darauf, meine Arbeit wieder aufzunehmen. Mein Aufenthalt in Irland hatte das Band zwischen den *Glücklichen Menschen* und mir nicht zerschnitten. Olivier klopfte an die Hintertür, und ich machte ihm auf.

»Danke«, sagte ich und küsste ihn. »Hast du noch Zeit für einen Kaffee mit mir?«

»Was für eine Frage!«

Wir setzten uns nebeneinander an die Bar. Olivier drehte mich zu sich, streichelte mir die Wange und nahm meine Hand.

»Geht es dir gut?«

»Ja, ganz ehrlich.«

»Es tut dir also nicht leid?«

»Keine Sekunde lang.«

»Umso besser … Und der kleine Junge?«

»Oh … Declan … Ich hab's hingekriegt, besser, als ich gedacht hätte.«

»Vielleicht weil du seinen Vater kennst.«

»Und seine ganze Familie … Ich weiß nicht … Er ist liebenswert … Nun ja … Er wird noch einiges zu leiden haben. Abby ist an die Stelle seiner Großmutter getreten … Und wenn sie geht …«

Meine Stimme brach.

»Denk nicht daran.«

»Du hast recht.«

»Das Wichtigste ist, dass du wieder mit deinen Freunden in Kontakt bist. Jetzt musst du ihn aufrechterhalten.«

Er trank seinen Kaffee aus und schickte sich an zu gehen.

»Da habe ich gar nicht mehr die Wahl!«

Eng an ihn geschmiegt begleitete ich ihn auf die Straße hinaus.

»Wie wär's mit einem Film heute Abend?«, schlug er vor.

»Warum nicht? Aber wir schlafen bei mir.«

»Okay.«

Er küsste mich und machte sich auf den Weg in seine Praxis.

Wie ich mir schon gedacht hatte, nahm sich Félix einen Teil des Tages frei. Gegen 15 Uhr erschien er ohne jedes Anzeichen von Eile.

»Die Chefin vergrault die Kunden! Als ich am Ruder war, war es hier voller.«

»Ich freue mich auch, dich zu sehen, Félix!«

Er gab mir einen dicken Kuss auf die Wange, nahm sich einen Kaffee, lehnte sich an die Bar und betrachtete mich.

»Was soll das?«, fragte ich ihn.

»Bestandsaufnahme …«

»Und?«

»Äußerlich bestehst du die technische Prüfung. Du hast wahrscheinlich gestern so viel geweint, dass du abends wie ein Stein ins Bett gefallen bist. Was es dir jetzt ermöglicht, frische Farben statt geschwollener Augen zu präsentieren. Innerlich allerdings … Ich bin mir nicht sicher, dass du da betriebsbereit bist …«

»Natürlich, ich will dir ja gar nicht vormachen, es wäre leicht gewesen, mich von Abby zu verabschieden. Ich werde sie nie wieder sehen. Ist dir das klar?«

Er nickte.

»Was alles Übrige angeht, bin ich in Hochform, ich war an der frischen Luft und hatte Spaß mit Judith. Kurzum: das reine Glück!«

»Und Edward?«

»Was soll mit Edward sein? Er schlägt sich durch, wie er kann, wir haben uns ausgesprochen. Das ist gut so.«

»Du willst mir also sagen, dass du seinem rauen, wilden Charme kein zweites Mal zum Opfer gefallen bist?«

»Félix, er ist Familienvater.«

»Eben. Ich würde mich da freiwillig in ein Kuscheltier verwandeln, mit seinem Kleinen muss er echt sexy sein!«

Ich verdrehte die Augen.

»Du vergisst eine Kleinigkeit: Ich habe Olivier, und ich liebe ihn.«

»Eine gute Zusammenfassung, da bin ich beruhigt!«

In den Wochen darauf nahm der Alltag wieder seinen üblichen Lauf; die *Glücklichen Menschen* liefen so gut, wie ich es mir erhofft hatte. Félix war in bester Form, und ich fühlte mich mit Olivier wohl. Und noch etwas: Einmal in der Woche telefonierte ich mit Abby und Judith. Und es machte mir große Freude; es war, als würde dadurch ein Mangel ausgeglichen.

Wir lümmelten in Oliviers Wohnung vorm Fernseher. Ich döste in seinen Armen, der Film, der ihn so faszinierte, war mir absolut gleichgültig.

»Geh schlafen«, sagte er schließlich.

»Bist du mir nicht böse?«

»Dummerchen!«

Ich küsste ihn auf den Hals und machte einen kurzen Abstecher ins Badezimmer, bevor ich ins Bett ging. Ich war noch nicht ganz eingeschlafen, da kroch auch Olivier unter die Decke und zog mich an sich.

»Hast du dir das Ende nicht angesehen?«

»Ich kannte es schon. Hast du den Wecker gestellt?«

»Scheiße!«

»Was?«

»Ich hab schon wieder meine Tasche unter dem Tresen im Café stehen lassen. Ich muss noch in mein Apartment hoch und mich umziehen, bevor ich aufmache.«

Ich nahm mein Handy vom Nachttisch und stellte den Wecker um zwanzig Minuten vor. Als ich mich wieder ausstreckte, schimpfte ich immer noch leise vor mich hin.

»Diane?«

»Ja?«

»Sollen wir uns vielleicht eine Wohnung suchen?«

»Du willst, dass wir zusammenziehen?«

»Ja, so könnte man es auch ausdrücken! Wir verbringen ja doch jede Nacht zusammen, und wir sind aus dem Alter heraus, in dem man für den anderen eine Kommodenschublade freiräumt.«

»Weißt du, dass es im Allgemeinen die Frauen sind, die so was vorschlagen?«

»Da kommt eben meine weibliche Seite zum Ausdruck! Was hältst du davon?«

»Vielleicht hast du recht …«

Wozu diese neue Etappe weiter hinausschieben? Ehrlich überrascht beugte er sich über mich und lächelte mich strahlend an. Ich hatte ihm eine Freude gemacht …

»Meinst du das ernst? Willst du mit mir zusammenleben?«

»Ja!«

Er küsste mich und lehnte dann seine Stirn an meine. Ich hatte immer das Gefühl, ich sei für ihn ein kleines zerbrechliches Etwas, so behutsam ging er mit mir um.

»Ich hätte es verstanden, wenn du dich noch nicht dazu bereit gefühlt hättest … Wir suchen uns eine Bleibe.«

»Das wird schön …«

Einige Tage später saß Olivier bei den *Glücklichen Menschen* und durchforstete das Blatt, in dem von Privat für Privat inseriert wurde, während er zusätzlich mit den Maklern des Viertels telefonierte. Er unterstrich, stellte Listen auf, ärgerte sich über Scheinannoncen und freute sich wie ein Schneekönig, wenn er einen Besichtigungstermin für uns ergattert hatte. Seine Aufgabe war nicht leicht: Er wollte unbedingt etwas in unserem Viertel finden … Für mich, damit ich es leichter hätte.

»Wir haben ein Problem!«, erklärte er.

»Und das wäre?«

»Alle Besichtigungstermine sind am nächsten Samstag.«

»Ach …«

»Du sagst es!«

Wir drehten uns synchron zu Félix um, der eine Süßigkeit nach der anderen verschlang. Er hatte sich die »Ich höre zu rauchen auf«-Diät verordnet, verband damit aber keineswegs die Absicht, auf seine Zigaretten zu verzichten. »Ich stelle mich schon jetzt darauf ein«, hatte er mir, sehr überzeugt von diesem Vorgehen, erklärt. Als er unsere auf ihn gerichteten Blicke bemerkte, hob er fragend eine Braue und warf noch ein Bonbon ein.

»Was genau führt ihr im Schilde?«

»Du müsstest Diane einen Gefallen tun.«

»Das mach ich, aber nicht umsonst …«

»Félix, bitte«, sagte ich. »Am Samstag könnten wir Wohnungen besichtigen.«

»*No problem!* Nehmt euch so viel Zeit, wie ihr wollt, um euer Nest auszusuchen. Solange sie nur ihr Mauseloch da oben verlässt! Aber dafür mach ich mich jetzt aus dem Staub!«

Er steckte sich ein letztes Bonbon in den Mund und ging dann zu Olivier, um ihn zu umarmen.

»Wenn es dich nicht gäbe! Ich wüsste nicht, was aus mir geworden wäre mit dieser Frau an der Hacke!«

»Jetzt reicht's aber!«, sagte ich genervt.

»Ich liebe dich, Diane!«

Er tänzelte davon.

»Wir werden unser Glück schon finden«, sagte ich zu Olivier.

»Das hoffe ich! Bist du dir immer noch ganz sicher?«

»Ja!«

»Wird dir dein Apartment hier nicht fehlen?«

»Doch, natürlich ... Aber ich will mich mit dir zusammen weiterentwickeln.«

Ich beugte mich über den Tresen und küsste ihn. Ich musste weiterhin Etappe um Etappe zurücklegen, obwohl ich manchmal den Eindruck hatte, dass es zu schnell ging. Vielleicht hatte ich aus Bequemlichkeit eingewilligt, weil ich mir wünschte, dass alles einfach und konfliktfrei blieb, und ich wollte auf keinen Fall einen Schritt zurück machen. Das hatte ich mir als Bedingung auferlegt. Es ging mir gut mit Olivier, alles war friedlich und liebevoll.

Als er am nächsten Tag abends ankam, wollte ich gerade mit Abby telefonieren. Er kam hinter die Bar, um mich zu küssen.

»Hattest du einen schönen Tag?«, fragte ich.

»Einen sehr schönen, machst du bald zu?«

»Vorher will ich noch mit Abby telefonieren.«

»Natürlich.«

»Nimm dir ein Bier.«

Ich verheimlichte es nicht, wenn ich in Irland anrief. Er wusste, dass ich an Abby hing und diese Gespräche mit ihr brauchte. Es störte ihn nicht. Ich stützte mich neben der Kasse auf die Bar. Olivier setzte sich auf die andere Seite und blätterte in einer Zeitschrift. Ich wählte Abbys und Jacks Nummer, ich konnte sie auswendig. Es schien mir eine Ewigkeit zu dauern, bis abgehoben wurde.

»Ja!«

Es war weder Abby noch Jack. Ein Frösteln lief mir über den Rücken.

»Edward … Ich bin's, Diane.«

Aus dem Augenwinkel sah ich, dass Olivier leicht den Kopf hob.

»Wie geht es dir?«, fragte er schließlich nach langem Schweigen.

»Ach gut, und dir?«

»Ganz gut …«

Ich hörte im Hintergrund Declans Stimme und lächelte.

»Und deinem Sohn?«

»Besser … Ich bringe ihm übrigens das Fotografieren bei …«

»Tatsächlich? Das ist ja toll … Ich …«

Ich brach lieber ab und sagte nicht laut, dass ich die beiden gern mit ihren Apparaten hätte hantieren sehen. Denn dieser Wunsch überfiel mich völlig unerwartet und mit überraschender Heftigkeit …

»Papa, wer ist das?«

Edward seufzte in den Hörer.

»Diane.«

»Ich will mit ihr sprechen! Diane! Diane!«

»Edward, bitte sag ihm, ich geb ihm einen Kuss, aber ich hab wenig Zeit, ist Abby da?«

Eine reine Schutzmaßnahme, in Wirklichkeit hatte ich alle Zeit der Welt.

»Sie ist schon im Bett, aber ich geb dir Jack. Bis bald.«

Während ich das Gespräch mit Jack begann, hörte ich im Hintergrund, wie Edward Declan zu beruhigen versuchte, der nicht verstehen konnte, wieso er der Einzige sein sollte, der nicht mit mir sprechen durfte. Sein Vater erklärte ihm, ich hätte es eilig und sei bei meiner Familie in Paris. Das rückte alles an seinen Platz und stellte eine gewisse Distanz her. Ich hörte ihnen nicht weiter zu, sondern konzentrierte mich auf das, was Jack zu sagen hatte. Abby sei seit einigen Tagen sehr müde. Ich hörte die Sorge in seiner Stimme und auch die Resignation.

»Ich werde ihr sagen, dass du angerufen hast. Sie wird mir die Ohren langziehen, weil ich sie nicht geweckt habe! Deine Anrufe tun ihr immer sehr gut!«

»Ich versuche es morgen wieder. Bitte gib ihr einen Kuss von mir. Ich umarme dich ganz fest, Jack.«

»Ich dich auch, meine kleine Französin.«

Ich legte auf. Zum ersten Mal seit meiner Rückkehr vor etwas mehr als einem Monat hatte ich Lust, anderswo zu sein. Ich hätte gern bei Abby gewacht.

»Diane?«

»Sie schlief schon. Es scheint ihr nicht gut zu gehen.«

Ich seufzte.

»Ich rufe morgen noch einmal an, vielleicht habe ich dann mehr Glück … Erzähl mir von den Wohnungen, das wird mich ablenken!«

Als ich am nächsten Tag mit Abby sprach, hatte ich ein ungutes Vorgefühl. Gewiss, sie war weniger schwach, als ich erwartet hatte, aber sie widmete ihren Ratschlägen an mich sehr viel Zeit: »Lass die Zeit ihre Arbeit tun, lächle, weine nicht, hör auf dein Herz.« Und in jedem Satz gab es ein »meine kleine Tochter« voller Zärtlichkeit und Liebe.

Der Samstag kam schnell. Der Besichtigungsmarathon fing früh an und war für mich sehr anstrengend. Wir sahen Schreckliches und Wunderschönes. Olivier hatte für uns beide die Unterlagen vorbereitet, ich hatte ihm von mir nur die notwendigen Dokumente zur Verfügung gestellt. Er gab sich alle Mühe, uns als Mieter zu verkaufen, während ich durch unser potenzielles neues Heim schlenderte. Bei einer Wohnung im III. Arrondissement war er schließlich hin und weg, es war regelrecht rührend. Ich hatte auch nichts auszusetzen, die Wohnung war perfekt: eine Zweizimmerwohnung mit einem winzigen Balkon und schönem Blick, einer kleinen abgeschlossenen Küche und einem frisch renovierten Badezimmer mit ebenerdiger Dusche. Und zu Oliviers größter Freude war sie ab sofort zu vermieten. Er nahm mich am Arm und zog mich im Wohnzimmer in eine Ecke.

»Was meinst du?«

»Wir würden uns hier wohlfühlen.«

»Ist es nicht zu weit von den *Glücklichen Menschen* entfernt?«

»Zehn Minuten Fußweg werd ich ja wohl noch schaffen!«

Ich sah ihm seine Zweifel an. Ich nahm ihm unsere Bewerbungsunterlagen aus der Hand und hielt sie dem Immobilienmakler hin.

»Wann etwa werden Sie wissen, wie sich der Vermieter entschieden hat?«

»Nächste Woche.«

»Sehr gut, wir erwarten Ihren Anruf.«

Ich nahm Olivier bei der Hand, ließ meinen Blick ein letztes Mal durchs Wohnzimmer wandern und steuerte dann den Aufzug an.

»Siehst du? Jetzt haben wir's getan!«

Ich küsste ihn von ganzem Herzen, auch um ein aufkeimendes kleines Angstgefühl zum Schweigen zu bringen. Gelassen und Hand in Hand gingen wir zu den *Glücklichen Menschen* zurück und redeten wie ein ganz normales Paar über unseren Umzug. Als wir ankamen, wurde Olivier von einem Freund angerufen und blieb draußen auf dem Bürgersteig, um mit ihm zu sprechen. Bevor ich auf Félix' bohrende Fragen antwortete, machte ich mir einen Kaffee.

»Wir haben unsere Unterlagen dagelassen und dürften bald erfahren, ob es klappt.«

»Wow. Ich fass es nicht. Du springst ins kalte Wasser!«

»Genau!«

Er sah mich an.

»Bist du glücklich?«

»Es ist nur ein bisschen seltsam. Ich werde mit einem Mann zusammenleben, und es ist nicht Colin.«

»Das stimmt, aber du liebst ihn.«

»Richtig.«

Als Olivier strahlend lächelnd zu uns kam und mich küsste, dachte ich, dass ich endlich aufhören müsse, mich mit tausend Fragen zu quälen: Ich war bereit für ihn. Ich hatte endlich meinen Frieden gefunden.

Das sagte ich mir an diesem Tag noch einmal. Wir waren zum Abendessen bei Freunden von ihm eingeladen – den jungen Eltern. Vom ersten Augenblick an zerrte mir das Gebrabbel des Babys an den Nerven. Der Anblick dieser heilen kleinen Familie war mir unerträglich, und ich wusste warum. Es erinnerte mich an die Familie, die Clara, Colin und ich gebildet hatten. Sie genossen unbeschwert ihr Glück und dachten keinen Moment daran, dass alles mit einem Schlag aus sein konnte. Das Leben hatte mich einem Mann begegnen lassen, der nicht vom Kinderwunsch und dem Bedürfnis umgetrieben wurde, seine Gene weiterzugeben. Ich hatte alles, was ich brauchte. Dennoch war mir klar, dass ich mich in Gesellschaft von Menschen, die das Leben gebeutelt hatte, wohler fühlte: Es wühlte mich auf, es war wie ein Peitschenhieb.

Als das Baby im Bett lag, konnte ich mich entspannen und den Abend ohne dauerndes Grübeln genießen. Wenigstens war ich an Eltern geraten, die ihr Kind nicht ständig mit sich herumtrugen. Olivier verkündete ihnen die große Neuigkeit, was unsere Lebensumstände anging.

Ihre Freude darüber war echt, und wir stießen auf die neue Wohnung an. Sie waren gern bereit, uns beim Tragen der Kartons zu helfen, doch erst zogen sie Olivier noch ein bisschen auf: Zwei Umzüge in nicht einmal sechs Monaten, das sei nicht zumutbar! Ich versprach, sie im Gegenzug in meinem Café zu bewirten. Unterdessen war ich unruhig geworden, Olivier merkte es und beugte sich zu mir.

»Na geh schon eine rauchen, das nimmt dir hier niemand übel.«

»Danke …«

Ich holte Kippen und Handy aus der Handtasche und entschuldigte mich bei allen. Ich musste nach unten auf die Straße, um mir meine Dosis Nikotin zu verschaffen. Judith hatte versucht anzurufen. Sie nahm meinen Rückruf gleich beim ersten Klingeln an.

»Und, was treibst du an diesem schönen Samstagabend?«

»Bei Freunden von Olivier zu Abend essen. Wir feiern unsere künftige Wohnung!«

»Was? Du willst mit ihm zusammenziehen? Es ist also wirklich was Ernstes?«

»Sieht ganz so aus … Und du, was hast du heute Abend vor?«

»Was glaubst du, wo ich bin?«

Ich lachte.

»Ich feiere heute in der Temple Bar«, sagte sie dann und bestätigte meine Vermutung.

»Umso besser. Heißt das, es ist alles in Ordnung?«

»Ja, Abby war in den letzten Tagen sehr schwach, aber jetzt geht es wieder. Ein Fehlalarm.«

»Gut, dass du die Gelegenheit zum Feiern nutzt. Trink ein Guinness für mich mit!«

»Mehr als eins, darauf kannst du dich verlassen. Bis bald!«

Sie hatte noch nicht aufgelegt, da bestellte sie in dem fröhlichen Stimmengewirr des Pubs ein Pint. Und das machte mir Lust auf Essen und Trinken. Ich ging wieder hoch zu den anderen, um meinen Platz am Esstisch einzunehmen.

Wir bekamen die Zusage für die Wohnung. Eine Woche darauf sollten wir den Mietvertrag unterschreiben und sofort danach auch die Schlüssel ausgehändigt bekommen. Ich geriet in eine Art Strudel und folgte Olivier, der sich weiterhin ganz allein um alles kümmerte. Er brachte tatsächlich mehrere Tage in einem einzigen unter, jonglierte mit seinen Terminen in der Praxis, unserem ganzen Papierkram und den Umzugsvorbereitungen, während ich meine ganze Zeit den *Glücklichen Menschen* widmete. Fast schien sich mein Arbeitseifer verdoppelt zu haben: Ich dachte ohne Unterlass an die *Glücklichen Menschen*, verbrachte dort alle meine Abende, und an jedem Abend wurde es ein wenig später. Flüchtete ich mich etwa dorthin, um meinen eigentlichen Problemen auszuweichen? Die *Glücklichen Menschen* waren mein Zuhause, mein ganz eigener Ort, an dem ich wieder meine Mitte finden konnte. Ich ging jeder Diskussion mit Félix aus dem Weg. Er war zu begabt darin, den Finger auf den wunden Punkt zu legen. Ausgeschlossen, irgendetwas wieder infrage zu stellen.

An diesem Montag verbrachten wir den ganzen Abend bei Olivier und packten seine Sachen in Kartons. Die Umzugsvorbereitungen abends nach der Arbeit hatten einen Vorteil: Ich kam gar nicht dazu, genauer über die Verpflichtung nachzudenken, die ich ihm gegenüber einging. Allerdings war nicht zu leugnen, dass der Gedanke an unser Zusammenleben mich mit weniger Schwung und Enthusiasmus erfüllte als ihn. Die Erinnerungen überfielen mich in Scharen: Ich war so aufgeregt gewesen, als ich mit Colin zusammenzog, ich hatte damals an gar nichts anderes mehr denken können, war ganz davon besessen gewesen. Dennoch war ich heute sicher, Olivier genug zu lieben, um es mit ihm durchzuziehen. Ich musste akzeptieren, dass ich erwachsener geworden war, dass die Liebe einer Fünfundzwanzigjährigen sich nicht mit der einer Fünfunddreißigjährigen vergleichen lässt, schon gar nicht, wenn man bereits eine Familie hatte.

Als wir schlafen gingen, fielen wir beide wie tot ins Bett. Doch unser Schlaf wurde mitten in der Nacht vom Klingeln meines Handys gestört. Ich ertastete es auf dem Nachttisch. Trotz meiner kaum offenen Augen konnte ich »Judith« entziffern und verstand. Als ich abhob, hörte ich ihr Weinen noch vor ihrer Stimme.

»Diane … Es ist vorbei …«

»Arme Judith …«

Sie erzählte mir, Abby habe nicht gelitten, sie habe bis zum Ende gelächelt und sei zwei Tage zuvor friedlich in Jacks Armen eingeschlafen. Ihm habe sie auch Ratschläge für uns alle mitgegeben: für Judith, Edward, Declan und mich. Als ich hörte, dass Abby in ihren letzten Momenten auch an mich gedacht hatte, lief mir die erste Träne übers Gesicht.

»Tut mir leid, dass ich so spät anrufe, aber ich habe erst jetzt die Zeit dazu gefunden. Wir müssen ja alles vorbereiten …«

»Macht doch nichts. Wo bist du?«

»Bei ihnen, ich will Jack nicht allein lassen. Und Edward kümmert sich um Declan.«

»Versuch zu schlafen, ich ruf dich morgen an. Ich wäre so gern bei dir …«

»Ich weiß … Du fehlst uns allen …«

Sie legte auf. Ich setzte mich im Bett auf und schluchzte los. Olivier nahm mich in die Arme, um mein Zittern zu beruhigen. Ich war auf Abbys Fortgehen gefasst gewesen, ich hatte gewusst, dass sie sterben musste. Aber der Gedanke, dass sie ihren Mikrokosmos nicht mehr mit dem Taktstock befehligen, dass sie sich nicht mehr um alle kümmern würde, tat so weh. Jack hatte sein zweites Ich verloren.

»Es tut mir leid«, murmelte Olivier. »Was kann ich für dich tun?«

»Nichts.«

Er küsste mich auf die Stirn und wiegte mich in seinen Armen, dennoch fühlte ich mich allein, hier war nicht der Ort, an dem ich sein wollte.

»Ich muss Edward anrufen.«

Ich löste mich aus Oliviers Armen, sprang aus dem Bett, zog einen Pulli über und lief ins Wohnzimmer, während ich seine Nummer eintippte. Er nahm beim ersten Klingeln ab.

»Diane«, flüsterte er in den Hörer. »Ich habe deinen Anruf erwartet …«

Ich wollte deine Stimme hören, übersetzte ich mir.

»Da bin ich …«

Ich hörte das Geräusch eines Feuerzeugs und seinen ersten Zug aus der Zigarette. Ich tat es ihm nach. Wir rauchten zusammen eine Zigarette, jeder in seinem Land. Ich hörte den Wind.

»Wo bist du?«, fragte ich.

»Auf der Terrasse.«

»Und Declan?«

»Ist gerade eingeschlafen.«

»Wann ist die Beerdigung?«

»Übermorgen.«

»So bald schon!«

»Jack will nicht, dass sich alles ewig hinzieht. Er ist jetzt bereit.«

»Ich werde kommen …«

»Du kannst nicht alles stehen und liegen lassen, nur um bei uns zu sein, auch wenn ich …«

»Mein Platz ist jetzt bei euch, und niemand wird mich daran hindern können zu kommen.«

»Danke … Declan ist aufgewacht, er weint …«

»Ruf mich zurück, wenn er wieder eingeschlafen ist, ganz gleich, wie spät es ist«, sagte ich. »Ich kümmere mich um ein Flugticket.«

»Diane … Ich …«

»Geh zu deinem Sohn.«

Ich legte auf und starrte dann lange auf mein Handy, bevor mir klar wurde, dass mir Olivier ins Zimmer gefolgt war und netterweise einen Aschenbecher mitgebracht hatte. Ich hatte ihn nicht einmal bemerkt.

»Darf ich an deinen Computer?«

»Was willst du machen?«

»Ich brauche ein Flugticket für morgen.«

»Was?!«

»Ich muss zu Abbys Beerdigung. Ich würde es mir nie verzeihen, wenn ich nicht hinginge.«

»Ich verstehe …«

Er holte mir seinen Laptop und setzte sich neben mich aufs Sofa.

»Geh schlafen.«

»Diane, lass mich dir helfen.«

Ich legte ihm die Arme um den Hals. Es tat mir so leid, all seine Pläne über den Haufen zu werfen, aber es war wie ein Ruf. Mein Leben war gerade in die Schwebe geraten. Und nichts und niemand, weder die *Glücklichen Menschen* noch Olivier noch Félix kamen gegen diesen Ruf an.

»Du kannst nichts für mich tun, so leid es mir tut. Bleib nicht meinetwegen die ganze Nacht wach.«

Er schüttelte den Kopf, küsste mich und stand auf.

»Ich werde nicht einschlafen können, bevor du neben mir liegst, aber ich lasse dich jetzt in Ruhe, wenn du das möchtest.«

»Bitte verzeih.«

Er antwortete nicht. Ich sah ihm nach, als er aus dem Zimmer ging und die Tür hinter sich offen ließ. Als ich nach einem Flug suchte, dachte ich nur noch an Edward, der jetzt wohl gegen Declans nächtliche Ängste kämpfte. Ich hatte meine Tickets gerade bezahlt, da klingelte mein Handy.

»Edward …«

»Endlich, er schläft.«

»Das solltest du jetzt auch tun.«

»Du auch!«

Ich lächelte.

»Ich habe die Tickets, ich komme morgen Abend um 20 Uhr an und nehme dann gleich einen Leihwagen.«

»Nein, zu anstrengend für dich, ich hole dich ab.«

»Was soll das? Ich bin immer mit einem Leihwagen gekommen und werde es machen wie sonst auch. Weißt du, ich bin schon groß. Wenn es einen gibt, der mich nicht ständig überbehüten will, dann bist du es. Also fang jetzt nicht damit an!«

»Keine Diskussion. Ich hole dich ab.«

»Du fährst doch jetzt nicht quer durchs Land. Und Declan? Der bekommt doch eine Heidenangst, wenn du wegfährst!«

»Wenn ich sage, dass ich zu dir fahre, macht es ihm nichts aus … Judith wird bei ihm sein, und ihr wird es guttun, einige Stunden lang nicht nur an Abby zu denken. Ich fahre am Spätnachmittag los, und wir werden gegen Mitternacht zu Hause sein.«

»Das ist doch Unsinn.«

»Bitte, Diane. Lass mich dich abholen kommen, ich brauche Luft, ich muss hier raus.«

Sein Hilferuf rührte mich.

»Na schön. Aber jetzt geh schlafen.«

»Bis morgen.«

Er legte auf. Ich nahm mir noch Zeit für eine Zigarette, ich brauchte sie, um mir klarzumachen, dass ich am nächsten Tag nach Mulranny zu Abbys Beerdigung reisen würde. Dabei hatte ich ganz tief in meinem Innern immer gewusst, dass ich dorthin zurückkehren würde, wenn es so weit wäre. Auch wenn ich mich damit in Gefahr brachte. Mein Körper war noch in Paris, doch in Gedanken war ich schon in Mulranny. Als ich ins Schlafzimmer zurückkam, sah ich, dass Olivier nicht schlief: Den Kopf auf den angewinkelten Arm gelegt, wartete er auf mich. Er schlug die Decke zurück, ich schlüpfte darunter und kuschelte mich an ihn; er legte den Arm um mich.

»Wie lange bleibst du weg?«, flüsterte er.

»Drei Tage. Mach dir keine Sorgen, wir ziehen zum vereinbarten Termin um.«

»Deshalb mach ich mir keine Sorgen …«

»Weshalb denn dann?«

»Deinetwegen.«

»Das brauchst du nicht, ich breche schon nicht zusammen. Abbys Tod ist etwas ganz anderes als der Unfall damals, auf Abbys Sterben war ich vorbereitet. Und ich habe vor, das Versprechen zu halten, das ich ihr gegeben habe, nämlich nicht zu weinen, sondern mein Leben weiterzuleben.«

»Wirklich?«

Ich antwortete nicht. Er hielt mich die ganze Nacht an sich gedrückt. Der Schlaf übermannte mich schließlich doch für ein paar Stunden. Als ich aufwachte, raubte mir das Bewusstwein, Abby verloren zu haben, einen Augenblick lang den Atem. Ich riss mich zusammen und kämpfte gegen den Schmerz an. Ich musste meinen Tag organisieren, alles für meine Abwesenheit vorbereiten und

Olivier beruhigen, dessen Sorgen sich während der Nacht noch tiefer in sein Gesicht eingegraben hatten. Während wir frühstückten, sah er mich die ganze Zeit an.

»Wann geht dein Flugzeug heute Abend?«

»Um 19 Uhr.«

»Ich werde es irgendwie schaffen, dich hinzubegleiten.«

»Sag meinetwegen bitte keine Termine ab.«

»Ich möchte es gern, also versuch gar nicht erst, es mir auszureden.«

Eine halbe Stunde später trennten wir uns vor der Tür der *Glücklichen Menschen*. Ich machte das Café auf und fing sofort an, hinter dem Tresen zu arbeiten, statt wie sonst mit meinen ersten Gästen zu plaudern; ich schaffte überall Ordnung, vergewisserte mich, dass Félix alles Nötige haben würde, und rief Judith an. Ihre Stimme klang schon besser als am Tag zuvor, Edward hatte ihr erzählt, dass ich kommen würde, und ich konnte ihre Erleichterung spüren. Und dann gab sie mir übergangslos Jack, sodass ich mich nicht darauf vorbereiten konnte.

»Hallo, meine kleine Französin, wie geht es dir?«

»Ich bin doch nun wirklich egal, dir muss man diese Frage stellen.«

»Es ist alles in Ordnung, wir hatten unsere gemeinsame Zeit. Ich habe dir etwas auszurichten, was, weißt du ja schon.«

»Ja.« Ich schniefte.

»Es rührt mich, dass du extra kommst, und das wird dich auch ein wenig beruhigen, du wirst sehen.«

»Bis morgen, Jack.«

Mit hängenden Schultern legte ich auf.

»Was soll das heißen: Bis morgen, Jack?«

Beim Klang von Félix' Stimme zuckte ich zusammen.

»Ich fliege heute Abend hin – Abby ist gestorben.«

Ich wandte ihm den Rücken zu und machte mir einen Kaffee.

»Das kannst du doch nicht machen! Du kannst doch nicht zu einer Beerdigung nach Irland fliegen!«

Er nahm mich bei den Schultern und drehte mich zu sich um.

»Was spricht dagegen?«

»Aber alles! Du wirst es nicht ertragen! Scheiße aber auch! Alles läuft bestens in deinem Leben, du hast Olivier, du hast die *Glücklichen Menschen*, du hast ein neues Kapitel in deinem Leben angefangen. Vergiss Irland und alle Iren!«

»Verlang nichts Unmögliches von mir! Und jetzt mach nicht einen solchen Aufstand, ich bin nur drei Tage weg und rechtzeitig zum Umzug wieder hier.«

»Aber in welchem Zustand?«

»Ich ertrage es nicht, dass ihr beide euch ständig Sorgen um mich macht, du und Olivier. Hört endlich mal auf mit dem Irrglauben, ich würde bei der erstbesten Belastung zusammenbrechen. Ich habe mich verändert, ich habe mein Leben in die Hand genommen, es geht mir gut, und ich weiß, was ich will. Ich will, was mein Herz mir befiehlt, nämlich mich von Abby verabschieden und bei den Menschen sein, die ich liebe.«

»Und der Kleine, gehört der jetzt auch zu den Menschen, die du liebst?«

Bei diesem Angriff wich ich zurück und geriet ins Stottern.

»Ich weiß nicht … Declan ist …«

»Edwards Sohn! Das ist er!«

Ich blickte zu Boden. Félix presste mich an sich.

»Du gehst mir auf den Geist, Diane. Fahr ruhig hin und verstrick dich, ich hol dich dann wieder raus.«

»Da wird es nichts rauszuholen geben.«

»Hör auf, die Dumme zu spielen, das steht dir nicht.«

Der Tag verging rasend schnell; mittags aß ich kaum etwas, ich wollte noch Zeit zum Kofferpacken haben. Félix war bereit, sich drei Tage lang um die *Glücklichen Menschen* zu kümmern. Wie versprochen, holte mich Olivier ab, um mich zum Flughafen zu bringen. Félix' Abschiedsgruß bestand lediglich aus zwei nachdrücklichen Wangenküssen und einem Blick, der deutlich »Pass auf dich auf!« sagte. Ich verließ mein Café, machte an Oliviers Hand drei Schritte auf die Straße hinaus und sah mich dann noch ein letztes Mal nach den *Glücklichen Menschen* um. Mein Blick glitt über die Auslagen, das Ladenschild … Wieder einmal verließ ich meine Zuflucht … um ihretwillen, um Irlands willen …

Wir saßen schweigend im RER-Zug, Olivier hatte den Arm um mich gelegt und küsste mich manchmal aufs Haar oder streichelte mir die Hände. Ich war der Grund für seine Traurigkeit, und das gefiel mir nicht. Wurde mir der Egoismus etwa zur zweiten Natur? Ich hatte diesen Beschluss gefasst, ohne an ihn zu denken oder an das, was es ihm ausmachen könnte, ich war gar nicht auf die Idee gekommen, ihn nach seiner Meinung zu fragen.

Ich hatte gerade eingecheckt, und wir standen draußen; ich rauchte eine letzte Zigarette vor dem Boarding, als plötzlich mein Handy klingelte.

»Ja, Edward?«

Olivier drückte mich etwas fester an sich.

»Ich habe mich auf den Weg gemacht, ich wollte nur wissen, ob dein Flug pünktlich abgeht.«

»Den Anzeigetafeln nach ja.«

»Ich warte hinter der Zollabfertigung auf dich.«

»Sehr gut, ich sehe zu, dass ich schnell aus dem Flugzeug rauskomme.«

»Bis nachher.«

Er legte auf, bevor ich antworten konnte. Ich wandte mich Olivier zu, der mich immer noch sehr besorgt ansah.

»Bist du mir böse?«, fragte ich ihn.

»Natürlich nicht … Im Grunde sind sie ein bisschen deine Familie … Es ist für mich nur nicht so einfach, dass du diese Tür vor mir verschließt. Ich kann mich nicht so um dich kümmern, wie ich gern möchte, das ist alles.«

Ich nahm seine Hände.

»Wenn ich zurückkomme, bleibe ich bei dir. Mach dir keine Sorgen.«

»Willst du immer noch am nächsten Wochenende umziehen?«

»Ja!«

Er nahm mich in die Arme und seufzte in meinen Nacken.

»Du musst jetzt los.«

Er begleitete mich bis zur letzten Sperre vor den Kontrollen.

»Bleib nicht so lange, bis wir abgehoben haben, geh gleich nach Hause, ja? Und bitte, schmeiß deinen Zeitplan nicht um, um mich abzuholen.«

Er nickte und küsste mich. Ich spürte, dass er seine ganze Liebe in diesen Kuss legte, seine ganze Zärtlichkeit und Sanftheit. Ich gab ihm den Kuss zurück, so gut ich konnte. Aber ich hätte nicht zu sagen gewusst, mit wie viel Überzeugung ich es tat.

9

Ich war die Erste unter den Passagieren, die den Gurt löste, als das Flugzeug auf der Rollbahn zum Stehen gekommen war, ich war die Erste, die es über die Gangway verließ. Und ich war die Einzige, die laut »Scheiße!« rief, als mir klar wurde, dass ich den ganzen Flughafen durchqueren musste. Ich lief so schnell, dass mein Rollenkoffer manchmal abhob. Der Lärm, den er machte, erregte die Neugier der Passagiere, die sich beeilten, mir Platz zu machen. Ich weigerte mich, mir den Grund für dieses Rennen einzugestehen. Endlich öffneten sich die Türen des Ausgangs: Auf der anderen Seite erwartete mich Edward, er lehnte, eine erloschene Zigarette im Mundwinkel, an einer Wand. Ich blieb kurz stehen, er richtete sich auf und kam auf mich zu. Ich brachte das letzte Stück Weg hinter mich und versuchte die Signale, die mein Herz mir sandte, zum Schweigen zu bringen. Als wir uns gegenüberstanden, sah er mir in die Augen.

»Gehen wir?«, fragte er der Form halber, bevor er mir das Gepäck abnahm.

»Ja.«

Er hielt meinen Blick fest und machte den Schritt, der noch zwischen uns lag. Dann küsste er mich auf die Schläfe; ich hielt den Atem an und schloss die Augen.

Als er sich Richtung Parkplatz entfernte, brauchte ich mehrere Sekunden, um wieder auf der Erde zu landen und ihm zu folgen. Draußen umfing mich beißende Kälte. Der Winter war mit seinem schneidenden Wind und dem eisigen Regen gekommen. Das hätte mir den Kopf zurechtrücken müssen. Edward zündete sich im Gehen eine Zigarette an und hielt mir dann sein Päckchen hin, während er mir einen Blick über die Schulter zuwarf. Ich verbot mir zu reagieren, als sich unsere Finger streiften. Wir verloren keine Zeit, sondern fuhren, immer noch schweigend, los, sobald mein Koffer eingeladen war. Die Fahrt durch die Nacht war derart berauschend, dass ich dachte, Félix habe recht: Ich würde mich, obwohl ich eigentlich zu Abbys Beerdigung fuhr, verstricken. In manchen Momenten kümmerte mich gar nichts mehr. Ich sah Edward unentwegt an; er fuhr schnell, eine Hand am Lenkrad, selbstsicher und gedankenverloren. Er musste gespürt haben, dass ich ihn betrachtete; er löste den Blick von der Straße und schaute mich durchdringend an. Was sich da gerade zutrug, war unmöglich, war verboten. Wo war die Distanz, die wir noch wenige Wochen zuvor zwischen uns aufgebaut hatten? Wir atmeten beide im selben Augenblick weiter. Das Klingeln meines Handys brachte ihn dazu, sich wieder auf die Straße zu konzentrieren. Ich schluckte, bevor ich den Anruf annahm.

»Olivier, ich wollte dich gerade anrufen! Wir sind schon unterwegs.«

»Umso besser. Alles in Ordnung?«

»Ja.«

»Ich will dich nicht länger stören. Bitte sprich Edward mein Beileid aus.«

»Mach ich bestimmt. Ich umarme dich.«

»Diane … Ich liebe dich.«

»Ich dich auch.«

Ich fühlte mich mies, als ich diese drei kleinen Wörter aussprach. Beim Auflegen schloss ich die Augen und umklammerte dann mit aller Kraft mein Handy. Edward steckte sich eine Zigarette an, ich tat es ihm nach. Dann starrte ich durchs Seitenfenster.

»Olivier spricht dir sein Beileid aus.«

»Bitte danke ihm in meinem Namen … Judith hat mir erzählt, dass du mit ihm zusammenwohnst.«

»Wir ziehen in vier Tagen zusammen.«

Die Wirklichkeit und das Schweigen legten sich über uns. Ich ließ mich in den Sitz sinken, meine widersprüchlichen Gefühle erschöpften mich. Nach einer knappen Stunde fuhr Edward auf einen Rastplatz.

»Ich brauche einen Kaffee. Dich brauche ich ja gar nicht erst zu fragen, ob du einen willst …«

Er stieg aus und schlug den Jackenkragen hoch. Ich folgte ihm einige Augenblicke später und fand ihn vor dem Kaffeeautomaten. Er gähnte und renkte sich dabei fast den Kiefer aus. Dann rubbelte er sich durchs Haar, bevor er mir einen Becher hinhielt und sich ebenfalls einen Kaffee aus dem Automaten zog.

»Fahren wir weiter?«, fragte er, als sein Becher voll war.

Er wartete meine Antwort nicht ab, sondern machte sich schon auf den Weg. Draußen hob er sein Gesicht dem Regen entgegen. So durfte es nicht weitergehen.

»Wie viele Nächte hast du schon nicht mehr geschlafen?«

»Drei. Ich verbringe meine Nächte mit Declan.«

»Gib mir den Autoschlüssel. Du kannst schlafen, während ich fahre. Keine Widerrede, ich kenne die Straße, ich komme mit dem Linksverkehr zurecht, und du musst dich ausruhen.«

Er trank einen Schluck Kaffee, bevor er mir kopfschüttelnd den Schlüssel gab. Als wir im Auto saßen, schüttelte uns kurz ein nervöses Lachen: Ich war Kilometer vom Lenkrad entfernt. Als alles auf meine Größe eingestellt war, drehte ich den Schlüssel um und sah ihn an.

»Und jetzt schlaf.«

Er legte eine CD ein, das neueste Album von alt-J, und ließ sich in den Sitz sinken. Dann hob er die Hand in meine Richtung, seine Finger näherten sich meiner Wange, doch weiter ging er nicht. Er sah mich immer noch an, während ich den ersten Gang einlegte. Wir waren schon seit einigen Minuten auf der Autobahn, als er murmelte: »Diane … danke …«

Ich warf ihm einen Blick zu, er schlief mit dem Gesicht zu mir. Zum ersten Mal hatte ich das Gefühl, ihn zu beschützen, mich um ihn zu kümmern. Ich hätte immer so weiterfahren können, ohne anzuhalten, damit er sich endlich ausruhte, damit ich weiter das Gefühl haben konnte, er sei im Frieden mit sich: Seine Gesichtszüge waren entspannt. Sein Schnarchen entlockte mir ein Lächeln, er schlief also fest. Wenigstens das hatte er davon, dass ich fuhr. Für mich bedeutete es zwei Stunden zum Nachdenken. Fahren war für mich immer eine Gelegenheit dazu gewesen. Wenn auch natürlich nicht in Paris! So aufs Fahren konzentriert und von der Musik gewiegt, fühlte ich mich wie in einer Zeitblase. Dann konnte ich die Gelegenheit auch nutzen und mich bis in die tiefsten Tiefen erforschen, die Situation bot ja wahrhaftig genug Anlass dazu. Ich hatte gedacht, das Problem Edward sei geregelt ... Wie hatte ich nur so dumm sein können? Er nahm in meinem Leben einen viel wichtigeren Platz ein, als ich mir hatte eingestehen wollen. Wie sollte ich mich in den nächsten Tagen verhalten? Mich der Situation hingeben? Auf mich hören? Barrieren errichten? Mein wiederaufgebautes Leben gegen den Angriff dieses Mannes verteidigen, der neben mir schlief? Es sei denn, ich verschloss die Augen und sagte mir, es liege alles nur daran, dass wir beide wegen Abbys Tod so dünnhäutig seien ...

Als ich über den letzten Hügel fuhr, bevor es hinunter nach Mulranny ging, war ich immer noch nicht zu einer Entscheidung gekommen, aber ich musste ihn auf jeden Fall wecken. Sanft rief ich seinen Namen, er knurrte und schimpfte im Schlaf, bevor er die Augen aufschlug. Seine erste reflexartige Handlung: Er zündete sich eine Zigarette an.

»Wir sind da«, stellte er fest, und seine Stimme war heiserer denn je.

»Ja.«

»Du schläfst bei mir.«

»Was?«

»Abby ist noch zu Hause. Ich dachte, du würdest dann vielleicht lieber nicht bei ihnen übernachten.«

Allerdings, das wäre über meine Kräfte gegangen.

»Ich überlasse dir mein Schlafzimmer und lege mich unten aufs Sofa, wenn Declan eingeschlafen ist.«

»Macht es dir wirklich nichts aus?«

»Das müsste man eher dich fragen. Wenn es dir lieber ist, können wir dir auch ein Zimmer in einem Bed & Breakfast besorgen.«

Ich brachte den Wagen gerade vor seinem Cottage zum Stehen.

»In Anbetracht der Uhrzeit möchte ich bezweifeln, dass wir noch ein Zimmer finden. Und außerdem … bleibe ich lieber bei dir.«

Da mutete ich mir wirklich etwas zu. Es sei denn, ich hätte auf meine geheimsten Wünsche gehört … Als wir sein Cottage betraten, kam Judith auf Zehenspitzen die Treppe herunter.

»Er schläft«, sagte sie zu ihrem Bruder.

»Ich geh zu ihm hoch.«

Er hatte, meinen Koffer in der Hand, schon drei Stufen erklommen, als er sich noch einmal an mich wandte:

»Danke fürs Fahren … Fühl dich wie zu Hause. Gute Nacht!«

Ich lächelte ihm zu, und er verschwand. Ich ging zu Judith und nahm sie lange in die Arme.

»Wie fühlst du dich?«

»Es geht, ich halte es aus. Und außerdem ist Jack derart stark … Du wirst es ja morgen sehen. Er hält sich toll … Und du?«

»Ich habe Abby versprochen, nicht zusammenzubrechen, und tue alles, um mein Versprechen zu halten.«

»Es ist gut, dass du gekommen bist ... Die Familie tritt zu ihren Ehren vollständig an. Ich muss wieder los, ich möchte sicher sein, dass Jack sich ausruht.«

Sie zog ihren Mantel über. Dann sah sie mich mit einem kleinen Lächeln um die Mundwinkel forschend an.

»Und dass du bei meinem Bruder schlafen musst ... kommst du damit klar?«

»Ich weiß nicht, Judith ... Ich weiß es nicht.«

Sie nahm mich ein letztes Mal in die Arme und küsste mich auf die Wangen, bevor sie ging. Das Wohnzimmer lag im Halbdunkel, ich knipste das Licht in der Diele aus und ging nach oben. Unter Declans Schlafzimmertür sah ich einen Streifen Licht. Edward hatte meine Reisetasche in sein Zimmer gestellt. Ich hatte dort schon einmal geschlafen, damals war es mir wirklich schlecht gegangen, und meine Beziehung zu ihm war blanker Hass gewesen. Diese Zeit erschien mir jetzt so fern ...

Nachdem ich das Unterhemd und die Leggings, die mir als Schlafanzug dienten, angezogen hatte, setzte ich mich auf Edwards Bett. Und blieb dort eine halbe Stunde sitzen, bevor ich ein Sweatshirt überzog und zur geschlossenen Zimmertür ging. Ich lehnte meine Stirn an das Holz, biss mir nervös auf die Nägel und ging dann wieder von der Tür weg. Diesen Vorgang wiederholte ich mehrere Male, bis ich mich dazu durchringen konnte, die Tür zu öffnen und in den Flur hinauszugehen. Ein letzter Halt vor Declans Schlafzimmer. Eine letzte Möglichkeit zur Umkehr. Dann öffnete ich leise die Tür. Edward saß im Sessel und blickte unverwandt auf seinen Sohn. Er bemerkte mich. Ich gab ihm ein Zeichen, er solle sitzen bleiben und nichts sagen. Ich schlich an Declans Bett. Als ich ihn sah, durchfuhr mich kurz so etwas wie Freude. Er schlief tief und fest, den Schal seiner Mutter an sich gedrückt. Nichts hielt mich davon ab, ihm über das Haar zu streicheln und seine Stirn zu küssen; mir war danach. Mein Herz schwoll an. Mein Kuss kitzelte ihn, weckte ihn aber nicht. Danach setzte ich mich neben Edwards Sessel auf den Boden, zog die Beine an und stützte das Kinn auf die Knie. Ich machte es wie er, ich wachte über dieses Kind. Mitten in der Trauer um Abby war er ein Sinnbild des Lebens. Nach einigen Minuten lehnte ich den Kopf gegen Edwards Bein. Hin und wieder strich er mir über das Haar. Ich verlor das Zeitgefühl.

Nach etwa einer Stunde löste Edward meinen Kopf sanft von seinem Bein, stand auf und hielt mir die Hand hin, um mir ebenfalls hochzuhelfen. Er führte mich aus dem Zimmer seines Sohnes bis vor die Tür seines Zimmers, wo mich mein Bett erwartete. Er blieb an der Schwelle stehen, meine Hand immer noch in seiner.

»Versuch ein bisschen zu schlafen«, sagte er.

»Und du?«

»Ich leg mich aufs Sofa.«

Bevor er meine Hand losließ, trat er auf mich zu und küsste mich lange auf die Schläfe. Dann lief er hastig die Treppe hinunter. Ich schloss die Tür und schlüpfte unter die Bettdecke. In sein Bettzeug, in seinen Duft gekuschelt, schlief ich ein.

Ich war erst halb wach, als die Tür krachend aufflog.

»Diane! Da bist du ja wieder!«, schrie Declan und sprang auf mein Bett.

Ich kam kaum dazu, mich aufzusetzen, da hatte er sich schon auf mich geworfen und mir die Arme um den Hals geschlungen.

»Ich freu mich so!«

»Ich auch, Champion.«

Es war die reine Wahrheit: keine Spur von Angst, nicht das geringste Bedürfnis, ihn mir vom Hals zu halten, ich war einfach nur glücklich, als ich ihn an mich drückte.

»Wie geht es dir?«, fragte ich ihn.

»Es geht … Kommst du runter? Papa hat dir Kaffee gemacht.«

Er zog an meinem Arm.

»Ich dusche erst und komme dann nach.«

»Okay.«

Er lief los und richtete seinem Vater die Botschaft laut schreiend aus. Als ich ihn barfuß und im Pyjama losrennen sah, musste ich an mich halten, um ihm nicht zu sagen, er solle Hausschuhe und einen Pulli anziehen.

Etwa zwanzig Minuten später betrat ich das Wohnzimmer – und erlitt einen Schock: Edward im Anzug und mit Schlips und Kragen. Mir stand vor Überraschung der Mund offen, für einen Augenblick vergaß ich Abby. Er, der sonst immer so nachlässig herumlief, mit schief geknöpftem Hemd, das ihm halb aus der Jeans hing, trug ganz selbstverständlich einen anthrazitgrauen Anzug und eine perfekt gebundene Krawatte. Was ihn völlig unnötigerweise noch imposanter wirken ließ. Ich muss ein ziemlich komisches Gesicht gezogen haben, jedenfalls brach er schließlich in Lachen aus. Während er mir einen Kaffee einschenkte, ging ich unsicher auf ihn zu. Ich nahm den Kaffee, trank einen Schluck und starrte ihn die ganze Zeit an. Er lächelte immer noch und kratzte sich den Bart.

»Ich habe überlegt, ob ich mich rasieren sollte …«

»Nein!«

Es kam aus meinem Mund wie ein Schrei aus tiefstem Herzen.

»Das wärst dann nicht mehr du, das hätte ihr nicht gefallen«, setzte ich beschwichtigend hinzu, ich wusste, dass ich das in Abbys Namen sagen durfte.

Ich entfernte mich aus seiner Nähe und der seines versteckten Lächelns und setzte mich zu Declan und Postman Pat aufs Sofa. Declan kuschelte sich an mich.

»Wie lange bleibst du bei uns?«

»Zwei Tage.«

»Mehr nicht?«

»Das ist besser als nichts …«

»Stimmt«, seufzte er.

Edward rief nach mir und machte mir ein Zeichen, ihm nach draußen zu folgen. Der Einschub an Leichtigkeit war nun zu Ende.

»Ich muss jetzt zu Abby und Jack, kann ich dir Declan für zwei Stunden dalassen?«

»Natürlich, ich kümmere mich um ihn, er muss sich ja auch noch anziehen. Um wie viel Uhr ist die Beisetzung?«

»Um 14 Uhr. Wir essen vorher noch bei Abby und Jack zu Mittag. Kommst du auch?«

»Wenn möglich, würde ich lieber erst in der Kirche zu euch stoßen.«

»Ich verstehe.«

Es würde nicht leicht für mich sein, an einer Beerdigung teilzunehmen, ich musste mich allein darauf vorbereiten. Edward drückte seine Zigarette aus, verabschiedete sich von Declan und fuhr los.

Die Zeit unserer Zweisamkeit verflog regelrecht, sie reichte gerade, um ihm Gesicht und Hände zu waschen, ihm beim Anziehen zu helfen und mir bis in die kleinste Einzelheit seine Schul-Erlebnisse erzählen zu lassen. Wir lachten und spielten zusammen im Wohnzimmer, als Edward zurückkam. Er wirkte abgespannter als bei unserem Frühstück, sein Gesicht war ernst. Er zwang sich, seinen Sohn anzulächeln, doch ich spürte und wusste vor allem, was er hinter sich hatte: Abby war in den Sarg gelegt worden. Unsere Blicke begegneten sich, und ich musste angestrengt nach oben sehen, damit ich nicht zu weinen begann.

»Ist noch Kaffee da?«, fragte er.

»Ja.«

Ich stand vom Sofa auf und ging zu ihm an den Küchentresen. Seine Hände waren so fest zu Fäusten geballt, dass die Adern hervortraten – seine Art, den Schmerz auszudrücken. Ich streichelte ihm zärtlich über die Finger.

»Es wird schon gehen …«, sagte ich leise.

Er legte mir sanft die Hand an die Taille, zog mich an sich und drückte seufzend sein Gesicht in mein Haar. In unserer Ohnmacht gegenüber den Geschehnissen ließen wir alle Sicherheitsbarrieren in Rauch aufgehen. Es wurde seltsam still im Raum, mein Blick irrte ab und fiel auf Declan, der uns aus dem Augenwinkel beobachtete. Edward hatte es anscheinend auch bemerkt, denn er trat abrupt von mir weg.

»Wir müssen los, Declan. Jack und Judith warten auf uns.«

»Und Diane?«

»Wir sehen uns dann in der Kirche.«

»Versprochen?«

»Ich komme bestimmt.«

Er folgte seinem Vater und warf mir noch einen Blick über die Schulter zu. Edward zauste ihm das Haar und drehte dabei sein Gesicht nach vorn. Die Haustür schlug zu. Ich ging nach oben, um mir etwas Passenderes anzuziehen – ein schwarzes Kleid.

Gegen 13 Uhr zwang ich mich, ein Stück Brot zu essen, ich wollte etwas im Magen haben, damit ich nicht noch umkippte. Ich war verkrampft, aber ich befand mich nicht in einem Zustand allgemeiner Panik. Ich ging mit dem Handy auf die Terrasse hinaus, um eine zu rauchen und Olivier anzurufen. Er ging sofort dran.

»Ich habe schon auf deinen Anruf gewartet. Wie geht es dir heute?«

»Ich mache mich gleich auf den Weg zur Kirche, ich halte es ganz gut aus.«

Ich wusste nicht, was ich ihm sonst noch sagen sollte. Das Schweigen zwischen uns zog sich in die Länge.

»Soll ich heute Abend bei Félix vorbeischauen? Sehen, wie er zurechtkommt?«

»Wenn du möchtest … Hast du weiter Kartons gepackt?«

»Mit meinen bin ich fast fertig … Ich könnte in deinem Apartment auch schon anfangen, dann hättest du weniger Arbeit.«

»Nein, danke, ich hab ja nicht viel.«

»Du, da kommt ein Patient, ich muss aufhören.«

»Frohes Schaffen.«

»Meld dich, sobald du kannst.«

»Mach ich … Ich umarme dich.«

Ich legte auf und atmete tief aus. Wenn ich hier war, entfernte ich mich von ihm. Unser Umzug lag in weiter Ferne. Wirklich wichtig war etwas anderes. Ich pfiff nach Postman Pat, der sich am Strand austobte, um ihn im Haus einzuschließen. Als er im Wohnzimmer lag, zog ich meinen Mantel an und wickelte mir den Schal um den Hals. Einen Schirm brauchte ich nicht, seit einer Stunde strahlte die Sonne vom kalten blauen Winterhimmel.

Ich lief knapp zehn Minuten bis zur Kirche, die mitten auf dem Friedhof stand. Das Grab, das für Abby bestimmt war, lag auf einer Wiese und wurde von einem keltischen Kreuz überragt. Die letzte Stunde schlug, in mir schwoll eine tückische Angst an. Wie sollte ich diese Beisetzung ertragen oder vielmehr überleben? Hatte ich meine Kräfte vielleicht doch überschätzt? Auf der letzten Beerdigung, auf der ich war, waren mein Mann und meine Tochter beigesetzt worden. Meine Angst war so groß, dass ich die Kirche durch die kleine Seitentür betrat und mir einen unauffälligen Platz hinten in der Kirche suchte. Das ganze

Dorf war versammelt, auch mehrere Freunde von Judith, alle, die ich auf der Silvesterparty kennengelernt hatte. Ich entdeckte Jack, Edward, Declan und Judith. Wie ihr Bruder hatte auch sie sich in Schale geworfen. Zum ersten Mal wirkte sie zerbrechlich auf mich, ganz winzig in ihrem dunkelgrauen Trägerkleid und der schwarzen Stola; ihre Löwenmähne hatte sie zu einem nüchternen Pferdeschwanz gebändigt. Am liebsten wäre ich zu ihr gegangen und hätte sie tröstend umarmt; doch ich hielt mich zurück. Abby war bereits da, ihr Sarg war von Blumen bedeckt. Als ich ihn betrachtete, kam er mir nicht wie eine Holzkiste vor. Ich spürte, dass Abby bei uns war. Jack tauchte in meinem Gesichtsfeld auf; er kam durch den ganzen langen Mittelgang auf mich zu.

»Was machst du denn hier so versteckt und ganz allein? Das würde Abby gar nicht gefallen. Kommt mit.«

Er legte mir seinen großen starken Arm um die Schultern und führte mich so bis zur ersten Kirchenbank. Judith fiel mir weinend um den Hals. Auch ich brach endlich zusammen … und das nahm eine Last von mir.

»Sie wird noch mit uns schimpfen, wenn wir so weitermachen«, sagte sie unter Tränen lachend.

Ich holte Taschentücher aus meiner Tasche und wischte erst ihr und dann mir die Wangen trocken. Außerdem strich ich ihr eine rebellische Strähne aus dem Gesicht. Dann ließ sie mich los, damit ich mich hinsetzen konnte, ich ging an Declan vorbei, der die Arme um die Taille seines Vaters gelegt hatte und sich fest an ihn drückte, und setzte mich neben Edward. Er nahm meine Hand und verschränkte unsere Finger. Der Gottesdienst begann.

Ich wusste, dass die Iren fromm waren, doch die religiöse Inbrunst überraschte mich. Sie bereitete mir jedoch kein Unbehagen, obwohl ich selbst an gar nichts glaubte und völlig atheistisch erzogen worden war. Ich war nur zweimal in einer Messe gewesen, bei meiner Hochzeit und bei Colins und Claras Beerdigung – meine Schwiegereltern waren gläubig.

Die Gemeinde sang. Es war schön, fast freudig, und es herrschte so etwas wie ein tiefer Frieden. Der Tod war traurig, aber kein eigentliches Ende. Es tat mir gut, und mir kamen Abbys Worte wieder in den Sinn: »Ich werde mich um sie kümmern.« Der Einzige, der nicht sang, war Edward; doch ich hörte seine heisere Stimme bei jedem Gebet. Manchmal streichelte er mir mit dem Daumen über den Handrücken. Beim Abendmahl ließ er mich los, um Jack und Judith zum Altar zu folgen. Ich setzte mich wieder, und Declan kletterte mir auf den Schoß und klammerte sich an meinen Hals. Ich wiegte ihn. Edward kehrte zurück und fand uns beide so vor, er setzte sich ebenfalls und legte mir den Arm um die Schultern. Wir drei waren wie ein einziger Mensch; Declan weinte auf meinem Schoß, zwischen seinem Vater und mir, mein Gesicht lag an Edwards Schulter, seins an meinem Haar.

Dann kam der Augenblick, vor dem ich mich so sehr fürchtete: der Abschied am Sarg. Vor meinen Augen zogen die Gemeindemitglieder an Abby vorbei. Ich drückte mich enger an Edward, dessen Umarmung fester wurde. Als die Familie – zu der ich ja gehörte – an der Reihe war, stand er auf und nahm Declan auf den Arm. Dann hielt er mir seine Hand hin, und ich umklammerte sie. Am Sarg sagte er seiner Tante andächtig Lebewohl. Dann trat er zur Seite, damit ich ihr näher kommen konnte, doch er ließ, obwohl er seinen Sohn noch auf dem Arm hatte, meine Hand nicht los. Ich legte meine freie Hand auf das Holz und streichelte es leise lächelnd. Meine Tränen flossen, und ich entschuldigte mich dafür bei Abby, während ich ihr Colin und Clara ans Herz legte. Durch diese schlichte Geste, die ich meinen liebsten Menschen verweigert hatte, ließ ich sie gehen, ich wusste, dass sie in Sicherheit waren, vor allem meine Tochter. Dank Abby und all ihren Botschaften, die sie mir unablässig hatte zukommen lassen, konnte ich endlich den Gedanken akzeptieren, dass Clara immer in mir leben würde, dass ich mein Leben ganz ausschöpfen konnte ohne die Angst, sie zu vergessen oder gar zu verraten. Ich musste einen Teil meiner selbst nicht länger leugnen. Ich spürte Edwards Lippen auf meinem Haar und blickte zu ihm auf. Das zwischen uns war unendlich intensiv. Ich strich Declan, der uns beide ansah, über die Wange. Dann gingen wir zu unseren Plätzen zurück. Die Messe klang aus mit *Amazing Grace*, was mich zutiefst berührte. In diesem Augenblick wäre ich am liebsten ein gläubiger Mensch gewesen. Nach und nach gingen alle hinaus. Es war ein so schöner Tag: die helle Wintersonne, die belebende Kälte, der Wind, der das Unglück vertrieb. Declans Hand stahl sich in meine, er wollte mir etwas ins Ohr sagen:

»Diane, ich möchte nicht hierbleiben.«

Schreckensvoll starrte er auf die Gräber.

»Ich werde sehen, was sich machen lässt«, antwortete ich.

Ich musste nicht nach seinem Vater suchen, er stand direkt neben mir.

»Declan möchte jetzt gehen.«

»Das darf er nicht!«

»Bitte, lass mich ihn mitnehmen …«

Er warf seinem Sohn einen zugleich sehr besorgten und ärgerlichen Blick zu. Ich beschloss, ein wenig zu drängen. Declan, der meine Hand knetete, litt so schon genug; mich packte der Instinkt der Löwenmutter.

»Für sein Alter hat er die Härte des Lebens schon hinreichend kennengelernt! Bedenke doch, was er noch vor wenigen Monaten durchmachen musste, zwing ihn nicht zuzusehen, wie noch ein Mensch, den er liebt, unter der Erde verschwindet … Bitte … Ich kann mich um ihn kümmern; und du, kümmere du dich um deine kleine Schwester, sie braucht dich jetzt«, sagte ich, denn ich hatte gerade Judith ganz allein dastehen sehen.

Er hockte sich vor seinen Sohn.

»Du kannst gleich mit Diane gehen, aber vorher wollen wir alle noch zu Jack.«

Wir gingen zu Jack und umarmten ihn, er hielt unseren geplanten Spaziergang für eine sehr gute Idee. Seine Kraft war beeindruckend und ansteckend. Wer hätte angesichts seiner seelischen Größe erbärmlich zusammenbrechen können? Bevor ich ging, drückte ich Judith lange an mich, wobei Declan immer noch an meiner Hand hing. Edward begleitete uns bis ans Friedhofstor.

»Ich hole euch danach ab«, sagte er, in seiner Stimme lag leichte Panik.

Ich streichelte seine Wange, und er schloss die Augen.

»Wir sind bald wieder zusammen.«

Er machte kehrt und nahm seine Schwester in die Arme, um sie dann, den Arm um ihre Schultern, zum Grab zu führen. Wahrscheinlich lagen auch ihre Eltern dort.

Ganz automatisch gingen wir zum Strand, nachdem wir Postman Pat befreit hatten, der begeistert an seinem jungen Herrchen hochgesprungen war. Ich suchte mir einen Felsen, um mich zu setzen und eine zu rauchen. Kinder konnten sich wirklich atemberaubend schnell erholen. Keine Viertelstunde zuvor war Declan ein traumatisiertes, verschrecktes Kind mit Tränen in den Augen gewesen. Es waren nur die Erlaubnis seines Vaters, meine Hand und sein Hund nötig gewesen, um ihn zu trösten. Nachdem er sich ausgetobt hatte, kam er zurück und setzte sich neben mich.

»Warum sterben alle?«

Ja, warum, dachte ich. *Wenn ich es nur wüsste.*

»Du bist ja nicht allein, Declan, du hast deinen Papa und Jack und Tante Judith.«

»Ja, aber du, musst du wirklich immer fortgehen? Ich mag es, wenn du hier bist.«

»Ich mag es auch, ich bin gern hier bei euch, aber ich wohne nicht in Mulranny.«

»So ein Mist!«

Seufzend nahm ich ihn in die Arme. Jetzt hätte ich Félix antworten können, ja, auch »der Kleine« gehörte zu den Menschen, die ich liebte. Und viel zu sehr.

»Ist euch nicht kalt?«, fragte Edward hinter uns, wir hatten ihn gar nicht kommen hören.

Er setzte sich neben seinen Sohn und starrte einige Sekunden aufs Meer, bevor er uns ansah. Seine Augen waren leicht gerötet.

»Wir wärmen uns lieber bei Jack und Abby auf, bevor ihr hier festfriert. Bis auf euch sind alle schon da. Du hast doch sicher Hunger, Declan?«

Declan schoss pfeilschnell davon, was uns zum Lachen brachte. Edward hielt mir die Hand hin und half mir beim Aufstehen.

»Wie geht es dir?«, fragte ich besorgt.

»Besser, seit ich wieder bei euch beiden bin. Danke, dass du mich gezwungen hast, Declan zu verschonen. Ich wollte euch bei mir haben, aber das war egoistisch.«

»Nein, das ist normal. Aber du hast dich für das Wohl deines Sohnes entschieden. Und jetzt sind wir ja bei dir.«

Als wir etwa zehn Minuten später ankamen, merkte ich, dass wir erwartet wurden. Ich hörte mehrere »Da sind sie ja!«.

Die folgenden Stunden waren voller Herzlichkeit, menschlicher Wärme und Trost. Alle redeten, schlugen sich auf die Schulter oder nahmen sich bei der Hand, oder aber sie sprachen sanft von ihren Erinnerungen an Abby. Ihre Großzügigkeit und Lebensfreude hatten jeden hier beeindruckt. Sie war abwechselnd Mutter, Großmutter, beste Freundin und Amme gewesen … Und Jack in seiner allumfassenden Güte trug die Flamme weiter, ohne sich von seinem Schmerz übermannen zu lassen. Er war stolz, aber ich ertappte ihn mehrmals dabei, wie er ins Leere starrte oder zerstreut die Decke auf dem Schaukelstuhl seiner Frau streichelte. Ich erinnerte mich an das Gefühl der Einsamkeit nach Colins und Claras Tod, ich hatte es trotz meines großen Zorns und meiner Weigerung, die Realität zu akzeptieren, empfunden; alle kommen und besuchen einen, wollen einen trösten, aber es hilft nichts, man bleibt leer. Ich half Judith in der Küche, wir waren die beiden Töchter des Hauses. Declan wieselte zwischen den Gästen herum und naschte mal hier und mal dort, wobei er aber regelmäßig nachsah, ob ich noch da war. Edward und ich suchten uns ständig mit Blicken, ich spürte ihn immer in meiner Nähe und hatte ein nicht zu unterdrückendes Bedürfnis, mich zu vergewissern, ob es ihm gut ging. Keinen Augenblick lang fühlte ich mich in dieser Gemeinschaft, die eine der Ihren beweinte, als Fremde. Ganz im Gegenteil, man gab mir völlig natürlich zu verstehen, dass ich dazugehörte, ob ich es nun wollte oder nicht und wo auch immer meine postalische Adresse war. Ich teilte den Kummer von Jack, Judith, Declan und Edward. Für alle Dorfbewohner gehörte ich zur Familie. Ich spürte es an ihren Blicken, an der Art, wie sie mich ansprachen und sich um mich sorgten. Einen Teil von mir erfüllte diese Anerkennung, dieses neue Gefühl, zu einem Clan zu gehören, mit Glück; der andere Teil versank in Traurigkeit. Ich lebte nicht bei ihnen und würde nie bei ihnen leben. Ich hatte mir mein Leben neu aufgebaut, in Paris, wo mich Olivier, Félix und die *Glücklichen Menschen* erwarteten. Mit der Familie hier würde ich nur flüchtige Augenblicke erleben, und so wunderschön sie auch sein würden, sie wären viel zu schnell vorbei. Mein Blick fiel auf Edward, der mit einem Paar aus dem Dorf redete.

Für einen kurzen Moment stockte mir der Atem. Würde ich noch zwei Tage lang imstande sein, meine Gefühle für ihn zu unterdrücken? Ich brauchte frische Luft und verdrückte mich diskret nach draußen. Während ich eine Zigarette rauchte und auf die entspannende Wirkung hoffte, versuchte ich, mein stolperndes Herz zu bezwingen. Es war dunkel, die Kälte war schneidend geworden, ich schlang die Arme um meinen Körper, um mich zu wärmen. Im Grunde meines Herzens erwartete ich etwas, und es geschah:

»Wie geht's dir?«, fragte Edward, als er zu mir kam.

Ich zuckte als Antwort nur mit den Achseln. Er zündete sich eine Zigarette an, behielt sie zwischen den Lippen und zog seine Jacke aus, um sie mir um die Schultern zu legen. Ich blickte zu ihm auf, doch er starrte auf einen imaginären Punkt direkt vor sich. Wir blieben stehen, bis wir unsere Zigaretten aufgeraucht hatten, ohne noch etwas zu sagen. Wozu auch?

Als wir ins Haus zurückkamen, sah ich Declan auf dem Sofa hängen, seine Äuglein kämpften tapfer gegen das Zufallen an.

»Schau nur, dein Sohn schläft fast im Stehen ein … Ich könnte mit ihm nach Hause gehen. Bleib du noch hier bei Jack und Judith.«

»Sicher?«

Ohne eine Antwort ging ich zu Declan und schlug ihm vor, nach Hause zu gehen; er war sofort einverstanden. Ich nahm ihn bei der Hand und führte ihn zu Jack und Judith, damit er sich verabschiedete. Er drückte sie beide an sich. Jack nahm mich in die Arme.

»Kommst du mich morgen besuchen?«, fragte er.

»Natürlich. Ich fahre doch nicht zurück, ohne noch ein wenig Zeit hier zu verbringen.«

»Ach … Ich werde dich nicht lange mit Beschlag belegen, ich möchte lieber, dass du die Zeit mit den beiden genießt«, sagte er mit einer Kopfbewegung Richtung Vater und Sohn.

Ich lächelte ihm kurz zu, bevor ich Judith umarmte. Dann ging ich zu Edward, der darauf wartete, uns nach Hause zu bringen, um danach wieder hierher zurückzukehren. Der Wirt des Pubs und seine Frau traten uns in den Weg und boten an, uns in ihrem Wagen nach Hause zu bringen. Unser eigentlicher Chauffeur wollte sie abwimmeln, doch ich unterbrach ihn:

»Vielen Dank, das ist sehr nett, sehr gern.«

Dann wandte ich mich an Edward, der ein ganz mürrisches Gesicht machte.

»Keine Sorge, du bist bald wieder bei uns …«

Seufzend willigte er ein, bestand jedoch darauf, uns zum Wagen zu begleiten. Declan stieg als Erster hinten ein, während Edward sich beim Wirt und dessen Frau bedankte. Er machte es kurz und kehrte zu mir zurück, bevor ich eingestiegen war. Ich ahnte seine Reaktion voraus.

»Wir verschwinden schon nicht, wir fahren zu dir nach Hause und gehen zu Bett. Bleib du bei Jack und Judith. Deinem Sohn und mir geht es gut.«

Er legte mir den Arm um die Taille und küsste mich lange auf die Schläfe.

»Wir sehen uns dann zu Hause«, raunte er mir ins Haar.

Dieser kleine Satz ließ Gefühle und Wünsche in mir aufsteigen, die in meinem tiefsten Innern geschlummert hatten.

Declan und ich wurden wohlbehalten zu Hause abgeliefert. Postman Pat bellte wie verrückt hinter der Tür. Das arme Tier … Ich öffnete die Tür, und er sprang begeistert an uns hoch, bevor er auf den nächtlichen Strand stürmte. Ich brachte Declan nach oben, wo er wortlos in seinen Pyjama schlüpfte und sich brav die Zähne putzte, während ich ihm das Bett zurechtmachte. Er kam, immer noch schweigend, ins Schlafzimmer und schlüpfte unter die Decke, sein Gesichtchen wirkte verschlossen und angstvoll.

»Ich bleibe bei dir.«

Ich kniete mich hin, streichelte sein Haar und summte leise das Wiegenlied, während er den Schal seiner Mutter an die Nase drückte. Der Tag war hart für ihn gewesen, er konnte nicht mehr kämpfen. Ich legte meinen Kopf dicht neben seinen aufs Kopfkissen und sah ihn an. Dieser Junge war so tapfer, ohne einen Mucks oder jedenfalls viel zu still stellte er sich den Prüfungen, die ihm das Leben auferlegte! Ich spürte den heftigen Wunsch, ihn zu schützen und ihm die Sorglosigkeit der Kindheit zu schenken. Es musste alles getan werden, damit er von nun an weniger litt. Als ich sicher war, dass er tief und fest schlief, verließ ich ihn leise. Ich ging nach unten und ließ Postman Pat herein, der brav an der Haustür gewartet hatte. Dann beschloss ich, ebenfalls schlafen zu gehen oder mich wenigstens hinzulegen, dabei aber wach zu bleiben für den Fall, dass

Declan aufwachte. Der Hund folgte mir nach oben. Doch dort erwartete mich eine Überraschung: So müde er auch war, der kleine Racker hatte es bis ins Schlafzimmer seines Vaters geschafft und war in mein Bett geklettert. Er schlug die Augen auf und sah mich verlegen an.

»Darf ich bei dir schlafen?«

Ich lächelte ihm zärtlich zu.

»In fünf Minuten bin ich bei dir.«

Er seufzte erleichtert auf; ich schloss mich ins Badezimmer ein. Als ich bettfertig war, setzte ich mich auf den Badewannenrand. Wirklich, bei diesem Kind ging ich über alle Grenzen und hielt keinen meiner schützenden Verteidigungswälle aufrecht; ich verhielt mich längst nicht mehr wie eine entfernte Freundin der Familie, doch ich konnte nicht anders.

Postman Pat hatte sich am Fußende des Bettes auf den Boden gelegt. Declan erwartete mich unter der warmen Decke. Ich ließ die Tür offen und die Nachttischlampe an und kroch zu ihm. Er schmiegte sich an mich, und ich legte die Arme um ihn und küsste ihn auf die Stirn. Nicht lange, und er lag wieder in Morpheus' Armen. Ich atmete seinen Duft ein und dachte dabei an Clara. Eines war für mich sicher: Sie war mir nicht böse, sie wusste, dass niemand sie ersetzen konnte, sie würde immer meine Tochter bleiben, das schönste Geschenk, das das Leben mir gemacht hatte. Doch mein Herz konnte sich auch für andere Kinder öffnen, ich hatte dort noch Platz zu vergeben, ich liebte Kinder, hatte sie immer geliebt, ich, das Einzelkind, hatte von einer großen Familie geträumt. Genau wie sein Vater es ein Jahr zuvor getan hatte, hatte

Declan eine meiner Wunden, vielleicht die schwierigste, schmerzhafteste und tiefste, geschlossen. Seine Not und seine Persönlichkeit hatten mich erschüttert und mir klargemacht, dass ich nicht gegen das ankämpfen konnte, was ich war: eine ihrer Aufgabe beraubte Mutter, aber zugleich auch eine künftige Mutter. Claras Verlust würde bis zu meinem letzten Atemzug in meinem Fleisch eingebrannt bleiben, aber ich hatte damit zu leben gelernt und würde mein ganzes Leben lang weiterlernen. Einer hatte es vor mir gewusst: Félix. Ich hatte noch im Ohr, wir er mir schlicht gesagt hatte: »Früher oder später wird dich die Frage wieder beschäftigen.« Und ich in meinem Starrsinn und meinem Gefängnis aus düsteren Gedanken hatte ihm das Gegenteil versichert.

Ich nickte zwischendurch immer wieder ein. Dann hörte ich von ferne das Geräusch der Haustür. Postman Pat hob den Kopf, doch ich gab ihm ein Zeichen, sich nicht zu rühren. Sein Schwanz klopfte freudig auf den Boden, denn sein Herr war zurück. Edward trat vor die offene Tür seines Schlafzimmers und sah seinen Sohn und mich in seinem Bett liegen. Er blieb lange an der Schwelle stehen und betrachtete uns. Dann kam er ans Bett und stützte seine Hände und ein Knie auf die Matratze.

»Ich bringe ihn wieder in sein Bett«, sagte er leise zu mir.

»Nein, lass ihn, sonst weckst du ihn womöglich, er liegt hier gut.«

»Aber hier ist nicht sein Platz.«

»Unter normalen Umständen hätte ich dir zugestimmt. Doch heute darf er alles.«

Ich richtete mich auf. Wir sahen uns herausfordernd an. Ich würde nicht nachgeben.

»Papa«, murmelte Declan im Schlaf.

Unsere Aufmerksamkeit war jetzt auf ihn gerichtet, seine Lider flatterten, er löste sich von mir und sah uns dann an.

»Du gehst jetzt zurück in dein Zimmer«, sagte Edward entschlossen. »Lass Diane in Ruhe schlafen, ich bleibe bei dir.«

Declan veränderte seine Position im Bett und rieb sein Gesicht am Kopfkissen.

»Lass uns alle drei zusammen schlafen, Papa …«

Darauf war ich nicht gefasst gewesen, Edward genauso wenig. Declan griff nach seiner Hand.

»Komm, Papa«, murmelte er.

Edward sah mir tief in die Augen, ich streckte mich wieder aus und lächelte ihm zu. Er ließ die Hand seines Sohnes los und setzte sich mit dem Rücken zu mir auf die Bettkante. Die Ellbogen auf die Knie gestützt, verbarg er das Gesicht in den Händen. Ich wusste, was er dachte, ich dachte dasselbe: Wir wollten dieses Kind beruhigen und beschützen, was bedeutete, dass wir uns selbst wehtaten und uns in eine unmögliche Situation brachten. Eine nicht haltbare Situation.

»Bist du sicher?«, flüsterte er, ohne mich anzusehen.

»Komm.«

Er stand auf und ging ums Bett herum, um das Licht auszuschalten. Ich hörte ihn im Halbdunkel gehen und sich dann ausziehen, bevor er zu uns kam. Die Matratze sank ein, die Bettdecke bewegte sich. Ich drehte mich auf die Seite, mit dem Gesicht zu ihm. Meine Augen gewöhnten sich an die Dunkelheit, ich konnte ihn erkennen: Er sah mich an, den Kopf auf den angewinkelten Arm gelegt. Ich schlief ein, ohne ihn aus den Augen zu lassen und ohne es zu merken; es ging mir gut, ich empfand Frieden, ich hatte einen kleinen Mann in den Armen und vor mir einen großen Mann, der mich alles andere vergessen ließ.

10

Jemand tätschelte meinen Arm. Ich öffnete vorsichtig ein Auge: Declan versuchte, mich aufzuwecken. Es war ihm gelungen. Ich spürte ein Gewicht auf dem Magen, Edwards Arm fesselte seinen Sohn und mich an die Matratze, Edward selbst jedoch schlief noch tief und fest.

»Wir gehen frühstücken«, schlug ich Declan flüsternd vor. »Aber ganz leise, wir lassen Papa schlafen.«

Mit äußerster Vorsicht hob ich Edwards Hand von meiner Taille. Kaum befreit, schlüpfte Declan aus dem Bett. Postman Pat, der sich die ganze Nacht nicht gerührt hatte, stand ebenfalls schwanzwedelnd auf. Dann kroch auch ich unter der Decke hervor und hielt den Hund vom Bett fern, damit er seinen Herrn nicht weckte. Declan und Postman Pat machten sich auf den Weg nach unten. Bevor ich die Tür schloss, warf ich noch einen letzten Blick auf Edward: Er lag jetzt quer über dem Bett, den Kopf auf meinem Kopfkissen. Wie sollte ich dieses Bild je vergessen?

Declan saß wartend auf einem der Barhocker. Ich zog einen praktischerweise herumliegenden Pullover seines Vaters über und machte mich an die Zubereitung des Frühstücks. Zehn Minuten später saßen wir einträchtig nebeneinander, er mit seinen Broten und seinem heißen Kakao, ich mit meinem Kaffee. Ohne Vorbehalte, ohne Furcht und ohne darüber nachzudenken, fügte ich mich in dieses Familienleben ein.

»Was machen wir heute?«, fragte er mich.

»Ich gehe Jack besuchen.«

»Und danach? Bleibst du dann bei uns?«

»Na klar, mach dir keine Gedanken.«

Für eine Weile wirkte er beruhigt. Sobald er mit seinem Frühstück fertig war, rutschte er vom Hocker und stellte den Fernseher an. Ich schenkte mir noch einen Kaffee ein und griff nach Zigaretten und Handy, um damit trotz der Kälte auf die Terrasse zu gehen. Ich fühlte mich ein bisschen elend, als ich sah, wie oft Olivier gesimst und vergeblich angerufen hatte. Ich hatte nichts von mir hören lassen, ich hatte keine Sekunde lang an ihn gedacht. Zitternd zündete ich mir eine Kippe an, bevor ich ihn anrief. Er nahm beim ersten Klingeln ab.

»Guter Gott! Diane, ich habe mir solche Sorgen um dich gemacht.«

»Bitte entschuldige, der Tag gestern war sehr anstrengend …«

»Das kann ich mir vorstellen … Aber lass mich nicht wieder so lange ohne Nachricht von dir …«

Ich schilderte ihm kurz die Beerdigung und den Abend danach, ließ aber meine Emotionen und aufwühlenden Erlebnisse unerwähnt. Dann lenkte ich das Gespräch auf Paris und die *Glücklichen Menschen* … Einen Moment hatte ich den Eindruck, dass er mir von einem Leben erzählte, das nicht meins war, das mich nicht betraf. Ich betrachtete das tobende Meer, während er mir berichtete, Félix sei stolz auf den Umsatz der beiden letzten Tage und habe sich in die Vorbereitung für einen weiteren Themenabend gestürzt. Was mich kein bisschen begeisterte oder freute. Ich antwortete immer nur mit einem »Schön«. Hinter mir wurde die Fenstertür geöffnet, ich drehte mich um und war auf Declan gefasst, doch ich hatte mich geirrt. Edward, das Haar noch feucht vom Duschen, war mit seinem Kaffee und seinen Zigaretten zu mir gekommen. Wir sahen uns in die Augen.

»Olivier, ich muss jetzt aufhören …«

»Warte!«

»Ja, was ist?«

»Kommst du morgen nach Hause? Kommst du wirklich zurück?«

»Äh … Aber … Warum fragst du mich das?«

»Bleibst du nicht in Irland?«

Ich hielt Edwards Blick fest, er verstand unser Gespräch nicht, aber an der Intensität seines Blicks erkannte ich, dass er begriffen hatte, wie wichtig es war. Meine Augen wurden feucht. Mir würde das Herz brechen, so oder so. Doch die einzig mögliche Antwort war die:

»Es hat sich nichts geändert, ich komme morgen zurück.«

Edward holte tief Luft und lehnte sich in einem gewissen Abstand von mir ans Terrassengeländer. Durch das große Fenster sah ich Declan mit seinen Modellautos spielen, aus dem Augenwinkel überwacht von Postman Pat. Ich spürte Edward, er war so nah und zugleich so weit weg. Am nächsten Tag würde ich nach Paris zurückkehren.

»Sehr gut«, hörte ich Oliviers Stimme in der Ferne.

»Hol mich nicht vom Flughafen ab, das ist unnötig. Ich umarme dich.«

»Ich dich auch.«

»Bis morgen.«

Ich legte auf. Immer noch mit dem Rücken zum Meer zündete ich mir die nächste Zigarette an. Wir sagten beide kein Wort. Nachdem ich meine Kippe ausgedrückt hatte, beschloss ich, wieder hineinzugehen.

»Ich ziehe mich jetzt an, ich will Jack besuchen«, sagte ich zu Edward, die Hand schon auf dem Knauf.

Ich lief rasch nach oben, ohne mit Declan zu sprechen, nahm frische Sachen aus meiner Tasche und schloss die Badezimmertür doppelt hinter mir ab. Der kleine Raum schwitzte Edwards Gegenwart aus: Der Spiegel war beschlagen, es roch noch nach seiner Seife. Ich stand lange unter der heißen Dusche, biss in meine Faust und ließ meinen Tränen freien Lauf. Meine Wünsche und Gefühle hatten wenig Gewicht, nur Verstand und Verantwortungsgefühl hatten zu zählen. Es blieben mir nur noch vierundzwanzig Stunden mit ihnen. Dann würde ich fortgehen.

Als ich aus meinem Versteck kam, hörte ich Edwards und Declans Stimmen ganz in der Nähe: Sie waren in seinem Arbeitszimmer. Ich trat näher und lehnte mich an den Türrahmen. Sie saßen vor dem Computer, Edward bearbeitete Fotos und holte dabei immer wieder die Meinung seines Sohns ein. Zwischen ihnen war bereits eine echte Verschworenheit entstanden, sie waren jetzt ein Zweiergespann. Ich hatte diesen Raum noch nie betreten. Es war nicht die allgemeine Unordnung, die mich fesselte, sondern eine Schwarz-Weiß-Aufnahme, die über dem Bildschirm an die Wand gepinnt war. Sie war ziemlich eselsohrig und so mitgenommen, dass sie oft angefasst worden sein musste ... Es war das Schaufenster der *Glücklichen Menschen*, und dahinter war undeutlich ich zu erkennen, wie ich lächelnd ins Leere blickte. Das Foto sah aus, als wäre es heimlich aufgenommen worden. Aber wann? An dem Tag, als er mich besucht hatte? Unmöglich, da hatte ich die ganze Zeit die Straße beobachtet, ich hätte ihn unweigerlich entdeckt. Er war also in meiner Nähe gewesen, hatte mich aber nicht treffen wollen. Sein nun schon einige Monate alter Satz kam mir in den Sinn: »In meinem Leben gibt es schon seit Langem keinen Platz mehr für dich.«

»Diane! Da bist du ja!«

Bei Declans Ausruf zuckte ich zusammen, mir war klar, dass es jetzt nicht passend gewesen wäre, eine Erklärung zu verlangen.

»Was treibt ihr da?«, fragte ich und trat weiter in den Raum.

»Ich muss ein bisschen arbeiten«, antwortete Edward.

»Declan, willst du mit mir zu Jack gehen?«

»Ja!«

»Dann los, zieh dich an!«

Er flog davon. Ich brachte es nicht über mich, den Raum zu verlassen, wich aber Edwards Blick aus.

»Dann kannst du in Ruhe arbeiten. Komm nach, wenn du magst.«

Ich spürte, dass er sich mir näherte.

»Wann geht morgen dein Flug?«

»14 Uhr … Reden wir lieber nicht darüber, okay? Genießen wir diesen Tag.«

Ich wandte ihm mein Gesicht zu, wir sahen uns sehr fest an, unsere Atmung beschleunigte sich, und ich wusste, dass ich für die wenige Zeit, die uns blieb, mehr wollte. Unsere Körper streiften sich.

»Da bin ich wieder, ich bin fertig!«

Ich fuhr zurück und stellte Abstand zwischen uns her.

»Na, dann los!«, verkündete ich Declan ein wenig schrill.

Leicht schwankend verließ ich Edwards Arbeitszimmer. Declan verabschiedete sich von seinem Vater, und wir gingen nach unten, um Mantel, Schal und Mütze anzulegen, das Wetter war eher schlecht.

»Auf geht's!«

Ich pfiff Postman Pat, der auch gleich angetrabt kam. Dann öffnete ich die Haustür, und Declan schob seine kleine Hand in meine.

»Bis nachher«, hörte ich eine Stimme in meinem Rücken.

Ich sah über die Schulter zurück; Edward stand oben an der Treppe und sah uns nach. Wir lächelten uns zu.

Der Weg, für den man normalerweise zwanzig Minuten brauchte, nahm heute fast eine Stunde in Anspruch. Ich kostete jeden Augenblick mit diesem Jungen aus; ich spielte und lachte mit ihm, als wollte ich ihn mit allen Mitteln in mein Gedächtnis einprägen, ihn nicht vergessen, mich an seine Kraft und seinen Überlebensinstinkt erinnern, mich von ihm nähren. Oder vielleicht tat ich es ganz einfach, weil ich ihn liebte und weil ich auch ihn bald verlassen würde. Es war unerträglich.

Wir rannten gerade um die Wette, als wir in Abbys und Jacks Garten einfielen. An dieses Haus zu denken und dabei nicht automatisch auch an Abby würde so bald nicht möglich sein. Jack jätete in einem Blumenbeet seiner Frau Unkraut. Ich wusste, was er wollte: sich beschäftigen, um zu vergessen, und dabei alles tun, um mit ihr in Verbindung zu bleiben … Die Ambivalenz der Trauer.

»Na, Kinder? Ihr kommt ja wie die wilde Jagd!«

Declan fiel ihm um den Hals. Jack winkte mich zu sich und drückte mich ebenfalls an sich.

»Wie geht es dir heute Morgen?«, fragte ich ihn. »Hast du ein bisschen schlafen können?«

»Nun, sagen wir, ich bin sehr früh aufgewacht.«

Er stellte Declan auf den Boden.

»Nichts da, hier wird nicht geplaudert! Wir sind doch nicht in den Ferien!«

Judith erschien auf dem Treppenabsatz, im Haushaltskampfanzug, die Hände in die Hüften gestemmt.

»Nun schimpf doch nicht, ich komme ja helfen!«

Sie brachte nach dem gestrigen Abendessen das Haus in Ordnung. Ich krempelte nun auch die Ärmel hoch und half ihr. Wir brauchten den ganzen restlichen Vormittag. Die Atmosphäre war entspannt, Abby fehlte uns natürlich, aber es war nicht bedrückend. Judith und ich sprachen über sie, lachend und manchmal auch unter Tränen.

Gegen Mittag kam Jack mit Declan ins Haus und machte ein Riesenfeuer im Kamin. Ich schickte Judith unter die Dusche und übernahm die Vorbereitungen für das Mittagessen. Ich wachte gerade über dem Kochtopf, als ich durchs Fenster sah, wie Edward seinen Wagen abstellte. Ich rührte mich nicht vom Fleck. Gleich danach hörte ich, wie er mit Jack sprach und ihn fragte, wo ich sei. Wenige Sekunden später war ich nicht mehr allein in der Küche. Er stand ganz dicht bei mir.

»Brauchst du Hilfe?«

»Nein«, antwortete ich und wich seinem Blick aus. »Nur der Tisch muss noch gedeckt werden.«

»Das machen Declan und ich.«

Er rief nach seinem Sohn, und schließlich deckten wir alle drei den Tisch. Jack wollte auch noch helfen, doch ich drückte ihn in den Sessel zurück und hielt ihm seine Zeitung hin. »Heute bist du Gast im eigenen Haus!«

Ich freute mich, dass er darüber lachte, und sogar Edward war amüsiert. Ich trug gerade den Topf zum Tisch, als auch Judith auftauchte. Sie verharrte kurz, als sie uns drei so geschäftig um den Tisch hantieren sah. Dann sah sie mich fest an, danach ihren Bruder, und schließlich schüttelte sie den Kopf.

Das Mittagessen zog sich in die Länge; Declan wurde schließlich unruhig. Er zappelte auf dem Stuhl zwischen seinem Vater und mir herum. Ich neigte mich zu ihm herunter.

»Was hast du?«

»Mir ist langweilig.«

Ich lächelte und deutete mit dem Kinn auf seinen Vater,

der nun mit einem Lächeln bemerkte, dass wir geheime Unterhandlungen führten.

»Nimm den Hund und geh nach draußen«, schlug er vor.

Declan sauste davon. Doch ich rief ihn zurück, ich konnte nicht anders.

»Zieh dir was Warmes an, es ist kalt.«

»Versprochen!«, rief er aus der Diele.

»Heute Abend fällt er wie ein Stein ins Bett«, sagte ich zu Edward.

»Umso besser.«

Wieder lächelten wir uns an.

»Scheiße!«, schrie Judith. »Ihr werdet noch leiden wie die Tiere!«

Ich ließ den Kopf hängen, sie hatte recht.

»Bitte lass die beiden in Ruhe«, mischte sich Jack ein.

»Ich sage es doch nur zu eurem Besten«, wehrte sie sich. »Und zu seinem.«

»Du brauchst uns nicht daran zu erinnern«, erwiderte ihr Bruder scharf. »Wir wissen Bescheid.«

Seine Hände auf dem Tisch ballten sich zu Fäusten, ich legte ihm beruhigend die Hand auf den Arm, und er sah erst auf die Hand und dann prüfend in mein Gesicht. Schließlich nahm er meine Hand in seine und wandte sich wieder an seine Schwester.

»Könntest du dich morgen früh um Declan kümmern und ihn zur Schule bringen? Wir müssen früh zum Flughafen aufbrechen.«

»Natürlich!«

»Halt!«, unterbrach ich sie. »Das ist doch albern, Edward. Ich komme schon zurecht, ich leihe mir …«

»Versuch es erst gar nicht«, schnitt er mir das Wort ab und drückte meine Hand fester.

»Bitte, Kinder!«, griff Jack ein. »Beruhigt euch.«

Sein Eingreifen half, wir drei sahen ihn an.

»Diane und Edward, ihr geht mit Declan an die frische Luft und dann nach Hause, ohne hier noch vorbeizuschauen. Und du, Judith, zerstreust dich ein bisschen und triffst dich mit deinen Freunden.«

Bruder und Schwester protestierten, ich ließ sie gewähren und beobachtete Jack; er wollte niemandem zur Last fallen, und er wollte allein sein, allein mit der Erinnerung an seine Frau. Er hob die Hand und brachte sie damit zum Schweigen.

»Macht sofort weiter mit eurem eigenen Leben … Ich habe keine Angst vor der Einsamkeit. Ich werde hier mein kleines Leben weiterführen, keine Sorge. Heute Nachmittag werde ich ohnehin nicht hier bei euch bleiben können, ich werde Abby besuchen.«

Die beiden widersprachen nicht länger. Er stand auf und fing an, den Tisch abzuräumen. Ich beeilte mich, ihm zu helfen, und Judith und Edward folgten meinem Beispiel. Im Nu war das Esszimmer aufgeräumt und die Spülmaschine in Gang gesetzt. Edward umarmte seinen Onkel und ging zu Declan in den Garten hinaus. Judith trat auf mich zu.

»Tut mir leid, dass ich so aus der Haut gefahren bin, aber ich mache mir Sorgen um euch.«

»Ich weiß.«

»Wir sehen uns morgen früh«, sagte sie und verließ die Küche.

Jack und ich waren jetzt allein. Er lächelte mich liebevoll an und breitete die Arme aus. Ich flüchtete mich hinein.

»Danke, dass du gekommen bist, meine kleine Französin.«

»Hier war jetzt mein Platz. Pass gut auf dich auf …«

»Du weißt, dass du hier zu Hause bist.«

»Ja«, flüsterte ich.

»Ich werde dir nichts mehr sagen. Du weißt, was du wissen musst …«

Ich drückte einen Kuss auf seinen großen weißen Bart und floh aus dieser Küche. Edward, Declan und Postman Pat waren schon im Wagen. Ich kletterte zu ihnen in den Range Rover und schlug die Tür zu.

»Wohin fahren wir?«

Fragend sah ich Edward in die Augen. Hinter mir hörte ich, wie Declan seinen Sicherheitsgurt öffnete, dann glitt er, an unsere Kopfstützen gelehnt, zwischen uns. Ich spürte Edwards innere Fragen und Bedenken.

»Nur noch wenige Stunden«, sagte ich zu ihm.

Als einzige Antwort ließ er den Motor an und fuhr auf die Straße hinaus.

Der Rest des Nachmittags verflog nur so. Edward zeigte mir einen weiteren kleinen Teil des Wild Atlantic Way. Er fuhr bis zu den ersten Steilfelsen von Achill Island. Declan hatte das Gespräch an sich gerissen und spielte den Fremdenführer. Ich wechselte amüsierte Blicke mit Edward, während der Kleine seine Weisheit zum Besten gab. Wir versuchten das Unmögliche und verließen den Wagen, während es Bindfäden regnete. Um dann nass bis auf die

Knochen ins Cottage zurückzukehren. Edward zündete als Erstes ein Kaminfeuer an und schickte seinen Sohn unter die heiße Dusche. Ich ging ebenfalls nach oben und zog trockene Sachen an. Während Declan duschte, klopfte ich seine Kissen auf, beseitigte das Chaos in seinem Zimmer und machte seine Schultasche für den nächsten Tag fertig. Er kam zurück und umarmte mich.

»Liest du mir eine Geschichte vor?«

»Such dir was aus, und dann gehen wir runter zu deinem Vater.«

Wir machten es uns auf dem Sofa bequem, ich legte meinen Arm um ihn, und er kuschelte sich an meine Brust. Ich begann vorzulesen, und dabei blitzte die Erinnerung an meinen fehlgeschlagenen Versuch einer Lesestunde für Kinder in den *Glücklichen Menschen* in mir auf. Mir wurde klar, was für ein großes Stück Weg ich seither zurückgelegt hatte. Doch es blieb noch eine Frage: Wäre ich auch dazu imstande gewesen, wenn es sich um ein fremdes Kind gehandelt hätte? Nicht unbedingt. Ich liebte Declan, ich hatte keine Angst mehr, es mir selbst einzugestehen. Mir war der Platz wichtig, den er mir in seinem Leben eingeräumt hatte. Hin und wieder sah ich vom Buch auf und begegnete dem Blick Edwards, der sich, inzwischen auch in trockenen Sachen, um das Abendessen kümmerte. Meine Augen teilten ihm vermutlich meine Niedergeschlagenheit mit, und in seinen erkannte ich neben der Traurigkeit auch seinen üblichen Zorn. Ich sagte mir, dass ich diesen Zorn schon lange nicht mehr erlebt hatte. Wir unterdrückten unsere Gefühle, um Declan zu verschonen. Hatten wir letzten Endes überhaupt eine andere Wahl?

Während des Essens hatte Declan alle Mühe, die Augen offen zu halten; was seinen Vater deutlich besänftigte, er sah ihn zärtlich an.

»Heute Nacht schläfst du aber in deinem Bett«, sagte Edward.

»Ja …«

Er musste wirklich erschöpft sein, sonst hätte er zu verhandeln versucht. Edward runzelte die Stirn.

»Morgen bringt dich Judith zur Schule.«

»Ja …«

»Möchtest du jetzt schlafen gehen?«

Declan nickte nur. Er rutschte von seinem Hocker und nahm meine Hand. Ich stand ebenfalls auf, um ihm nach oben zu folgen, doch er machte noch einen Umweg über seinen Vater und ergriff auch dessen Hand. Und ich dachte: Nur noch ein wenig durchhalten. Ich wechselte einen Blick mit Edward, dann nahm er seinen Sohn auf den Arm, und Declan umschlang seinen Körper, ohne mich loszulassen. Als wir in seinem Zimmer waren, legte Edward ihn ins Bett und zog die Decke über ihn. Ich kniete mich dicht neben seinem Gesicht hin. Automatisch hielt er den Schal seiner Mutter an seine Nase. Mit der freien Hand streichelte er mir die Wange. Ich schloss die Augen.

»Diane, geh nicht weg.«

Seine Bitte schnitt mir ins Herz.

»Jetzt schlaf schön, mein Großer. Morgen früh sehen wir uns noch.«

Er war schon tief und fest eingeschlafen. Ich küsste ihn auf die Stirn und stand auf. Edward erwartete mich an der Tür, sein Gesicht war wieder angespannt. Als wir durch den Flur gingen, fühlte ich mich von der Tür zu seinem Arbeitszimmer angezogen, ich trat ein, ohne ihn um Erlaubnis zu bitten, und nahm das Foto von der Wand.

»Wann hast du es gemacht?«

»Was hat es schon zu bedeuten?« Er stand noch an der Türschwelle.

»Bitte … Antworte mir.«

»Am Morgen vor der Ausstellungseröffnung.«

Seine Stimme klang müde. Meine Schultern sackten nach unten, ich spürte einen Kloß im Hals. Die Kompliziertheit und Unmöglichkeit unserer Beziehung, die Schwierigkeiten, die Geheimnisse, das Ungesagte, die unterdrückten Gefühle, das alles war für uns beide sehr kräftezehrend.

»Und warum bewahrst du es auf?«

»Weil es gewissermaßen ein Knoten im Taschentuch ist.«

Er wandte sich ab und lief hastig die Treppe hinunter. Ich setzte mich an seinen Schreibtisch und starrte weiter auf das Foto, das ich immer noch in der Hand hielt. Ich sah mich selbst in den *Glücklichen Menschen*, zu Hause in meinem Leben. Ich wirkte unbestreitbar glücklich. Zu dieser Zeit hatten mich keine Schatten mehr umgeben, ich hatte allen Grund gehabt, glücklich zu sein. Glaubte ich wenigstens … Denn wenige Stunden, nachdem es aufgenommen worden war, war alles durcheinandergeraten, und seither war ich nicht mehr Herr der Lage. Meine Gewissheiten bezüglich meiner Entscheidungen, für die ich in den letzten Monaten so gekämpft hatte, fielen eine nach der anderen in sich zusammen. Schließlich wandte ich den Blick ab von dieser Pariser Diane, der mit Olivier liierten Besitzerin eines Literaturcafés. Ich bemerkte einen Stapel Fotos, die andere Erinnerungen weckten – es waren die Fotos, um die Abby Edward gebeten hatte, als ich zum ersten Mal zurückgekehrt war. Wir waren alle darauf versammelt, nur der Fotograf fehlte, doch seine Präsenz war so stark, dass man ihn ebenfalls wahrnahm. Und auf diesen Fotos war ich völlig anders. Ich wirkte in keinem Augenblick abwesend, ich war da, mein Blick war immer auf den einen oder anderen gerichtet oder aber er suchte nach Edward. Ich hatte einen Platz und nahm ihn ein.

Edward saß, eine Zigarette zwischen den Lippen, auf dem Sofa und war scheinbar in die Betrachtung des Kaminfeuers versunken. Vor ihm auf dem Couchtisch standen zwei Gläser Whiskey. Ich tat, wozu ich Lust hatte und was ich in diesem Augenblick auch brauchte. Ich setzte mich dicht neben ihn, zog die Beine an und lehnte den Kopf an seinen Oberkörper; er legte mir den Arm um die Schultern. So saßen wir viele Minuten lang schweigend da. Ich hörte das Schlagen seines Herzens und das Knistern des Holzes im Kamin.

»Diane …«

Ich hatte ihn noch nie so leise sprechen hören, es war, als wollte er mir ein Geheimnis enthüllen.

»Ja?«

»Komm bitte nicht mehr her.«

Ich schmiegte mich enger an ihn, der Druck seines Arms verstärkte sich.

»Wir dürfen uns nicht länger irgendwelchen Illusionen hingeben«, fuhr er fort. »Und schon gar nicht Komödie spielen …«

»Ich weiß …«

»Ich will nicht, dass Declan die Zeche für das zwischen uns zahlen muss … Er hängt jetzt schon viel zu sehr an dir … Er will etwas von dir, das du ihm nicht geben kannst. Er braucht Stabilität …«

»Wir müssen ihn schützen … Wir haben keine Wahl …«

Ich rieb mein Gesicht an seinem Hemd, er küsste mein Haar und atmete meinen Duft ein.

»Und ich, ich …«

Er löste sich von mir, stand abrupt auf, trank sein Glas in einem Zug aus und stellte sich an den Kamin. Er kehrte mir den Rücken zu, seine Schultern waren gebeugt. Ich stand ebenfalls auf und wollte zu ihm gehen. Er merkte es und warf mir über die Schulter einen Blick zu.

»Bitte bleib da …«

Ich blieb stehen, mir tat alles weh, der Kopf, das Herz, die Haut. Edward holte tief Luft.

»Ich möchte nicht mehr darunter leiden, dass ich dich liebe … Es ist nicht zu ertragen … Es dauert schon viel zu lange. Mein Knoten im Taschentuch reicht nicht mehr, um mich daran zu erinnern, dass du dir ein Leben aufgebaut hast, in dem du weder Declans Mutter noch meine Frau bist …«

War ihm klar, was er da sagte? Seine Worte und diese

Geständnisse wühlten mich auf. Zum ersten Mal öffnete er sich rückhaltlos, und es tat uns beiden so weh.

»Dein Leben wird immer in Paris sein.«

»Das stimmt«, sagte ich leise.

Er drehte sich zu mir um und sah mir fest in die Augen.

»Ich muss dich ein für alle Mal vergessen.«

Es klang wie ein Versprechen und zugleich wie eine unüberwindliche Herausforderung.

»Bitte verzeih mir«, sagte ich.

»Niemand ist daran schuld … Wir hatten nie eine gemeinsame Zukunft … Wir hätte uns nicht kennenlernen und schon gar nicht wiedersehen dürfen … Geh deinen Weg weiter …«

»Tut es dir leid, dass du mich kennengelernt hast?«

Er erdolchte mich geradezu mit seinem Blick und schüttelte den Kopf.

»Geh schlafen … Das ist besser.«

Meine erste Reaktion war gehorchen; ich wandte mich um und ging zur Treppe. Doch dann blieb ich stehen. Er hatte nicht das Recht, mir all das zu sagen, mir sein Leid mitzuteilen, ohne sich meins anzuhören. Was bildete der Kerl sich eigentlich ein? Dass es für mich einfach sei, unter ihn und seinen Sohn einen Schlussstrich zu ziehen, nach Paris zurückzukehren und Olivier vorzuspielen, ich liebte ihn? Wo ich doch ganz und gar ihm gehörte, und das, obwohl ich wusste, dass unsere Beziehung völlig aussichtslos war. Ich drehte mich zu ihm um. Er hatte mich nicht aus den Augen gelassen. Ich rannte zurück durchs Wohnzimmer und warf mich auf ihn. Er drückte mich weg und hielt mich auf Abstand.

»Nein, so darf es nicht enden!«

»Diane … Hör auf …«

»Nein, ich höre nicht auf! Ich habe dir einiges zu sagen!«

»Ich will es nicht hören!«

Sein Ton war so hart, dass ich zurückwich, und dann dachte ich, es sei genug. Ich nahm sein Gesicht zwischen die Hände und küsste ihn. Wütend erwiderte er meinen Kuss, seine Arme schlossen sich wie ein Schraubstock um mich. Ich legte die ganze Frustration der letzten Monate in diesen Kuss. Ich stellte mich auf die Zehenspitzen, presste mich an seinen Körper, versuchte mich noch kleiner zu machen, um in ihm zu verschwinden, um ihm noch näher zu sein. Ich wollte mehr; mehr von ihm, von seinen Lippen, seiner Haut. Noch nie hatte ich ein solches Begehren empfunden, eine solche Lust, mich einem Mann hinzugeben. Ja, er war meine Krücke gewesen, doch heute gingen meine Gefühle weit darüber hinaus. Anfangs hatte ich ihn auf die falsche Weise geliebt, nicht, wie es sein musste, doch jetzt begehrte ich ihn mit jeder Faser meines Seins, meines Herzens und meines Körpers. Ich liebte seine Stärke und seine Schwächen. Mit einem leidvollen Stöhnen riss er mich von sich los.

»Wir tun uns nur noch mehr weh, bitte, hör auf …«

»Eine Nacht … Es bleibt uns noch eine Nacht der Illusionen.«

Er kämpfte so sehr, um seine Gefühle zu beherrschen, er hatte es sich schon so lange verboten zu leben, abgeschreckt vom Schmerz der Liebe und zermalmt von der Verantwortung, die sie mit sich brachte. Ich nahm ihn bei der Hand und zog ihn mit mir nach oben. Vor seinem

Zimmer ließ ich ihn los, um mich zu vergewissern, dass Declans Zimmertür geschlossen war. An den Türrahmen gelehnt, wartete er auf mich. Er sah mir fest in die Augen.

»Noch können wir beschließen, nicht weiter zu gehen.«

»Ist es wirklich das, was du willst?«

Er schloss uns schon in sein Zimmer ein und stieß mich Richtung Bett. Wenn er auch einen Augenblick schwach gewesen war, das war jetzt vorbei; er übernahm die Herrschaft über mich. Die Härte, mit der er mich jetzt küsste, zeigte es mir. Wir brachen auf dem Bett zusammen, wir brannten darauf, uns zu lieben, wir zogen uns rücksichtslos die Kleider vom Leib, suchten nach den Lippen des anderen, berührten unsere hungrige Haut. Dass Declan so nah war und wir absolut leise sein mussten, dass wir nur noch wenige Stunden für uns hatten, machte diesen Augenblick, auf den wir so lange gewartet hatten, noch intensiver: Endlich konnten wir einander gehören. Als er in mich eindrang, stockte mir der Atem, unsere Blicke hielten sich fest. In seinem las ich all seine Liebe, all sein Verlangen, aber auch all sein Leid. Die Lust, die Edwards Körper mir bereitete, brachte mich zum Weinen. Er ließ sich auf mich sinken und drückte mich noch enger an sich, ich umschlang ihn mit meinen Beinen und streichelte sein Haar. Dann nahm ich sein Gesicht zwischen meine Hände. Er küsste mich sanft, der Sturm war vorüber.

»Ich liebe dich«, murmelte ich.

»Sag das nie wieder … Es ändert nichts …«

»Ich weiß … Aber schenken wir es uns doch die paar Stunden, in denen wir von allem frei sind.«

Wir konnten uns die ganze Nacht hemmungslos lieben. Hin und wieder nickten wir ein, durch unsere feuchte Haut miteinander verschweißt. Und wer als Erster die Augen aufschlug, weckte den anderen durch Küsse und Streicheln.

»Diane …«

Ich kuschelte mich noch enger an seinen Oberkörper und umklammerte ihn noch fester, während ich unsere Beine miteinander verflocht. Er küsste mich auf die Schläfe.

»Ich stehe auf … Ich möchte nicht, dass Declan uns zusammen sieht.«

Dieser Satz sorgte dafür, dass ich völlig wach wurde.

»Du hast recht.«

Ich hob den Kopf und ließ meinen Finger über seinen angespannten Kiefer gleiten. Er griff nach meiner Hand und küsste die Innenfläche. Dann befreite er sich aus meiner Umarmung, setzte sich auf die Bettkante und fuhr sich mit den Händen durchs Haar.

Er sah mich über seine Schulter an, ich lächelte schwach, und er streichelte mir die Wange.

»Ich gehe jetzt …«

»Gut.«

Ich kehrte ihm den Rücken zu, ich wollte ihn nicht aus dem Zimmer gehen sehen, ich wollte dieses Bild nicht im Gedächtnis behalten, ich wollte mich nur an unsere Liebesnacht erinnern. Als sich die Tür mit einem leisen Geräusch schloss, umklammerte ich mit aller Kraft sein Kopfkissen.

Ich blieb noch etwa eine halbe Stunde im Bett. Das Aufstehen war eine übermenschliche Anstrengung, genau wie das Aufsammeln der überall im Zimmer verstreuten Kleidungsstücke. Ich kämpfte mit meinen alten Dämonen: Am liebsten hätte ich mich nicht gewaschen, um seinen Duft auf meinem Körper zu behalten. Aber Edward war nicht tot.

Es war noch nicht ganz Tag, als ich nach unten kam. Ich stellte meine Reisetasche in der Diele ab. Auf dem Küchentresen erwartete mich ein dampfender Kaffee, ich trank einige Schlucke. Dann ging ich hinaus auf die Terrasse, wo Edward stand und rauchte. Wenn er mich hörte, gab er es jedenfalls nicht zu erkennen. Ich lehnte mich an ihn und nahm seine Hand, unsere Finger verschränkten sich, und er küsste mich seufzend aufs Haar. Ich schloss die Augen und klammerte mich an ihn. Wir hörten, wie ein Wagen vor dem Cottage abgestellt wurde.

»Judith ist da«, sagte er.

Ich machte Anstalten, mich von ihm zu lösen, weil ich sicher war, dass er das Wiederaufleben unserer Beziehung geheim halten wollte.

»Bleib.«

Er ließ meine Hand los, um mich fest in die Arme zu nehmen. Ich versteckte mein Gesicht an seinem Hemd und sog gierig seinen Duft ein. Die Haustür wurde zugeschlagen – Judith und ihre berühmte Diskretion.

»Wir müssen jetzt Declan wecken«, sagte Edward.

Ich klammerte mich an sein Hemd.

»Gehen wir.«

Er zog mich ins Cottage. Judith erwartete uns am Tresen, eine Kaffeetasse in der Hand. Sie lächelte uns traurig zu.

»Das musste ja so kommen, ihr habt schon so lange darauf gewartet …«

»Lass uns in Frieden«, gab Edward genervt zurück.

»Schon gut! Beruhige dich … ich werfe es euch nicht vor. Ich beneide euch, das ist alles …«

Jemand rannte die Treppe hinunter, dann hörten wir Declans freudige Stimme:

»Ich hab ganz allein geschlafen! Papa! Diane! Ich hab ganz allein geschlafen!«

Ich konnte mich gerade noch von Edward entfernen, bevor Declan ihm um den Hals fiel. Er war unendlich stolz, sein Gesicht strahlte.

»Hast du es gesehen, Diane?«

»Du bist der Champion!«

Sein Lächeln erstarb, als er Judith entdeckte. Sein Gesicht spiegelte wider, wie brutal die Wirklichkeit über ihn hereinbrach. Er wollte von seinem Vater abgesetzt werden und rannte mit gesenktem Kopf in die Diele. Er zerrte am Henkel meiner Reisetasche und sah mich dabei fest an.

»Was ist das?«, schrie er.

»Mein Gepäck«, antwortete ich und ging auf ihn zu.

»Warum steht es hier?«

»Ich fahre doch heute nach Hause, weißt du noch?«

»Nein! Du bist jetzt hier zu Hause, bei Papa und mir! Ich will nicht, dass du fortgehst!«

»Es tut mir so leid …«

Er weinte bittere Tränen und wurde rot vor Zorn, vor echter Wut.

»Du bist gemein!«

»Declan, das reicht!«, mischte sich Edward ein.

»Lass ihn«, seufzte ich. »Er hat ja recht …«

»Ich hasse dich!«, brüllte Declan.

Er rannte die Treppe hoch und schlug die Tür seines Zimmers hinter sich zu. Edward nahm mich in die Arme.

»Wie konnten wir nur so egoistisch sein?«, schluchzte ich.

»Ich weiß …«

»Los jetzt, haut ab«, sagte Judith.

Ich löste mich von Edward und ging auf sie zu.

»Ich sage dir nicht Auf Wiedersehen. Ich habe es satt, es immer wieder tun zu müssen. Wir telefonieren dann …«

»Du hast recht …«

Edward erwartete mich vor der Haustür, meine Reisetasche schon in der Hand. Als ich gerade über die Schwelle treten wollte, stockte ich. Es ging zu schnell.

»Ich muss mich von ihm verabschieden.«

Ich hastete die Treppe hoch und klopfte an seine Tür.

»Nein!«

»Declan, ich komme jetzt rein.«

»Ich will dich nie wieder sehen!«

Ich trat ein. Er saß stocksteif auf seinem Bett. Wütend wischte er sich mit der flachen Hand die Tränen von den Wangen und starrte dabei nach vorn. Ich setzte mich neben ihn.

»Es tut mir leid … Ich habe dir Hoffnung gemacht, dass ich hierbleiben würde. Du hast recht, ich fühle mich bei dir und deinem Vater wohl, ich bin gern hier. Was das angeht, habe ich dich nicht belogen … Du wirst es verstehen, wenn du groß bist. Man kann nicht immer tun, was man will: Ich habe in Paris eine Arbeit und Verantwortung. Ich weiß, das ist so ein Erwachsenenmist, der ist dir egal … Ich werde ganz oft an dich denken, ich verspreche es dir.«

Er warf sich in meine Arme. Ich wiegte ihn ein letztes Mal und küsste ihn aufs Haar, wobei ich alle Mühe hatte, meine Tränen zurückzuhalten. Wenn er meinen Kummer sähe, würde er erst recht nicht verstehen, dass ich wegfuhr.

»Pscht … Es wird schon gehen … Du bist ein tapferer Junge … Ich vergesse dich nicht, niemals … Du wirst ein großer Junge werden und genauso stark wie dein Papa … Okay?«

Ich hielt ihn noch lange an mich gedrückt, am liebsten hätte ich ihn immer beschützt und getröstet. Aber allmählich drängte die Zeit …

»Dein Papa erwartet mich im Auto …«

Er umklammerte meine Taille noch fester.

»Du wirst sehen, es macht bestimmt Spaß, wenn Tante Judith dich zur Schule bringt … Und wenn der Unterricht vorbei ist, ist dein Papa wieder da. Gestern Abend habe ich dir deine Uniform zurechtgelegt, du brauchst sie nur noch anzuziehen …«

Er löste sich von mir und sah mich mit seinen wunderschönen Augen an. Dann richtete er sich auf, fasste mich um den Hals und gab mir einen Kuss auf die Wange, einen echten dicken, feuchten Kinderkuss. Ich küsste ihn auf die Stirn, und er ließ mich los. Obwohl ich das Gefühl hatte, ihn im Stich zu lassen, stand ich auf und entdeckte dabei Judith, die alles mit angesehen hatte.

»Auf Wiedersehen, Declan.«

»Auf Wiedersehen, Diane.«

Ich ging durchs Zimmer und blieb kurz bei Judith stehen, wir sahen uns an, lächelten, und ich gab ihr ein Küsschen auf die Wange, bevor ich nach unten eilte. Unten an der Treppe lag Postman Pat, ich streichelte ihn ein letztes Mal und verließ das Cottage. Edward lehnte rauchend am Wagen. Ich blickte ein letztes Mal aufs Meer und stieg ein. Er folgte mir und ließ den Motor an.

»Bist du bereit?«

»Nein … aber das werde ich nie sein, du kannst also losfahren.«

Einige Sekunden starrte ich durch die Scheibe aufs Cottage. Dann setzte sich der Wagen in Bewegung und durchquerte das erwachende Dorf.

»Schau mal, wer da steht«, sagte Edward.

Von ferne erkannte ich Jacks Gestalt, er stand an seinem Gartentor. Er hob die Hand in unsere Richtung, als wir an ihm vorbeifuhren. Ich sah mich nach ihm um, er blickte uns noch einige Augenblicke nach, dann ging er wieder ins Haus, sein Rücken war gebeugt. Als wir den Ortsausgang von Mulranny passierten, nahm ich Edwards Zigarettenpäckchen von der Ablage, holte mir eine heraus, zündete sie an und zog daran wie eine Verrückte. Am liebsten hätte ich brüllend um mich geschlagen, um meinem Zorn Luft zu machen. Zum ersten Mal war ich Abby böse; durch ihr Sterben hatte sie mich in diese unhaltbare Lage gebracht. Mir war völlig klar, wie kindisch und egoistisch ich reagierte, aber es war meine einzige Verteidigungsmöglichkeit gegen den Kummer. Auch auf mich selbst war ich wütend; ich baute überall nur Mist. Meinetwegen litten Olivier, Edward, Declan und Judith. Letzten Endes war ich immer noch so kapriziös, ungeschickt und egoistisch wie früher. Als hätte mich das Leben nichts gelehrt.

»Scheiße! Geh zum Teufel!«, fluchte ich auf Französisch.

In einer mehr als blumigen Sprache weiterschimpfend, griff ich nach meiner Handtasche und leerte sie in meinen Schoß, um sie aufzuräumen. Ich musste mich beschäftigen. Von meiner Zigarette fiel Asche auf meine Jeans, ich jaulte auf. Ungerührt ließ mich Edward mit meinem Wutanfall gewähren, er fuhr wie gewöhnlich mit Vollgas. Langsam verbesserte sich mein nervlicher Zustand. Ich beruhigte mich, atmete langsamer, in meinem Hals und meinem Bauch bildete sich ein Kloß, ich zappelte nicht mehr herum, sondern ließ mich tiefer in den Sitz sinken und lehnte den Kopf an die Kopfstütze. Ich starrte zwar aus dem Fenster, sah aber weder die Straße noch die Landschaft.

Eine gute Stunde später klingelte Edwards Handy. Er nahm das Gespräch an, doch ich hörte ihm nicht zu, sondern starrte stoisch geradeaus, bis es vorbei war.

»Das war Judith … Declan hat sich etwas beruhigt, er ist in besserer Stimmung zur Schule gegangen …«

Diese Nachricht entlockte mir ein schwaches Lächeln, das jedoch rasch wieder verblasste. Ich fühlte Edwards

Daumen auf meiner Wange, er wischte eine Träne weg. Ich wandte ihm das Gesicht zu, er war mir noch nie so traurig und so stark vorgekommen. Als Familienvater, der er war, ertrug er alle Prüfungen um seines Sohnes willen. Auch wenn es nicht neu für ihn war, er setzte sich an die zweite Stelle: Declan stand immer an erster Stelle. Ich war in derselben seelischen Verfassung wie er … Er streichelte mir die Wange. Dann legte er mir seine große Hand auf den Schenkel, ich legte meine darauf, und er konzentrierte sich wieder aufs Fahren.

Die Fahrt verging zu schnell, viel zu schnell und unter bleiernem Schweigen. Regelmäßig wischte Edward mir die Tränen ab, die ich still weinte. Ich fühlte mich wie eine zum Tode Verurteilte auf dem Weg zum Schafott. Das Leben und die Geografie würden mir einen Mann und ein Kind wegnehmen, die ich über alles liebte. Mein einziger Trost würde in dem Wissen bestehen, dass es sie gab und dass es ihnen gut ging. Der Sensenmann hatte sie mir nicht weggenommen. Es war nur einfach »dumm gelaufen«, wir lebten nicht im selben Land und nicht dasselbe Leben. Wir hatten uns in unsere Gefühle verrannt, ohne das Gewicht der Realität zu bedenken.

Wir kamen auf dem Parkplatz des Dubliner Flughafens an. Edward stellte den Motor aus, doch wir machten beide keine Anstalten, das Fahrzeug zu verlassen. Wir blieben etwa zehn Minuten so sitzen. Und dann wandte ich mich ihm zu, mit zurückgeworfenem Kopf und geschlossenen Augen lehnte er in seinem Sitz, seine Züge waren verkrampft. Ich streichelte ihm den Bart; er öffnete die

Augen und sah mich eindringlich an. Ich las aus seinem Blick dieselbe Liebe wie in der vergangenen Nacht, aber auch einen noch größeren Schmerz. Er richtete sich auf und streifte meinen Mund mit seinen Lippen, unser Kuss wurde tiefer. Als er ihn zu einem Ende brachte, nahm er mein Gesicht zwischen die Hände und lehnte seine Stirn gegen meine. Meine Tränen liefen auf seine Hände. Dann drückte er seinen Mund fest auf meinen.

»Gehen wir …«

»Ja … Es ist Zeit …«

Als ich ausstieg, schwankte ich. Edward hängte sich meine Reisetasche über die Schulter und hielt mir seine Hand hin. Ich umklammerte sie fest und drückte mein Gesicht an seinen Arm. Wir betraten die Abflughalle. Natürlich hatte mein Flug keine Verspätung. Wir waren reichlich früh gekommen. Aber das machte nichts, ich wollte, dass Edward vor Schulschluss wieder in Mulranny war, Declan sollte nicht zu lange ohne seinen Vater sein. Ich zog es vor, gleich einzuchecken und mein Gepäck loszuwerden. Edward ließ mich nicht los. Die Frau am Schalter sah uns an.

»Reisen Sie zusammen?«, fragte sie ihn.

»Wenn das doch möglich wäre«, murmelte er finster blickend in seinen Bart.

»Nein«, seufzte ich. »Ich reise allein.«

Edwards Lippen waren wieder an meiner Schläfe, meine Tränen flossen unaufhörlich. Die Frau warf uns noch einen Blick zu, bevor sie sich auf ihre Tastatur konzentrierte. Ich dankte ihr innerlich dafür, dass sie mir keine gute Reise wünschte. Wir entfernten uns von ihr und sahen auf die Uhr.

»Fahr zurück«, sagte ich zu Edward. »Ich habe Declan versprochen, dass du da bist, wenn er aus der Schule kommt …«

Eng aneinandergeschmiegt und mit verschränkten Händen gingen wir noch einmal durch die ganze Halle bis zu den Sicherheitskontrollen. Ich hätte schreien, kotzen und weinen mögen, alles gleichzeitig. Ich hatte Angst vor dem Moment, in dem er mich allein lassen würde. Doch wir gelangten an die für Edward letzte Absperrung. Er nahm mich in die Arme und drückte mich fest an sich.

»Ras nicht so verrückt, wenn du zurückfährst …«

Er knurrte schmerzvoll und küsste mich auf die Schläfe. Ich genoss diese Geste, die so zärtlich war und so viel aussagte, auch über ihn … Ob ich je wieder ein solches Gefühl der Zugehörigkeit zu einem Mann empfinden würde?

»Sag jetzt nichts mehr.« Seine Stimme war heiserer denn je.

Ich hob ihm das Gesicht entgegen, und wir tauschten einen intensiven Kuss, ächzend vor Schmerz und Lust. Unsere Lippen suchten sich, versuchten sich den Geschmack unserer Münder einzuprägen. Ich krallte meine Finger in sein Haar und um seinen Hals, ich streichelte seinen Bart, seine Hände zermalmten meinen Rücken und meine Rippen. Die Welt um uns existierte nicht mehr. Und doch mussten wir uns trennen. Ich presste mich ein letztes Mal an seinen Oberkörper, das Gesicht an seinem Hals, und er küsste mein Haar. Und dann wurde mir kalt; seine Arme hielten mich nicht mehr, er trat einige Schritte zurück. Unsere Blicke suchten sich ein letztes Mal und versprachen sich alles und sein Gegenteil. Ich machte kehrt, Flugticket und Pass in der Hand, und stellte mich in die Warteschlange. Ich sah mich reflexartig um: Edward stand immer noch da, die Hände in den Jeanstaschen, mit hartem Blick und ernstem Gesicht. Manche Passagiere beäugten ihn ängstlich. Ich wusste als Einzige, dass er nicht gefährlich war; vor ihren Augen legte er wieder seinen Panzer an, wappnete er sich wieder. Beim Vorrücken der Schlange verlor ich ihn immer wieder aus den Augen, und jedes Mal fürchtete ich, ihn nicht wiederzusehen, ein letztes Mal, für eine letzte Sekunde. Doch er rührte sich nicht von der Stelle. Immer wieder ließ ich Passagiere vor, die es eilig hatten. Der Metalldetektor würde das Ende bedeuten. Dennoch musste ich mich dazu durchringen weiterzugehen. Ich stellte mich auf die Zehenspitzen, sah ihn noch ein letztes Mal; er hatte bereits die Zigarette zwischen den Lippen, die er sich gleich nach Verlassen des Gebäudes anzünden würde. Er ging ein paar Schritte auf mich zu und fuhr sich mit der Hand übers Gesicht. Ich konnte nicht mehr, ich brach in Tränen aus. Er merkte es und schüttelte im Weitergehen den Kopf, als wollte er mich bitten, mit Weinen aufzuhören, tapfer zu sein.

»Sie sind dran.«

Edward erstarrte. Trotz der Entfernung versenkten sich unsere Blicke ineinander.

»Ich weiß«, sagte ich zu dem Mann vom Sicherheitsdienst.

Weinend und mich nach hinten umsehend, betrat ich den Metalldetektor. Und dann verschwand Edward. Ich blieb lange in Socken vor dem Laufband stehen, während meine Sachen von den anderen Koffern, die sich auf dem

Band türmten, gequetscht wurden. Endlich konnte ich mich aufraffen und ging schwankend zu meinem Gate. Die anderen Passagiere sahen mich an, als käme ich vom Mars. Als wäre es etwas Außergewöhnliches, jemanden im Flughafen weinen zu sehen.

Zwei Stunden später schnallte ich mich an. Ich griff noch einmal nach meinem Handy und schickte Olivier eine SMS: *»Bin im Flugzeug, treffen uns heute Abend in den* Glücklichen Menschen.« Sonst hatte ich ihm nichts zu sagen, und das machte mich traurig. Ich stellte mein Handy aus. Einige Minuten noch, dann nahm das Flugzeug auf der Rollbahn Fahrt auf.

11

In Roissy beschloss ich, mir ein Taxi zu leisten, ich hatte wenig Lust, mich in den öffentlichen Verkehrsmitteln durchschütteln zu lassen. Im Wagen bekam ich eine SMS von Judith: »*Vater und Sohn sind wieder vereint.*« Für einen Moment empfand ich Erleichterung.

Ich bezahlte den Fahrer und ging gleich hoch in meine Wohnung, ohne bei den *Glücklichen Menschen* und Félix vorbeizuschauen. Als ich die halb gepackten Kartons bei mir stehen sah, schämte ich mich für meine Heuchelei Olivier gegenüber. Ich hatte ihn auf eine Beziehung und ein Leben hoffen lassen, an die ich selbst nicht geglaubt hatte. Ich warf meine Reisetasche hin und schlug die Tür wieder zu.

Ich betrat mein Café durch die Hintertür, bemerkte einige Kunden – begrüßte sie jedoch nicht – und ging hinter die Theke.

»Hallo, Félix«, sagte ich bloß.

Ich nahm mir das Rechnungsbuch vor und prüfte die Zahlen der letzten Tage. Eher, um meine Hände zu beschäftigen, als aus echtem Interesse …

»Guten Tag, Félix, wie geht es dir? War es nicht zu schrecklich für dich so ganz allein? Verdammt, ist es wirklich so schwer, ein bisschen nett zu mir zu sein?«, schimpfte er.

Ich warf ihm einen höllenfinsteren Blick zu. Er riss die Augen auf.

»Was hast du jetzt wieder angestellt?«

»Nichts! Lass mich in Frieden!«

»So kommst du mir nicht davon!«

»Nimm dir für den Rest des Nachmittags frei, du bist doch sicher müde«, fuhr ich ihn an.

»Sag mal, du spinnst wohl?«

»Bitte, Félix«, zischte ich. »Ich kann es mir nicht erlauben, jetzt zusammenzubrechen.«

Ich klammerte mich an die Bar, biss die Zähne zusammen und versuchte, meine Atmung unter Kontrolle zu bekommen.

»Okay, ich gehe … Halt dich tapfer …«

»Morgen, Félix … Morgen erzähle ich es dir, versprochen …«

»Mach dir keine Gedanken! Ich kenne dich! Das beruhigt sich alles wieder.«

Ich musste bis zum Ladenschluss warten, dann erst kam Olivier, mit hängenden Schultern. Er drückte die Tür auf, und ich blieb hinter der Theke wie hinter einem Verteidigungswall. Er setzte sich auf einen Hocker, stützte die Ellbogen auf und sah mich an. Ich brachte kein Wort hervor. Schließlich sah er sich um, nach rechts und links, nach oben und unten, als wollte er sich den Ort einprägen. Ich hätte seinen Scharfblick bedenken sollen, er hatte längst alles verstanden.

»Olivier, ich kann nicht mehr so tun, als ob …«

»Das kann ich niemandem außer mir selbst vorwerfen … Ich wollte daran glauben, ich hatte gehofft, ich würde stärker sein … Seit der Ausstellung, seit dem ersten Augenblick, als ich euch zusammen gesehen habe … Ich wollte der Wirklichkeit nicht ins Gesicht sehen. Dabei habe ich immer gespürt, dass er es war, den du wirklich liebst …«

»Verzeih mir …«

»Ich will nicht wissen, was sich zwischen euch zugetragen hat und seit wann. Ich finde es nur schrecklich traurig, dass er dich nicht glücklich macht …«

»Es ist die Situation, die mich unglücklich macht, er kann nichts dafür.«

»Sein Sohn?«

»Die Entfernung.«

Er senkte den Kopf.

»Wenn ich ein Kind gehabt hätte, hättest du mich nicht einmal angeschaut …«

Er hatte recht.

»Ich will hier nicht lange herumsitzen … es nützt nichts. Morgen rufe ich in der Agentur an und löse den Mietvertrag auf.«

»Das übernehme ich …«

»Nein.«

Er stand auf, ging zur Tür und öffnete sie, doch dann drehte er sich noch einmal nach mir um. Olivier hatte mir so gutgetan, er hatte sich um mich gekümmert, so viel Geduld aufgebracht, und ich wollte ihn nicht.

»Pass gut auf dich auf«, sagte er.

»Du auch«, murmelte ich.

Er schloss die Tür hinter sich, und ich sackte auf dem Tresen zusammen. Jetzt war ich wieder allein, aber ich war ehrlich gewesen, mir gegenüber und vor allem Olivier gegenüber. Es war an der Zeit. Ich machte die Runde durchs Café, knipste alle Lampen aus und ging dann schleppend nach oben. Ich sah weder nach den Kartons noch nach meiner Reisetasche, sondern legte mich, ohne das Licht einzuschalten, gleich aufs Bett und starrte zur Decke. In Gedanken durchlebte ich noch einmal die vergangenen drei Tage, die Nacht mit Edward, die Trennung von Declan … Es tat so weh. Sie fehlten mir über jedes erträgliche Maß hinaus, ich fühlte mich leer. Meine kleine Wohnung, die bis dahin mein Ort der Geborgenheit gewesen war, die mir seit meiner ersten Rückkehr aus Irland Zuflucht geboten hatte, verschaffte mir keinerlei Linderung. Es fühlte sich ein bisschen so an, als wäre ich auf der Durchreise in einem Hotel und bereitete mich auf einen Sprung ins Ungewisse vor. Ich hatte Angst; ich war hier nicht mehr zu Hause. Meine Orientierungspunkte hatten sich aufgelöst.

Am nächsten Tag wachte ich von allein in aller Frühe auf. Ich machte die *Glücklichen Menschen* eine Stunde früher als üblich auf. Während ich meinen dritten Kaffee trank, dachte ich an Declan, der jetzt gerade in der Schule angekommen sein musste, und an Edward, der wahrscheinlich mit seinem Fotoapparat am Strand war oder aber in seinem Arbeitszimmer saß. Wie es ihnen wohl ging? Ob sie geschlafen hatten? Ob Edward damit zurechtkam?

Ob ich ihm genauso fehlte wie er mir? Und Jack? Und Judith – war sie wieder in Dublin? Dass ich die Kunden bediente, ihnen etwas zu trinken servierte und sie trotz allem anlächelte, konnte nichts ändern, konnte diese Gedanken nicht vertreiben, mein Geist beschäftigte sich weiter mit ihnen.

Da Félix durch Abwesenheit glänzte, verbrachte ich einen Großteil des Tages allein damit, die *Glücklichen Menschen* zu betrachten, sie zu spüren und mich an sie zu erinnern. Völlig mechanisch verrichtete ich meine Arbeit. Wenn ich mit den Kunden sprach, kam mir meine Stimme vor wie die einer anderen. Ich fühlte mich losgelöst von all meinen Bewegungen, allen Arbeitsroutinen. Langsam und heimtückisch hatte sich eine Distanz – ja, sogar ein Graben – gebildet. In manchen Momenten klammerte ich mich an die Theke, als hätte ich Mühe, die Füße am Boden zu behalten. Am liebsten hätte ich die mystische Gabe besessen, mit meinen *Glücklichen Menschen* zu sprechen und sie zu bitten, mich zur Ordnung zu rufen, damit sie mich zu sich zurückholten, mich noch einmal bezauberten, damit sie mich beglückten und den Abgrund schlossen, den Edwards und Declans Abwesenheit in mir aufgerissen hatte. Ich blickte häufig auf den Fotorahmen mit Colins und Claras Gesichtern, auch sie bat ich um Hilfe, ich brauchte Antworten. Und dann dachte ich an Abby und wusste, was sie mir gesagt hätte. Ich verbot es mir, an die Zukunft zu denken, an diese Zukunft … Es war unmöglich. Dennoch, ich war besessen von dieser Zukunft, und sie lag in meiner Hand.

Gegen Abend tauchte Félix auf. Eigentlich kam er erst zum Ladenschluss und wollte sich einen Gratis-Apéro abholen. Die Kunden waren schon verschwunden. Und das war gut so, wir brauchten ein Gespräch unter vier Augen. Er ging hinter die Theke, goss sich ein Glas Wein ein und warf mir einen Seitenblick zu. Er kam offenbar zu dem Schluss, dass auch ich eine Stärkung dringend nötig hätte, und schenkte mir ebenfalls ein Glas ein. Dann lehnte er sich an die Wand, hob das Glas zu einem imaginären Toast und beobachtete mich während der ersten Schlucke.

»Wo hast du letzte Nacht geschlafen?«

»Zu Hause.«

Er legte den Kopf schief.

»Aha. Und heute Nacht?«

»Ebenfalls zu Hause.«

»Und der Umzug?«

»Findet nicht statt.«

Ich nahm einen großen Schluck Wein, um Haltung zu bewahren. Dann griff ich nach meinem besten Fluchtmittel – meinen Zigaretten – und ging nach draußen, um eine zu rauchen. Félix, der den Zigaretten ebenso verfallen war wie ich, folgte mir auf dem Fuße. Er lehnte sich ans Schaufenster und lachte trocken auf.

»Irre! Hätte nie gedacht, dass du das tun würdest …«

Ich lehnte den Kopf an seine Schulter, mit einem Mal sehr müde. Erschöpft von meinen ständigen Selbstbefragungen, von dieser Entscheidung, die mir ungeheuren Mut abverlangte und mein Leben infrage stellte und auch vor allem erschöpft, weil Edward und Declan nicht bei mir waren – dabei waren wir erst seit vierundzwanzig Stunden getrennt.

»Damit wären wir also wieder nur wir zwei«, fügte er hinzu. »Olivier ist ein feiner Kerl, du hättest mit ihm glücklich werden können …«

»Ich weiß …«

»Also, ich will ja nichts sagen, aber du stehst jetzt ziemlich dumm da!«

Ich baute mich vor ihm auf. Er fand es auch noch zum Lachen! Er sollte lieber vorsichtig sein, meine Stimmung war keineswegs ausgeglichen.

»Darf ich erfahren, wieso?«

»Du hast zwei Typen, die dich lieben, und auf einen davon fährst du auch total ab, aber du bist ganz allein. Du hast in dieser Sache nur verloren, das macht keinen Sinn. Was willst du jetzt machen? Dich in deinem Café mopsen? Auf einen dritten Kerl warten, der dich vor den anderen beiden rettet?«

Félix hatte ja keine Ahnung, was er da gerade ausgelöst hatte. Zuallererst verdankte ich ihm Frieden, ich war mit einem Schlag ruhig und mit mir im Einklang. Denn indem er laut ausgesprochen hatte, was ich ganz leise gedacht hatte, hatte er mir meine Antwort gegeben. Ich würde meine Familie kein zweites Mal verlieren.

»Félix, vielen Dank für deinen Rat …«

»Ich habe dir doch gar keinen gegeben!«

»Doch, hast du, ich schwör's dir … Ich möchte dich um etwas bitten …«

»Ja?«

»Kannst du mich morgen Vormittag vertreten?«

Er seufzte.

»Na schön …«

»Danke!«

Als ich am nächsten Tag mittags aus der Agentur kam, war mir ein wenig schwindelig; der erste Schritt war getan, der nächste würde am Nachmittag stattfinden. Und wenn keine böse Überraschung dazwischenkam, würde es am Tag darauf losgehen. Ich brauchte bloß noch abzuwarten. Ich fand eine Bank, auf die ich mich fallen lassen konnte. Ich würde es bis zum Schluss durchziehen, so zielbewusst, wie ich damals zum ersten Mal nach Irland aufgebrochen war. Ich nahm mein Handy aus der Tasche und tippte seine Nummer ein. Natürlich ging er nicht dran; ich stellte mir vor, wie er meinen Vornamen auf dem Display anstarrte. Ich gab nicht auf, ich rief wieder und wieder an. Beim fünften Versuch nahm er ab.

»Diane …«

Seine heisere Stimme ließ mich von Kopf bis Fuß erbeben.

»Du darfst mich nicht anrufen …«

»Edward … ich mach's kurz, ich möchte dir nur etwas mitteilen.«

Er seufzte, und ich hörte sein Feuerzeug schnappen.

»Ich komme gerade aus einem Maklerbüro … Ich biete die *Glücklichen Menschen* zum Verkauf an. Wenn ihr mich noch immer wollt, du und Declan …«

Meine Gefühle überwältigten mich. Edward sagte nichts. Nach einigen Momenten machte mich das unruhig.

»Bist du noch dran?«

»Ja … Aber … Die *Glücklichen Menschen*, das sind dein Mann und deine Tochter … Du …«

»Nein … das sind sie nicht. Ich trage sie in mir. Und jetzt gibt es dich und Declan. Wir erleben etwas ganz Außergewöhnliches … Ich will nicht ohne euch leben, und du kannst Declan nicht entwurzeln … Ihr seid nicht dafür geschaffen, in Paris zu leben, aber ich, ich bin dazu geschaffen, in Mulranny zu leben …«

»Diane … ich darf es mir einfach nicht erlauben, das zu glauben …«

»O doch, du darfst. Wir, du und ich, und Declan mit uns beiden, das ist keine Illusion mehr. Ich werde nie die Mutter deines Sohnes sein, ich werde die Frau sein, die seinem Vater hilft, ihn großzuziehen, und ihm all ihre Liebe schenkt … Und ich werde deine Frau sein … So könnte unser Leben sein, wenn du es noch willst …«

Lange Sekunden vergingen. Dann hörte ich seinen Atem.

»Wie kannst du das bezweifeln?«

Eine halbe Stunde später brachte ich das Türglöckchen der *Glücklichen Menschen* zum Klingeln. Félix stand am Tresen und quatschte mit den Gästen. Seine Welt würde zerbrechen. Ich ging zu ihnen, küsste ihn auf die Wange und schenkte mir einen Kaffee ein.

»Wir müssen reden«, sagte ich ihm ohne Umschweife.

»Wenn ich nicht schwul wäre, hätte ich jetzt Angst, sie wollte mit mir Schluss machen …«

Alle brachen in Gelächter aus, alle außer mir. Er hatte es fast getroffen.

»Wir lassen euch lieber allein«, sagten die Gäste schmunzelnd.

»Also, was ist los?«, fragte er mich, als sie sich entfernt hatten.

»Heute Nachmittag kommen zwei Angestellte einer Maklerfirma hier vorbei …«

»Ja und?«

»Um den Wert der *Glücklichen Menschen* zu schätzen.«

Er riss die Augen auf, schüttelte den Kopf und schlug mit der Faust auf den Tresen.

»Du willst verkaufen?«

»Ja.«

»Das werde ich verhindern!«, brüllte er.

»Wie?«

»Warum tust du das?«

»Ich habe meine Familie verloren, ich konnte nichts dafür, ich brauchte lange, um einzusehen, dass Colin und Clara nicht wiederauferstehen würden. Ich werde nicht noch einmal meine Familie verlieren. Edward und Declan leben, sie sind meine Familie, ich fühle mich bei ihnen in Mulranny zu Hause, auch bei Jack und Judith …«

»Und ich?«

Seine Stimme kippte.

»Und ich?«, wiederholte er. »Ich dachte, ich wäre deine Familie!«

Ich sah Tränen über seine Wangen rollen, meine liefen mir schon längst über das Gesicht.

»Félix, du bist meine Familie und wirst es immer sein … Aber ich liebe Edward, und ich kann ohne ihn nicht leben. Komm mit mir nach Irland!«

»Spinnst du, oder was? Meinst du, ich hätte Lust, den Babysitter zu spielen oder sonst irgendwelche Aushilfstätigkeiten zu übernehmen?«

»Nein, natürlich nicht!«, antwortete ich und ließ den Kopf hängen.

Er ging zum Kleiderständer, griff nach seinem Mantel und zündete sich mitten in unserem Laden eine Zigarette an. Panisch lief ich ihm hinterher.

»Was machst du, Félix?«

»Weggehen! Ich will nicht dabei sein … Und außerdem muss ich mir Arbeit suchen, deinetwegen darf ich in der Arbeitslosenschlange anstehen.«

Er hatte die Tür schon geöffnet.

»Nein, Félix, du wirst nicht arbeitslos, ich habe zur Bedingung gemacht, dass der Käufer dich behält.«

»Na wunderbar, genau wie die Möbel!«

Er schlug die Tür so heftig hinter sich zu, dass ich fürchtete, die Scheiben würden herausfallen, und rannte davon. Das Glöckchen klingelte lange, und zum ersten Mal klang es wie ein Totenglöckchen … Ich war wie gelähmt von seiner heftigen Reaktion.

Ich hatte jedoch nicht die Zeit, allzu lange darüber nachzudenken, weder über seinen Kummer noch – und schon gar nicht – über meinen. Die Immobilienhaie kreuzten einer nach dem anderen auf. Kühl beobachtete ich, wie sie mein Café bis in den letzten Winkel erkundeten, nüchtern und distanziert beantwortete ich ihre Fragen. Es war mir jetzt nicht mehr möglich, meine Emotionen mit den *Glücklichen Menschen* zu verbinden, die bald nicht mehr die *Meinen* sein würden. Damit musste ich mich abfinden, denn am nächsten Tag würde ich den Verkaufsauftrag unterzeichnen. Félix blieb den ganzen Tag über verschwunden. Ich überschwemmte sein Handy mit SMS und Mailbox-Nachrichten, nichts verfing: weder Entschuldigungen noch Erklärungen, weder die Drohung, alle Brücken abzubrechen, noch mein Schluchzen. Wieder einmal hatte ich den Eindruck, erwachsen zu werden. Jede Entscheidung brachte Verluste mit sich, zwang einen, Teile seines Lebens hinter sich zu lassen. Um nichts in der Welt hätte ich auf Félix' Freundschaft verzichtet: Er war der Bruder, den ich nie gehabt hatte, er war mein Komplize, mein Vertrauter, mein zweites Ich, er hatte mich in dunklen Stunden gerettet ... aber ich liebte Edward über diese Bindung hinaus. Auf dieselbe Weise hätte ich Félix auch um Colins willen verlassen, und das wusste er im Grunde seines Herzens. Ich hoffte, dass er mich letzten Endes doch verstehen würde. Um 22 Uhr rief Edward an und riss mich aus einem enormen Stimmungstief. Während ich mit ihm sprach, schlüpfte ich ins Bett, kuschelte mich in die Decke und redete mit ihm über unsere gemeinsame Zukunft. Edward war weniger enthusiastisch als ich – ich kannte ihn –, ich spürte seine Bedenken und wie er sich noch zurückhielt. Meine Entscheidung war für ihn, der so weit von Paris entfernt war, noch abstrakt. Er erklärte mir, er wolle noch abwarten, bevor er darüber mit Declan spreche – und ich verstand ihn. Uns beiden war bewusst, dass es noch lange dauern konnte, bis ich einen Hinflug ohne Rückflug buchen würde.

Als am Spätnachmittag des nächsten Tages ein »Zu verkaufen«-Schild in das Schaufenster gestellt wurde, beschloss ich, ihm etwas Konkretes zu schicken. Ich ging hinaus auf den Bürgersteig gegenüber und suchte die Stelle, von der aus er das Foto über seinem Computer geschossen haben musste. Ich brauchte einige Sekunden, bis meine Hände nicht mehr zitterten und mein Atem normal ging, denn das würde ich nicht aus meiner Erinnerung löschen können: *Glückliche Menschen lesen und trinken Kaffee, zu verkaufen.* Auch sie gehörten zu meiner Familie, und ich ließ sie zurück. Ich knipste es mit meinem Smartphone und schickte es an Edward, mit der Botschaft: »Es ist keine Illusion mehr, ich bin nicht mehr im Innern.« Er antwortete mir sofort: »Wie geht es dir?« Was sollte ich antworten, ohne ihn zu beunruhigen? »Ganz gut, aber ihr fehlt mir.« Daraufhin bekam ich ein Foto, das mich zum Lächeln brachte; Edward hatte sich entspannt, er schickte mir ein Selfie von Declan und ihm am Strand, beide lächelten. Ich wollte gerade über die Straße zurückgehen, als ich Félix entdeckte, der wie gelähmt vor unserer Auslage und dem Schild stand. Ich ging zu ihm und legte ihm die Hand auf den Arm. Er zitterte.

»Es tut mir leid«, sagte ich.

»Bist du sicher, dass es ein solches Opfer wert ist?«

»Ja.«

»Was beweist es dir?«

»Das.«

Ich hielt ihm mein Handy mit dem Foto von Declan und Edward hin, die das ganze Display einnahmen. Er betrachtete sie lange, immer noch am ganzen Körper zitternd. Schließlich atmete er tief aus, sah erst mich an und dann in die Ferne.

»Ich hätte ihm damals wirklich die Fresse polieren sollen, auch wenn ich dafür ins Kittchen gekommen wäre …«

Ich musste ein wenig lächeln, wenigstens hatte er seinen Humor nicht völlig verloren.

»Gehen wir rein?«

Ich wartete seine Antwort nicht ab, sondern zog ihn am Arm in unser Literaturcafé. Dort goss ich jedem von uns ein Glas Wein ein. Er setzte sich auf die Gästeseite des Tresens.

»Kommst du uns besuchen?«

»Ich weiß nicht … Gib mir ein wenig Zeit, um das Ganze zu verdauen …«

Als ich einige Tage später aufmachte, wurde mir doch beklommen zumute, als ich Olivier vor den *Glücklichen Menschen* stehen bleiben sah. Ich hatte ihn seit unserer Trennung, die mir schon Jahrhunderte her zu sein schien, nicht mehr gesehen. Kaum vorzustellen, dass wir unter anderen Umständen jetzt schon zusammengelebt hätten. Er drückte die Tür auf, und ich bemerkte eine große Tüte in seiner Hand. Er stellte sie in der Nähe der Vorratskammer ab und kam dann zurück zum Tresen, wo er sich auf einen Hocker setzte.

»Würdest du mir dein Glücksrezept servieren? Ich hätte es nötig.«

Zwei Minuten später stand sein Kaffee vor ihm, und er brach das Schweigen.

»Du hast nicht lange gebraucht für diese Entscheidung«, seufzte er.

»Das stimmt ... Olivier, bitte verzeih mir alles, was ich dir angetan habe ...«

Er unterbrach mich mit einer Handbewegung.

»Wir fuhren gerade mit Vollgas vor die Wand ... das heißt ... vor allem ich.«

Er leerte seine Tasse in einem Zug, stand auf und zeigte auf die Tasche.

»Ich glaube, ich habe alle deine Sachen gefunden ...«

»Danke«, murmelte ich.

Er machte die wenigen Schritte bis zur Tür, dann drehte er sich noch einmal nach mir um. Ich blieb stoisch hinter der Theke. Er deutete ein Lächeln an.

»Ich möchte mich verabschieden, ich komme nicht wieder, ich habe mir einen anderen Weg zur Arbeit gesucht, der nicht mehr an deinem Café vorbeiführt.«

»Es tut mir wirklich leid.«

»Hör auf, dich zu entschuldigen. Ich bedaure nicht, dass wir uns kennengelernt haben, auch nicht, was wir gemeinsam erlebt haben. Mir wäre nur lieber gewesen, es hätte anders geendet ... Aber so ist das Leben ...«

Ein letzter Blick, dann verschwand er. Olivier hatte mein Leben verlassen. Hatte ich ihn wirklich geliebt? Ich empfand Zuneigung und Zärtlichkeit für ihn, aber Liebe ... Hätte ich Edward nicht wiedergesehen, hätten sich meine Gefühle für Olivier vielleicht entwickeln können. Oder ich hätte ganz einfach gar nicht herauszufinden versucht, was ich in Wirklichkeit fühlte. Das würde ich nun nicht mehr erfahren, aber eins war sicher, meine

Erinnerungen im Zusammenhang mit ihm waren schon verschwommen, ich sah nur noch, wie Edward in meinem Leben auftauchte, die Momente, die ich mit ihm und meiner irischen Familie verbracht hatte. Und wenn ich daran dachte, schlug mein Herz schneller, endlich hatte ich Frieden gefunden und ein Gefühl der Erfüllung.

Dennoch war der sich anschließende Monat nervlich sehr belastend. Die Besichtigungstermine häuften sich – und alle endeten ergebnislos. Kein einziges Kaufangebot. Ich wurde immer ungeduldiger und verzweifelter, während die Makler einen ziemlichen Zorn auf Félix entwickelten, ihrer Ansicht nach war er schuld an der Situation. Tatsächlich zog er nicht mit uns an einem Strang. Dabei hatte er mir versichert, er wolle auch nach meinem Fortgang weiter in den *Glücklichen Menschen* arbeiten. Jedes Mal, wenn ein potenzieller Käufer in der Tür erschien, wurde er unerträglich, antwortete kaum auf dessen Fragen oder schickte ihn weg und bediente dabei die Kunden aufs Chaotischste. Begeistert und offenherzig war er nur, wenn er von seiner Leidenschaft fürs Feiern und für langes Ausschlafen erzählte. Ich war nicht in der Lage, ihn zur Räson zu bringen, ich hatte mich nie als Chefin aufgespielt, sondern ihn immer als Partner betrachtet. Es kam nicht infrage, jetzt, wo ich ihn im Stich ließ, damit anzufangen; ich tat ihm schon genug an. Stattdessen lernten mich die Makler von meiner unangenehmen Seite kennen, wenn sie mich aufforderten, Félix aus den Vertragsklauseln zu streichen. Noch war ich hier zu Hause, und ich hatte vor, bis zum Ende die Zügel in der Hand zu behalten. Es würde keine *Glücklichen Menschen* ohne Félix geben; so hielt ich noch die Verbindung aufrecht und kehrte ihnen nicht vollständig den Rücken zu, und außerdem und vor allem wollte ich Félix retten.

Dann kam der Tag, an dem mir die Besichtigung angekündigt wurde, die unsere letzte Chance bedeutete. Einige Minuten vorher nahm ich Félix beiseite.

»Bitte, halte dich ein bisschen zurück … Hör auf, das Unausweichliche immer weiter hinauszuschieben …«

»Ich weiß, ich bin nur ein lästiger Halbstarker …«

Ich stürzte mich in seine Arme, und er presste mich an sich. Endlich fand ich ihn wieder. Zumindest ein kleines bisschen. Das Türglöckchen schlug an, Félix' Blick wurde düster, er ließ mich los.

»Ich geh raus, eine rauchen.«

Mit einem gemurmelten Gruß ging er an dem Makler und seinem Kunden vorbei. Es würde nicht leicht werden! Ich setzte mein schönstes Geschäftsfrauenlächeln auf und ging meinen Besuchern entgegen. Der Makler starrte mich Félix' wegen böse an, doch ich ignorierte ihn und streckte dem Mann neben ihm, der sich interessiert umsah, die Hand hin.

»Guten Tag, *Monsieur*, willkommen bei den *Glücklichen Menschen*.«

Sein Händedruck war wie ein Schraubstock, er sah mir durch seine Clubmasterbrille fest in die Augen. Mit seinem Maßanzug und der zuvorkommenden Höflichkeit war er viel zu seriös, zu untadelig für die *Glücklichen Menschen*.

»Frédéric, sehr erfreut. Sie sind Diane, nicht wahr?«

»Ja …«

»Erlauben Sie mir, dass ich mir alles in Ruhe ansehe, und danach unterhalten wir uns?«

»Aber bitte, fühlen Sie sich wie zu Hause.«

»Bis jetzt bin ich nur Gast und brauche Ihre Erlaubnis.«

Fast eine halbe Stunde wanderte er durch unser Literaturcafé, völlig unbeeindruckt von dem Makler, der um ihn herumwieselte. Er musterte aufmerksam jeden Winkel, blätterte hier und da in einem Buch, streichelte das Holz der Theke und blickte durchs Schaufenster auf die Straße. Das war der Moment, in dem Félix wieder hereinzukommen beschloss. Sie wechselten einen Blick, und mein bester Freund nahm seinen Posten hinter der Theke wieder ein. Frédéric folgte ihm und setzte sich auf einen Hocker.

»Und mit Ihnen würde ich also zusammenarbeiten?«

»Sieht so aus«, erwiderte mein bester Freund. »Aber mir ist jetzt nicht nach einem Verhör.«

Es ging schon wieder los!

»Ich brauche keine weiteren Auskünfte«, verkündete Frédéric, immer noch lächelnd.

Félix' Benehmen schien ihn nicht schockiert zu haben, er stand auf und gab dem Makler einen Wink, ihm nach draußen zu folgen. Viele Minuten lang diskutierten sie auf dem Bürgersteig.

»Ich hab's mir einfach nicht verkneifen können, Diane …«

»Es hätte schlimmer sein können, du hast dir immerhin ein bisschen Mühe gegeben und nicht wie beim letzten Mal gesagt, dass du deinen Koks gewöhnlich von der Theke schnupfst.«

»*Das* hab ich gesagt?«

Frédéric öffnete die Tür und sprach mich an:

»Es ist ein bisschen ungewöhnlich als Vorgehensweise, aber ich würde gern mit Ihnen zu Abend essen, um mit Ihnen über die *Glücklichen Menschen* zu sprechen und von Ihnen die nötigen Informationen zu erhalten. Sagen wir heute Abend? Ich hole Sie ab?«

»Äh …«

»20 Uhr.«

Er warf Félix noch einen Blick zu, ehe er ging.

»Was ist das denn für'n Kerl?«, höhnte Félix. »Deinem Iren wird das nicht gefallen, aber gar nicht!«

Er lachte schallend.

»Stimmt. Aber immerhin hat er dich zum Lachen gebracht.«

Ich vermied das Streitgespräch mit Edward, indem ich ihm einfach eine SMS schickte: *»Esse mit einem Interessenten zu Abend. Rufe dich danach an.«* Und dann stellte ich mein Handy aus. Um 20.01 Uhr traf der mysteriöse Frédéric ein, übersah souverän Félix' Gegenwart und nahm mich ins Schlepptau. Schweigend und in gebührendem Abstand zueinander gingen wir zu einem Restaurant an der Place du Marché-Sainte-Catherine, wo er einen Tisch reserviert hatte. Trotz seines milde gesagt seltsamen Verhaltens fühlte ich mich bald sehr wohl in seiner Gesellschaft. Er stellte sich kurz vor, er sei ein hochdotierter Manager in einer der Firmen im Défense-Viertel gewesen und habe nun ziemlich viel auf der hohen Kante, aber keine Familie zu versorgen. Er wolle ein neues Leben anfangen, aber weiterhin die Pariser Luft atmen, ohne die er nicht leben könne. Dann wollte er wissen, wie die *Glücklichen Menschen* entstanden waren. Ich erzählte ihm rückhaltlos aus meinem Leben: Colin und Clara, meine Trauer, die Flucht nach Irland, Edward, sein Charakter, seine Liebe, meine Liebe zu ihm, und sein Sohn, den er erst so kurz hatte, mein Entschluss, alles hinzuschmeißen, um mit den beiden bei null anzufangen.

»Und Félix?«, unterbrach er mich plötzlich.

Ich stürzte mich in ein weiteres Kapitel meines Lebens, und er hörte mir mit verdoppelter Aufmerksamkeit zu. Abschließend erklärte ich ihm, wie sehr der Verkauf der *Glücklichen Menschen* und mein Fortgehen Félix verletzten, und verhehlte ihm auch nicht, was auf ihn zukam.

»Wenn Sie wirklich kaufen, könnte es anfangs schwierig mit ihm sein, doch bitte, haben Sie Geduld, er ist wunderbar, er gehört zu den *Glücklichen Menschen*, er ist weit mehr ihre Seele als ich.«

»Diane, Sie sind die Frau seines Lebens«, sagte er und sah mir dabei fest in die Augen.

»Oh, das muss ich Ihnen gleich sagen, Sie täuschen sich, Félix ist schwul.«

»Das weiß ich … aber eben deshalb bleibe ich dabei, Sie sind die Frau seines Lebens, und er verliert sie. Er wird Sie und seine Mutter gehabt haben. Das kenne ich.«

Er lächelte mir versteckt zu, um zu bestätigen, was ich aus seinen Worten geschlossen hatte.

»Letzten Endes lasst ihr immer den Homo eures Lebens für den Mann eures Lebens fallen. Und darauf ist man nicht gefasst.«

Er hob die Hand, um die Rechnung zu bestellen, und bezahlte sie, noch bevor ich imstande war, einen vollständigen Satz hervorzubringen.

»Ich begleite Sie nach Hause«, bot er an.

Ich nickte, und wir machten uns auf den Weg zu den *Glücklichen Menschen.*

Schließlich brach er das Schweigen:

»Ich verspreche Ihnen, ich werde mich um ihn kümmern. Er wird sich von dem Schlag erholen und eines Tages wieder zu Ihnen finden …«

»Warten Sie mal, Frédéric, was genau wollen Sie mir eigentlich gerade sagen?«

»Ich kaufe Ihre *Glücklichen Menschen* und gehe davon aus, dass auch ich dort glücklich werde … und zwar mit Félix.«

»Moment mal! Sie kaufen die *Glücklichen Menschen*?«

»Wenn ich es Ihnen doch sage! Bald werden Sie bei Ihrem Edward und Ihrem Declan sein.«

»Aber Félix! Was haben Sie mit ihm vor?«

»Ihm den Hof zu machen …«

Ich riss die Augen auf.

»Ich zweifle ja nicht an Ihren Verführungskünsten. Aber Félix kann sich nicht einmal vorstellen, dass es so etwas wie Monogamie überhaupt gibt.«

»Das bleibt abzuwarten …«

An seinem Blick sah ich, dass es ihm gelingen würde.

»Ich regle alles mit der Maklerfirma und komme morgen bei Ihnen vorbei. Schlafen Sie schön, Diane, und grüßen Sie Ihren Edward von mir.«

Ich ging langsam die Treppe zu meiner Wohnung hoch, auf halbem Weg blieb ich stehen und kniff mich in den Arm. Der Schmerz beruhigte mich, dieser Abend war real. Nachdem ich die Wohnungstür hinter mir geschlossen hatte, legte ich mich gleich mit dem Handy in der Hand aufs Bett. Edward ging sofort dran und bellte:

»Ich verbiete dir, mir noch einmal einen solchen Streich zu spielen! Was ist das für ein Mann, mit dem du den Abend verbracht hast?«

»Félix' Verehrer und der neue Besitzer der *Glücklichen Menschen*.«

»Was?«

»Du hast richtig gehört … Ich komme bald, sehr bald … Und ich brauche mir keine Sorgen mehr um Félix zu machen …«

Von da an ging alles sehr schnell. Félix hatte alle Vollmachten, was die *Glücklichen Menschen* anging, ich brauchte also nicht bis zur Unterzeichnung des Kaufvertrags zu bleiben, und ich hielt es auch nicht mehr aus. Frédéric bot mir an, meinen Platz zu übernehmen, um sich an die *Glücklichen Menschen* und an die Arbeit zu gewöhnen, hatte aber natürlich auch die Absicht, auf diese Weise Félix näherzukommen. Der schimpfte anfangs darüber, lenkte aber schließlich leicht überheblich ein. Vorerst merkte er nichts von den Hintergedanken seines künftigen Chefs. Er würde ganz schön staunen an dem Tag, an dem ihm ein

Licht aufging! Frédéric tat alles, um sich unentbehrlich zu machen. Ich hielt mich zurück, damit sie sich gegenseitig einschätzen und ihre Territorien abstecken konnten, ich war mit den Vorbereitungen für meinen Aufbruch, den echten, den letzten, beschäftigt. Ich packte alle meine Sachen in Kartons, die ein Spediteur einige Wochen später nach Mulranny bringen sollte, ich löste meine Bankkonten auf und füllte tonnenweise Behördenformulare aus. Jeden Tag telefonierte ich mit Edward und Declan. Ich sollte lieber sagen, mit Declan! Für Edward, der schon von Angesicht zu Angesicht nicht sehr gesprächig war, war Telefonieren eine Qual …

Der letzte Tag in Paris. Am Tag darauf würde ich fliegen. Meinen allerletzten Nachmittag würde ich bei den *Glücklichen Menschen* verbringen. Und vorher ging ich noch einmal den Weg, den ich seit mehr als einem Jahr jeden Montag ging. Mit zitternden Knien stieg ich aus der Metro. Ich ging in den nächstgelegenen Blumenladen. Die Floristin kannte mich seit dem Tag, als ich aus ihrem Geschäft geflohen war. Zum letzten Mal kaufte ich ihr persönlich einen großen Strauß weißer Rosen ab und eröffnete ein Konto bei ihr: Sie würde jede Woche einen solchen Strauß auf das Grab legen. Ich umarmte sie freundschaftlich und ging auf den Friedhof. Gemächlich überquerte ich den Hauptweg. Bei ihnen angekommen, kniete ich mich hin, tauschte die Blumen aus und legte die verblühten Rosen hinter mich. Dann streichelte ich den Marmor.

»Meine Liebsten … ihr werdet immer meine Liebsten sein. Morgen reise ich ab, es ist so weit … Colin, wir haben ja schon darüber gesprochen. Ich habe dich nicht durch Edward ersetzt … Ich liebe ihn, das ist alles … Und du, meine kleine Clara … Du hättest einen Bruder wie Declan bekommen können … Ich bin nicht seine Mama, ich bleibe immer deine Mama. Mein neues Leben beginnt morgen an einem Ort, den ihr nicht kennt, der aber jetzt mein Zuhause ist. Ich weiß nicht, wann ich euch wieder besuchen komme … Aber ihr werdet immer bei mir sein … Wenn ihr den Weg nicht findet, fragt Abby, sie wird euch zum Strand führen … Ich liebe euch … Ich werde euch immer lieben …«

Ein letztes Mal küsste ich ihr Grab und drückte die Lippen fest auf den Stein, dann ging ich davon, ohne mich noch einmal umzusehen.

Der Nachmittag verging wie im Flug – sobald ein Kunde ging, kam schon der nächste. Im Nu war es fast 19 Uhr; mein letzter Arbeitstag als Chefin der *Glücklichen Menschen* ging zu Ende. Auf diese Weise hatte ich keine Zeit zum Nachdenken gehabt.

»Scheiße aber auch! Dem nächsten, der reinkommen will, knall ich die Tür vor der Nase zu!«, schimpfte Félix.

In diesem Augenblick betrat Frédéric unser Geschäft.

»Na ja, oder vielleicht auch nicht«, ruderte Félix vergnügt zurück.

Frédéric trat auf mich zu und küsste mich auf die Wange. Dann schüttelte er Félix über den Tresen hinweg die Hand.

»Ich wollte dir nur gute Reise wünschen.«

»Das ist lieb von dir, danke.«

Wir waren sehr schnell zum Du übergegangen. Es war auch besser so, denn ich hatte den Verdacht, dass er sehr bald zu meiner verrückten Familie gehören würde … Jedenfalls hoffte ich es.

»Jetzt trinken wir aber was!«, schlug Félix vor.

Er holte Champagner aus dem Kühlschrank, ließ den Korken knallen, hielt mir die Flasche hin und sah mir fest in die Augen.

»Erinnert dich das an was?«

»Diesen Abend werde ich nie vergessen!«, antwortete ich mit Tränen in den Augen.

»Keine Sorge, heute Abend bleiben wir zahm … Ich denke mir, Edward wäre nicht so entzückt, wenn du mit drei Gramm Alkohol im Blut antanzt.«

Ich trank einen ordentlichen Schluck aus der Flasche und hielt sie ihm dann hin. Félix wies mit dem Kopf auf Frédéric, doch der lehnte ab. Félix trat auf ihn zu.

»Willst du zur Familie gehören? Sag Ja oder halt's Maul!«

Sie maßen sich herausfordernd; einige Sekunden lang hatte ich das Gefühl zu stören. Es würde ganz schön heiß hergehen zwischen den beiden … Frédéric nahm einen Schluck und gab dann an Félix weiter, der wieder hinter die Bar zurückkehrte. Wir drei hatten die Flasche ziemlich bald leer.

»Ich lasse euch beide jetzt allein«, sagte Frédéric. Und an Félix gewandt: »Bis morgen.«

Ich begleitete ihn nach draußen.

»Ich vertraue sie dir alle an«, sagte ich nur.

»Und sie werden alle in guten Händen sein.«

»Das glaube ich dir.«

»Bis bald, Diane …«

Félix erwartete mich schon, er saß mit einer neuen Flasche in der Hand auf dem Tresen. Ich kletterte neben ihn und legte den Kopf auf seine Schulter.

»Ich kann nicht mit dir reden, Diane. Es ist zu hart …«

»Das macht nichts.«

»Aber dafür lad ich dich auf Kosten meines künftigen Chefs ein.«

So verbrachten wir den Abend, wir saßen nebeneinander, leerten eine Flasche nach der anderen und verwandelten die *Glücklichen Menschen* kettenrauchend in ein riesiges Aquarium. Immer wieder presste Félix mich an sich. Und dann machte er endlich den Mund auf, um eine für mich völlig verwirrende Bitte zu äußern:

»Bitte nimm den Rahmen mit den Fotos nicht mit, lass ihn mir.«

»Er hat immer dir gehört. Willst du ihn mit in deine Wohnung nehmen?«

»Nein, er bleibt hier. Ich habe es mit dem Chef ausgehandelt, ich habe ihm erklärt, dass es die *Glücklichen Menschen* ohne Colin, Clara und dich nie gegeben hätte …«

Eine Stunde und eine Flasche später zeigte ich erste Anzeichen von Ermüdung.

»Geh schlafen«, sagte er. »Morgen ist ein großer Tag für dich, du wirst wieder bei deinen Männern sein. Aber vorher bleibt mir noch ein Letztes zu tun.«

Er nahm einen Hocker und trug ihn zur Eingangstür. Dann kletterte er hoch und nahm die Ladenglocke ab.

»Du kannst doch nicht ohne ein Erinnerungsstück fortgehen …«

Ich brach zusammen, ich warf mich in seine Arme und ließ all die Tränen fließen, die ich in den letzten Tagen zurückgehalten hatte. Félix zermalmte mich an seiner Brust.

»Ich glaube nicht, dass ich es fertigbringe, dich morgen zum Flughafen zu begleiten.«

»Ich hätte ohnehin nicht gewollt, dass du mitkommst.«

Wir sprachen ganz leise miteinander.

»Wann kommt dein Taxi?«

»Um 7 Uhr.«

»Lass die Schlüssel in deiner Wohnung. Mach dein Café ein letztes Mal zu.«

Er richtete sich auf, nahm mich bei den Schultern und sah mir in die Augen.

»*Salut*, Diane!«

»Félix …«

Er ließ mich los und ging in die Nacht hinaus. Ein letzter Blick durch die Schaufensterscheibe, und dann verschwand er. Ich wischte mir mit den Handflächen die Tränen vom Gesicht, dann holte ich den Schlüsselbund aus der Tasche. Erstens: abschließen. Zweitens: das Offen/Geschlossen-Schild umdrehen. Drittens: das Schild »unter neuer Leitung« ins Schaufenster stellen. Viertens und letztens: das Licht ausmachen. Die Straßenbeleuchtung schuf eine Art Tageslicht in meinem Café. Hier hatte ich alles gemeinsam mit Colin ausgesucht, es war ein Teil von mir, und auch wenn ich es einige Zeit – zu lange – unterschätzt hatte, hier war ich erwachsen geworden. Wenn ich eines Tages zurückkehren würde – wenn überhaupt –, würde ich das alles hier nicht wiedererkennen; es würde unweigerlich Veränderungen geben, der neue Chef hatte ganz klar einen eigenen und entschlossenen Charakter, er würde dem Café seinen Stempel aufdrücken wollen … Und ich würde natürlich nichts mitzureden haben. Ich ging an den Regalen vorbei, sie waren voller Bücher, schön aufgereiht und bereit, sich verschlingen zu lassen. Dann ging ich hinter meinen Tresen und streichelte das Holz, es war sauber und glänzend. Ich verschob einige Gläser, die nicht in Reih und Glied standen. Ich stapelte die Rechnungs- und Bestellbücher neu und rückte den Fotorahmen zurecht. Schließlich blieb ich vor der Kaffeemaschine stehen und lächelte bei dem Gedanken an den Tag, als ich Félix eine Szene gemacht hatte, weil er nicht imstande war, sie ordentlich zu reinigen. Ich bekam Lust, mir einen Kaffee zu machen, doch ich ließ es sein; ich wusste, ich würde ihn nicht genießen können, er würde aufgewärmt schmecken. Ich wollte mich lieber nicht so genau an meinen letzten erinnern können, es würde ein vager, in der Zeit schwebender Moment bleiben, begleitet vom Stimmengewirr der Kunden, von Félix' Lachen, vom Straßenlärm. Es war Zeit; ich ging durch die Hintertür ins Treppenhaus. An der Türschwelle blieb ich noch einmal stehen, schloss die Augen und atmete den Geruch nach Büchern, Kaffee und Holz tief ein. Bilder und Erinnerungsfetzen schossen mir durch den Kopf, ich öffnete die Augen nicht, als ich die Tür schloss, ich konzentrierte mich ganz auf das Quietschen der Türangeln. Ich hatte es mit keinem Öl der Welt beseitigen können. Als das Türschloss klackte, schluchzte ich kurz auf, es war vorbei. *Glückliche Menschen lesen und trinken Kaffee*, aber sie würden ab jetzt ohne mich weiterleben …

Epilog

Nun lebte ich schon seit mehr als drei Monaten in Mulranny. Und fühlte mich dort mit jedem Tag mehr zu Hause. Mein Leben erschien mir inzwischen einfach und natürlich, ich stellte mir keine Fragen mehr, ich nahm mir Zeit zu leben und bereute nichts. Ich dachte regelmäßig an die *Glücklichen Menschen*, manchmal auch mit Wehmut, das gebe ich zu, aber sie hielt nie lange an; zumal mir immer mal wieder der Gedanke durch den Kopf ging, eine kleine Buchhandlung zu eröffnen … Aber das hatte alles keine Eile.

Ich telefonierte mit Félix. Und kam kaum zu Wort! Immer wieder kaute er Frédérics Reaktionen, Worte und Taten durch, denn dieser ließ ihn nun schon seit vielen Tagen schmoren. Mein bester Freund hatte angebissen, und das zum ersten Mal in seinem Leben; er war wie ein Jugendlicher, der sich zum ersten Mal verliebt hat.

»Ich schwör's dir, ich halte es nicht mehr aus … Gestern Abend war ich sicher, dass er endlich zur Tat schreiten würde – aber nichts da, er hat mich einfach bei mir vor der Haustür stehen lassen!«

»Und warum hast du nicht den ersten Schritt getan?«

»Ach, ich trau mich nicht …«

Ich verdrehte die Augen und versuchte mein Gelächter zu unterdrücken.

»Jetzt mach dich nicht auch noch über mich lustig!«

»Bitte entschuldige, aber es ist einfach zu schön …«

Hinter mir schlug die Haustür zu, ich blickte mich um; Edward kam von seiner Reportage zurück, pitschnass von Kopf bis Fuß. Er ließ die schwere Tasche mit seiner Ausrüstung auf den Boden fallen und warf knurrend seinen Mantel über einen Stuhl. Dann bemerkte er mich und steuerte, immer noch leicht mürrisch, auf mich zu. Als er am Sofa ankam, beugte er sich seufzend über mich und küsste mich auf die Schläfe. »Félix?«, murmelte er mir ins Ohr. Ich nickte. Er lächelte boshaft.

»He, Diane! Ist die Leitung unterbrochen, oder was?«, schimpfte Félix ins Telefon.

»Entschuldige bitte, aber Edward ist gerade nach Hause gekommen …«

»Okay, alles klar … Ich ruf dich morgen wieder an.«

Und schon hatte er das Gespräch beendet. Ich ließ das Telefon aufs Sofa fallen. Edward hatte sich nicht gerührt und stützte sich beiderseits meines Körpers mit den Händen auf die Rücklehne des Sofas.

»Bald glaube ich, dass er Angst vor mir hat … Sobald er weiß, dass ich da bin, legt er auf.«

»Nein … Er will uns nur nicht stören … Und außerdem telefonieren wir fast jeden Tag, also …«

Edward brachte mich mit einem Kuss zum Schweigen.

»Guten Tag«, sagte er, als sich seine Lippen von meinen lösten.

»Ich habe dich heute Morgen gar nicht weggehen hören … Wie war dein Tag?«

»Perfekt. Das Wetter war genau richtig für das, was ich machen wollte.«

»Bist du deshalb so schlecht gelaunt?«

»Schlechter als sonst?«

»Nein!« Ich lachte.

Er küsste mich noch einmal, bevor er sich aufrichtete. Ich stand ebenfalls auf. Er zog sich einen trockenen Pullover an und machte sich dann einen Kaffee.

»In fünf Minuten fahre ich los und hole Declan von der Schule ab«, sagte ich.

»Soll ich nicht fahren?«

»Nein, ich will hinterher noch zu Jack, und ich muss noch was einkaufen.«

Er trat auf mich zu und streichelte mir stirnrunzelnd die Wange.

»Bist du müde?«

»Nein … Wovon auch?«

»Na schön, wenn du's sagst«, erwiderte er wenig überzeugt.

Er holte seine – durchnässte – Schachtel Zigaretten aus der Hosentasche und ging auf die Terrasse. Ich zog meinen Mantel über, folgte ihm und schmiegte mich an ihn. Edward machte immer wieder Phasen durch, in denen er fürchtete, dass ich meine Entscheidung bereuen könne.

»Mach dir keine Sorgen … Es geht mir gut, ich habe mich noch nie so gut gefühlt wie jetzt.«

Ich schaute zu ihm auf, er betrachtete mich, sein Gesicht war hart wie immer. Ich streichelte seinen Bart, fuhr ihm mit den Fingern über die Backenknochen, und er legte mir den Arm um die Taille, presste mich an sich und küsste mich wild. Seine Art, mir zu sagen, dass er mich nicht verlieren wollte. Es wollte mir nicht in den Kopf, dass er diese Befürchtung überhaupt noch hatte … Ich erwiderte seinen Kuss mit der ganzen Innigkeit meiner Liebe. Als ich mich von ihm löste, lächelte ich ihm zu, stibitzte seine Zigarette und zog einige Male daran, bevor ich sie ihm wieder zwischen die Lippen steckte.

»Bis gleich!«, summte ich im Weggehen.

Er schimpfte. Ich ging in die Küche, holte ein Paket aus dem Kühlschrank und nahm den Autoschlüssel vom Tisch.

Wenige Minuten später hielt ich mit quietschenden Reifen vor der Schule, gerade noch rechtzeitig: Die Kinder kamen schon heraus. Ich entdeckte Declans wilden Schopf inmitten der anderen. Er rempelte seine Klassenkameraden beiseite und stürzte sich auf mich. Er hatte dieselbe Angst wie sein Vater: dass ich plötzlich verschwinden könnte.

»Alles klar, Champion?«

»Ja!«

»Na dann, rein mit dir!«

Als wir bei Jack ankamen, saß er in Abbys Schaukelstuhl, die Zeitung im Schoß, und starrte ins Kaminfeuer. Er ließ mit jedem Tag ein bisschen mehr nach, es wurde immer spürbarer, dass er seine Energiequelle verloren hatte. Über den Winter und die Weihnachtsfeiertage war er um zehn Jahre gealtert. Ich war die Einzige, mit der über seinen Kummer sprach; er wusste, dass ich ihn verstand. Ich liebte diese Gespräche unter vier Augen, die wir regelmäßig führten. Ich besuchte ihn mehrmals in der Woche. Er schimpfte zwar, doch er ließ es zu, dass ich bei ihm Ordnung machte und ihm etwas vorkochte. Ich wollte ihn dazu zwingen zu kämpfen. Das war egoistisch von mir, ich wusste es, aber ich wollte Declan, Edward und Judith noch für eine Weile vor einem weiteren Verlust schützen. Wir brauchten ihn alle noch. Mein bester Verbündeter war dieser kleine Junge, der jetzt wild durchs ganze Wohnzimmer hüpfte und fragte, wann sie beide endlich wieder zusammen angeln gehen könnten.

»Wenn du willst, am Sonntag«, sagte er.

»Ehrlich?«

»Ja! Dein Vater und Diane haben da nämlich was vor«, sagte Jack und zwinkerte mir zu.

Ich küsste ihn auf seinen weißen Bart und ging in die Küche, um das Essen, das ich vormittags gekocht hatte, in den Kühlschrank zu stellen.

»Brauchst du irgendetwas?«, fragte ich, als ich wieder bei ihm war. »Wir gehen gleich noch einkaufen. Und in die Apotheke muss ich auch, also …«

»Danke, ich habe alles, was ich brauche. Aber jetzt haltet euch nicht länger auf, das Wetter ist schlecht heute Abend.«

»Da hast du recht! Declan, bist du bereit? Dann gehen wir.«

Am Morgen darauf erwachte ich blinzelnd, als ich einen Kuss auf meinen Lippen spürte. Edwards Gesicht schwebte über mir, lächelnd betrachtete er mein Gesicht und ließ seine Hände über meinen Körper wandern.

»Wochenende. Was möchtest du heute tun?«, fragte

er mich mit seiner heiseren und noch schlaftrunkenen Stimme.

»Schlafen …«

»Bleib liegen, ich steh auf.«

»Nein …«

Ich klammerte mich an ihn, zwang ihn, sich wieder hinzulegen, und drückte mich an seinen Körper, während ich meine Nase an seiner Haut rieb. Er leistete keine Gegenwehr, sondern drückte mich an sich und seufzte vor Behagen. Ich begann, Küsse auf seiner Haut zu verteilen und mich dabei immer mehr auf ihn zu legen, seine Hände auf meinem Körper wurden immer drängender … Und dann hörten wir im Gang Declans Schritte und Postman Pats freudiges Bellen.

»Ich geh schon, lass dir Zeit«, knurrte Edward. »Ich werde Jack dazu überreden, dass er Declan heute über Nacht bei sich behält.«

»Gute Idee …«

Er stand auf, stieg in seine Jeans, die noch auf dem Fußboden gelegen hatte, und ging dann auf den Flur hinaus, wobei er darauf achtete, dass weder Hund noch Kind in unser Schlafzimmer eindringen konnten. Ich rutschte auf seine Seite und döste noch ein Stündchen.

Als ich mich zum Aufstehen durchringen konnte, verbrachte ich mehr Zeit als gewöhnlich im Badezimmer. Bevor ich hinausging, betrachtete ich mich im Spiegel, mit unterdrücktem Lachen und Tränen in den Augen. Dann ging ich etwas zittrig nach unten. Declan lag auf dem Boden und spielte mit seiner Autorennbahn. Als er mich sah, sprang er auf die Füße und fiel mir um den Hals. Wie jeden Morgen drückte ich ihn an mich und schmuste ausgiebig mit ihm.

»Diane, heute Abend darf ich bei Jack schlafen!«

Edward hatte keine Zeit verloren.

»Freust du dich?«

»Ja!«

Dann ging er wieder spielen, ohne sich weiter um mich zu kümmern. Ich trank am Küchentresen einen Kaffee und ließ meinen Blick durch den Raum wandern. Declan spielte, heiter und entspannt wie ein kleiner Junge seines Alters; Postman Pat lag schnarchend vor dem brennenden Kaminfeuer, und durch die Fensterscheibe sah ich Edward auf der Terrasse stehen, den Blick aufs Meer gerichtet und eine Zigarette zwischen den Lippen, nachdenklich und ruhig. Mein Herz schwoll an vor Glück, ich hatte viel hinter mir, wir alle hatten viel hinter uns. Es war uns gelungen, aus gebrochenen, zerstörten Menschen eine glückliche Familie zu schaffen, es ging uns gut … Ich ging mit meinem Kaffee zu dem Menschen, für den mein Herz schlug und mit dem ich jetzt alles und noch viel mehr teilte. Unsere Blicke verfingen sich ineinander, ich lächelte ihn strahlend an.

»Geht es dir gut?«, fragte er mich.

»Ja, sogar sehr gut …«

Er warf mir wie jeden Morgen sein Zigarettenpäckchen zu. Ich fing es auf und sah es lange an. Dann öffnete ich es und berauschte mich mit geschlossenen Augen am Geruch des Tabaks, bevor ich es ihm zurückgab.

»Bist du krank?«

»Ganz und gar nicht …«

»Hast du keine Lust auf eine Kippe?«

»Doch, und wie!«

»Was ist denn los mit dir?«

Ich lächelte immer noch, als ich die zwei Schritte bis zu ihm ging und mich in seine Arme schmiegte.

»Ich muss aufhören zu rauchen, Edward …«

Mein Dank gilt

Roxana und Florian, die mich dazu inspiriert haben, diese Fortsetzung in Angriff zu nehmen, ihr habt meine Schreiblust gekitzelt …

Meiner Lektorin Estelle; deine Ratschläge, dein Zuhören, deine taktvolle und elegante Art, mich auf etwas hinzuweisen, werden mein Schreiben für immer prägen.

Guillaume … zusätzlich zu allem anderen, für das hier nicht der rechte Platz ist … Du musstest mit nach Irland kommen, du hast dort opfermütig gefroren und Guinness und Whiskey getrunken! Hier kann ich es dir ja sagen, auch wenn ich Diane jetzt ihr eigenes Leben ohne mich leben lasse, wir werden nach Irland zurückkehren …

Ihnen, liebe Leserinnen und Leser, die Sie mich mit Ihren Worten, Ihren Ermutigungen und Ihrem Lächeln beschenkt und geehrt haben …

La Belle Hortense, weil sie uns die Schlüssel überlassen und erlaubt hat, diese wunderbaren Fotos zu machen. So wird Dianes Bild an dem Ort eingefangen worden sein, der mich zu den *Glücklichen Menschen* inspiriert hat …

Diane, der kleinen, aber nicht zu unterschätzenden Frau, die meinem Kopf vor mehr als vier Jahren entsprungen ist … Du hast mich zum Schreiben gebracht, dir verdanke ich, dass ich Schriftstellerin bin … Du wirst in meinem Herzen immer einen besonderen Platz einnehmen …